KB014164

빈 쇼핑백에 들어 있는 것

빈 쇼핑백에 들어 있는 것

이종산 소설

은행나무

차례

빈 쇼핑백에 들어 있는 것

남자가 버스에 탄 순간 승객들 사이에 긴장이 흘렀다. 남자의 행색은 초라했고 몸에서는 악취가 났다. 땀냄새도 났지만 그보다는 술냄새가 짙게 풍겼다. 남자는 지쳐 보이기도, 화가 난 것처럼 보이기도 했다.

저녁 시간대에는 그런 남자들이 흔했다. 새벽에 인력 사무소에 나가 겨우 일을 따서 하루 종일 몸 쓰는 일을 하고, 저녁을 먹을 겸 다른 인부들과 술 한잔하고 집에 돌아가는 버스를 타는. 기사는 그 승객을 특별히 눈여겨보지 않았다.

남자는 버스 카드를 찍고 나서 안전봉을 한 손으로 붙잡고 취한 눈으로 버스 안을 둘러봤다. 그 정류장에서 탄 승객은 그 남자뿐이었다. 퇴근 시간대여서 빈자리는 없었다. 만석에 승객 두 명이 손잡이를 잡고 서 있었다.

버스가 출발했다. 남자는 비척거리는 걸음으로 팔과 다리를 휘적휘적 크게 움직이며 곧장 뒷문 바로 뒤에 있는 좌석 앞에 가서 섰다. 승객들은 무슨 일이 일어날 것을 감지하고 불안감을 느꼈다.

툭.

술 취한 남자가 좌석에 앉아 있는 남자의 다리를 쳤다. 손에 든 쇼핑백으로 툭. 가볍게. 그러나 누가 봐도 명백한 시비였다. 승객들은 남자가 어떤 반응을 보일까 하는 호기심을 느꼈다.

시비를 당한 남자는 삼십대 초반으로 보이는 젊은 남자로 네이비색 정장 세트에 연한 하늘색 셔츠를 입고 있었다. 가녀린 체구는 아니었고 오히려 목도 굵고 어깨도 좀 있는 편에 키도 평균 이상이었지만 어쩐지 얼굴이 창백하고 파리해 보였다. 조금 기운이 없어 보이기도 하고 예민하고 신경질적인 성격일 것 같았다. 무엇보다 섬세해 보이는 얼굴의 남자였다. 흰 피부에 이목구비가 뚜렷해서 지나치게 예민한 인상만 아니었다면 꽤 호남형으로 보였을 것이다.

젊은 남자는 창문 쪽으로 고개를 돌렸다. 상황을 회피하기로 한 모양이었다. 술 취한 남자는 그의 반응에 심기가 불편해진 듯 상대 쪽으로 몸을 바싹 기울이고 말했다.

"저기, 나 안 보여?"

젊은 남자는 꼿꼿하게 창문 쪽으로 시선을 고정했다. 꽉 다문

입이 고집스러워 보였다. 술 취한 남자는 더 말하기가 성가시다는 듯 쇼핑백으로 다시 젊은 남자의 다리를 쳤다. 툭, 툭, 툭. 이번에는 처음보다 시비조가 더 강했다.

젊은 남자는 화를 참는 듯 목까지 시뻘게졌다. 주먹도 꽉 쥐었다. 술 취한 남자는 피부가 까맣게 쪼그라들어서 원래 나이보다 더 들어 보이는 듯했는데 그래도 50세에서 60세 사이일 듯했다.

나이도 젊은 남자가 스무 살은 더 적어 보이는데다 체격도 더 커서 이러다 그가 화를 참지 못하고 주먹을 휘두르면 술 취한 남자가 피를 보게 될지도 몰랐다.

이번에는 술 취한 남자가 손으로 그의 어깨를 건드렸다.

"좀 일어나봐. 나 다리 아파."

겨우 그거였나? 자리 양보를 받으려고? 승객들은 어이가 없어서 술 취한 남자를 바라봤다.

"한심한 사람."

어떤 중년 여자가 혀를 차며 중얼거렸다.

"어이, 좀 일어나라고."

술 취한 남자가 다시 말했다. 보다 못한 한 승객이 일어나서 술 취한 남자를 불렀다.

"아저씨, 여기 앉아요. 여기. 왜 젊은 사람한테 시비를 걸고 그래요."

한심한 사람이라고 혀를 찬 중년 여자였다.

그러나 술 취한 남자는 그 말을 완전히 무시하고 젊은 남자에게 자신의 몸을 더 가까이 들이댔다. 주변 승객들은 그 남자의 악취에 코를 막고 싶어졌다.

그때 젊은 남자가 더는 못 참겠다는 듯 드디어 고개를 정면으로 돌리고 술 취한 남자를 똑바로 쳐다봤다. 화가 머리끝까지 났지만 필사적으로 참는 모양새였다. 눈은 그새 분함을 못 이기고 벌게졌고, 목울대가 툭 불거져나와 오르락내리락하는 게 보였다.

"왜 이러세요!"

그가 외쳤다. 잔뜩 화가 났지만 예의를 지키는 말투였다. 목소리는 꽤 커서 순간 다른 소리들이 모두 묻혔다. 짧은 정적이 흘렀다. 승객들의 이목이 그쪽으로 쏠린 순간, 술 취한 남자가 손을 번쩍 치켜들더니 쇼핑백으로 젊은 남자의 머리를 사정없이 내리쳤다. 너무 갑자기 벌어진 일이라 누군가 막거나 대처할 새도 없었다.

술 취한 남자는 젊은 남자의 머리를 계속해서 내리쳤다. 몇 번이나, 몇 번이나. 그 짐승 같은 동작에는 분노가 잔뜩 실려 있었다. 술 취한 남자는 분풀이를 마치고 제풀에 지쳐 팔을 떨궜다. 그는 이제 일이 어찌 되나 보자는 듯이 자기가 저지른 폭력의 결과를 관찰했다.

적막 속에서 젊은 남자의 고개가 아래로 툭 떨어졌다. 그와 동시에 술 취한 남자가 쇼핑백을 바닥으로 떨어트렸다. 그게 신호가 되어 승객들이 술 취한 남자를 일제히 덮쳐 제압했다.

모두의 시선이 그쪽으로 가 있었을 때 진아는 쇼핑백을 보고 있었다.

쇼핑백은 비어 있었다.

*

「이거 봤어?」

정현이 보낸 카카오톡 메시지가 휴대폰에 떴다. 대화창을 열어보니 메시지 위에 뉴스 동영상 링크가 있었다. 링크를 열자 투피스 정장을 입은 아나운서가 심각한 얼굴로 말하는 장면이 나왔다.

아나운서: 지난 26일 저녁, 강원도 인제의 한 시내버스. 만취 상태의 한 남성이 버스에 탑니다. 앉을 자리가 있는지 보려는 듯 버스 안을 두리번대던 남성이 갑자기 뒷문 쪽으로 향하더니 자리에 앉아 있던 한 승객에게 시비를 걸기 시작합니다. 시비가 말싸움으로 번질 무렵 만취 상태의 A씨가 손에 들고 있던 쇼핑백으로 자리에 앉아 있던 B씨의 머리를 사정없이 내리치는 모습

이 CCTV에 고스란히 담겼습니다.

버스 안이 찍힌 CCTV 영상이 아나운서의 멘트와 함께 나오다가 인터뷰 영상으로 화면이 넘어갔다. 얼굴은 모자이크 처리되고 목소리도 변조됐지만 진아는 그게 누구인지 알아볼 수 있었다. 유일하게 취한 남자를 말렸던 아주머니였다. 한심한 사람이라고 혀를 찼던.

시민 인터뷰이: 그 아저씨가 비틀비틀하더니 뒤쪽으로 가더라고요. 무슨 일 날까봐 불안해서 보고 있는데 대뜸 막 시비를 거는 거예요. 젊은 사람한테 왜 저러나 싶어서 여기 와서 앉으라고 그 아저씨를 불렀어요. 근데 들은 척도 안 하더라고. 그러다 일이 터진 거예요.

인터뷰가 끊기고 화면은 다시 스튜디오로 넘어갔다.

아나운서: A씨의 급작스러운 공격에 방어할 새도 없이 속수무책으로 머리를 수십여 차례나 얻어맞은 B씨는 그 자리에서 숨졌습니다. B씨는 어려운 가정형편 때문에 생활비와 동생들의 학비를 벌기 위해 퇴근 후 아르바이트를 하던 고깃집으로 가던 중에 이러한 변을 당한 것으로 알려져 더욱 안타까움을 사고 있

습니다. 오빠의 억울한 죽음을 풀어달라는 B씨의 여동생이 올린 청원은 사흘 만에 1만 명 이상의 동의를 받았습니다. B씨의 여동생이 청원을 올리게 된 것은 현재 사건의 피의자 A씨가 살인죄로 처벌받지 않을 가능성이 크기 때문인데요. 쟁점은 이 쇼핑백입니다.

아나운서가 쇼핑백을 들어올렸다.

'어디서 저렇게 비슷한 걸 구했지?'
진아는 화면 속 하얀 쇼핑백을 보며 생각했다.

아나운서: 가로 길이 30센티미터, 폭 10센티미터, 세로 40센티미터의 평범한 쇼핑백입니다. 버스 안에서 사건을 목격한 승객들은 쇼핑백 안에 흉기 혹은 묵직한 물건이 들어 있을 거라 생각했지만, 사실 쇼핑백 안은 비어 있었습니다. B씨는 빈 쇼핑백에 맞고 사망한 겁니다.

다른 인터뷰가 나온다. 법의학자의 인터뷰다.

법의학자: 삼십대의 건장한 성인 남성이 속에 아무것도 들어 있지 않은 쇼핑백에 맞고 그 자리에서 즉사하는 것이 가능한가,

하는 것이죠.

다시 아나운서의 멘트.

아나운서: 부검 결과, B씨의 직접적인 사인은 심장마비로 밝혀졌습니다. 그런데 놀라운 점은 B씨의 머리에 둔기로 맞은 것 같은 뇌 손상이 남아 있다는 겁니다.

교수실에 앉아 있는 법의학자가 다시 화면에 나왔다. 그는 모니터에 있는 뇌 엑스레이 사진을 가리켰다.

법의학자: 여기를 보시면 머리 외부에는 상처가 하나도 없어요. 얼굴에 긁힌 상처가 있긴 한데, 그 외에는 아주 깨끗합니다. 그런데 머리 안쪽, 그러니까 뇌에는 둔기—예를 들어 망치나 몽둥이 같은 그런 도구죠—에 얻어맞았을 때와 거의 비슷한 충격으로 인한 손상 같은 게 보여요. 그런데 이게 직접적인 사인은 아니고요. 희한한 일이죠.

다음으로 범죄 심리학자의 인터뷰가 이어졌다.

범죄 심리학자: 당시 피해자가 극심한 스트레스를 받은 것으

로 보여요. 피해자분의 여동생이 올린 청원 글에 의하면 오빠가 동생들 먹여 살리고 학교 보내느라고 몇 년 동안 투 잡도 아니고 쓰리 잡, 포 잡을 뛰면서 살았다고 하잖아요. 그러니까 과로로 인한 피로나 스트레스도 평소에 상당했을 거란 말이죠. 아버지가 사업에 실패해서 진 빚도 있었고, 어머니는 그 충격으로 얼마 못 가서 돌아가셨고, 그래서 피해자가 파산 신청은 했지만 심적 부담감이 컸다고 하고요. 그런 상황에서 처음 본 누군가에게 매우 급작스럽고 거센, 거친 공격을 받았다면 심리적으로 그런 스트레스를 못 이겨냈을 가능성도 있어요.

아나운서는 피의자가 피해자를 죽일 의도는 없었다고 주장하고 있는 상황이라고 전했다.

피의자: (검은 옷을 머리에 뒤집어써서 얼굴은 보이지 않는다) 쇼핑백에 아무것도 안 들어 있었는데, 그걸로 사람을 죽이려고 했겠습니까. 정말 그럴 생각은 없었어요. 술김에 화가 나서 그런 것이지……. 저도 황당해요.

다시 아나운서의 멘트.

아나운서: 살인죄를 적용하려면 범인이 피해자를 죽이겠다

는 명확한 의도를 가지고 있었고 사망에 이를 만한 위력을 가했다는 사실을 입증해야 하고, 미필적 고의에 의한 살인은 피의자가 피해자의 사망 가능성을 알았거나 사망해도 어쩔 수 없다고 인식했을 경우에 인정되는데 검찰은 피의자 A씨가 둘 다에 속하지 않는 것으로 판단하고 있습니다. 빈 쇼핑백으로 B씨를 공격한 A씨가 B씨의 죽음에 책임을 져야 하는가 그렇지 않은가에 대한 논쟁이 인터넷을 뜨겁게 달구고 있습니다.

「어떻게 이런 일이 다 있냐. 세상 진짜 무섭다. 근데 법적으로는 어떨지 몰라도 사실 저 사람이 죽인 거나 마찬가지 아니야?」

텍스트로 된 정현의 메시지에서 흥분이 느껴졌다. 진아는 망설였다. 단톡방이었다면 망설일 것도 없이 그 사건에 대해 잘 모르는 척했을 것이다. 하지만 내심 그에 관해 누군가에게 이야기하고 싶었던 것일까? 자기도 모르게 손가락으로 진실을 두드리고 있었다.

「나 저기 있었어.」

「응? 무슨 말이야?」

「나도 저 사건 목격자야. 나 저때 피해자분 바로 옆자리에 앉아 있었어.」

정현은 오래된 친구이기도 하고 믿을 만한 친구이기도 했다. 애인이나 가족에게 은밀히 말할 수는 있겠지만 적어도 인터넷에 글을 올리거나 친구들에게 가볍게 입을 놀릴 성격은 아니다.

「그랬구나. 너도 충격이 컸겠다. 괜찮아?」

정현은 예상하지 못한 이야기에 놀란 듯 한참이 지나 메시지를 보내왔다.

「응, 나야 단순 목격자고 피해 본 것도 없는데 뭐. 돌아가신 분이 불쌍하지. 내가 옆에서 봤는데 그분은 정말 아무 잘못도 없었어. 가만히 있다가 억울하게 돌아가신 거야.」

정현은 그에 대해 더 묻지 않고 안타깝다고만 말했다. 그러다 안심이 되지 않았는지 곧 전화를 걸어왔다.

"넌 못 느낄 수도 있지만 알게 모르게 충격이 진짜 컸을 거야. PTSD 있잖아. 외상 후 스트레스 장애. 혹시 잠이 잘 안 오거나 뭔가 불안하거나 괜히 심장이 두근거리거나 자꾸 그때 생각이 나면 나한테 얘기해. 같이 병원 가줄게. 상담해줄 만한 정신과 의사를 찾아볼 수도 있고."

"아냐, 괜찮아. 잠도 잘 자고 심장도 괜찮아. 가끔 그때 생각이 나긴 하는데 그건 당연한 거 아냐?"

진아는 그 말을 하면서 자신이 방어적으로 대답하고 있다는 걸 깨닫고 한풀 꺾었다.

"신경 써줘서 고마워. 혹시 좀 이상하다 싶으면 얘기할게."

"민재 씨는 뭐래? 너가 그런 일 겪은 거 알 거 아냐."

정현의 말에는 '민재 씨한테 이야기한 거 맞지?'라는 뉘앙스가 담겨 있었다. 부부끼리는 종종 공유할 법한 일도 진아가 남편에게 말하지 않고 속에 담고 있다는 걸 알아서였다. 연애 3년에 결혼한 지도 2년이 다 되어가지만 진아는 왠지 민재에게 모든 걸 말하게 되지 않았다. 민재는 시시콜콜한 일상 이야기를 하나부터 열까지 다 말하고 듣는 것을 별로 좋아하지 않는다. 자기가 듣기에 중요한 이야기가 아니다 싶으면 입을 딱 다물고 있거나 그 이야기는 그만하자고 말을 자를 때도 있다.

연애할 때는 그래도 건성으로 듣는 척이라도 했지만 결혼하고 난 뒤부터는 차갑게 말을 자를 때가 많아졌다. 그런 일을 수없이 겪다 보니 이제 진아도 무슨 말을 하려다가도 크게 중요한 것이 아니다 싶으면 그냥 삼키게 됐다.

"남편은 신경 쓰지 말라고 하지. 목격자 진술도 끝났고 하니까 더 생각하지 말라고. 끔찍한 일이잖아. 나도 가급적 생각 안 하려고 노력하고 있어."

"그래, 내가 괜히 얘기해서 또 싱숭생숭하겠다. 미안."

"미안은 무슨. 네가 알고 그런 것도 아니고. 오히려 너한테 얘기하고 나니까 마음이 좀 편해진다."

정현은 그 일이 생각나서 괴로울 때마다 연락하라며 신신당부를 하고 전화를 끊었다. 정현과의 통화가 끝나자 집 안에 적막이 흘렀다. 지난 일주일 동안 남편과 나눈 말보다 방금 정현과 나눈 말이 더 많은 것 같다는 생각이 들자 문득 외로워졌다. 말 자체는 남편과 나눈 것이 더 많을지 몰라도 인간다운 대화를 나눈 것은 오랜만이었다.

직업 군인인 민재를 따라 이곳에 온 지 반년이 좀 넘었다. 군에서 주는 기혼자용 관사는 대기자가 밀려 있어 쉽게 자리가 나지 않았다. 진아와 민재도 결혼식을 올리고 난 뒤 1년 넘게 기다려 관사를 얻었다. 그동안 민재는 원래 살던 미혼자용 관사에 살고, 진아도 결혼 전처럼 부모님 집에서 생활했다. 처음부터 장거리로 시작했던 연애라 결혼을 해도 별로 달라질 것이 없을 거라 생각했지만 장거리 부부로 산다는 것은 또 다른 문제였다. 결혼을 하고도 한 달에 한두 번 주말에만 만나는 생활이 기약 없이 계속되자 마음이 점점 괴로워져 견디기가 힘들었다.

'그때는 같이 살게만 되면 모든 게 나아질 거라 생각했는데.'

진아는 휴대폰을 든 채 창문 밖을 바라봤다. 너무 흔한 말이지만 창살 없는 감옥에 갇힌 기분이 든다. 방 두 개짜리 19평 아파트. 수많은 군인 부부들이 살다 나갔을 이 낡고 좁은 아파트에는 세월의 흔적이 덕지덕지 묻어 있다. 부엌 찬장이며 싱크대며 화장실 변기와 욕조까지 모두 을씨년스러울 정도로 낡아 빠졌지만 전부 그대로 써야 한다.

민재는 언제 또 다른 곳으로 배정받아 옮겨갈지 모르는데 사비를 들여 뭔가를 교체하는 건 비합리적이라고 했다. 관리소를 통해 아파트 물품을 신청할 수도 있지만, 아마 박살이 나지 않는 한 새로 사주지 않을 것이다. 어쩌면 박살이 나도……. 시내에서 멀리 떨어진 군 아파트 주변에는 변변찮은 식당도 없고 마트도 없다. 식료품은 민재가 부대 안에 있는 군 마트에서 사오거나 주말에 시내로 나가 함께 장을 보고는 한다.

진아는 운전을 하지 못하기 때문에 민재가 없을 때는 꼼짝없이 갇힌 신세가 된다. 할 수 있다 해도 민재가 출근할 때 차를 가지고 가기 때문에 어차피 진아가 차를 쓸 수는 없다. 민재가 근무하는 부대는 차를 타고 가면 10분도 안 걸리지만 걸어서는 한 시간 가까이 걸린다. 집에서 부대까지 가는 유일한 시내버스는 40분에 한 대씩 오는 터라 시간을 맞추기 쉽지 않아서 민재가 자동차를 몰고 출퇴근을 할 수 밖에 없는 상황이다.

진아가 운전면허증을 딴다고 해도 지금 형편에 차를 한 대 더 몰기는 어려워서 여러 고민을 하면서도 아무것도 결정하지 못하고 있다. 제대로 된 월급을 받는 번듯한 직장을 구한다면 또 모르지만. 이 강원도 산골에서 진아가 월급을 받고 일할 만한 곳은 찾기 힘들다.

시내에 있는 마트에서 계산원으로 일하거나 식당에서 일할 수도 있겠지만…… 결국 매번 생각에 머물 뿐이다. 그런 자신이 한심하다고 생각하면서도 진아는 일 구하기를 미루고 있다. 대학생 때는 식당 아르바이트도 자주 했고 백화점 아르바이트도 해봤지만, 이제는 그런 일을 다시 시작할 자신이 쉽게 서지 않는다.

'결혼으로 도피한 것이 애초에 나약한 선택이었지.'

진아는 이 아파트 거실에서 자주 하는 그 생각에 다시 빠져들었다. 대학을 졸업하고 한 공공기관에서 계약직으로 오래 일했다. 운이 좋았던 것인지 아니면 문제없이 무난하고 성실하게 일한 덕분인지 회사는 계약직으로 들어온 진아가 계속 일해주길 바랐다. 하지만 그곳은 공무원 시험에 합격하거나 좋은 대학의 학위가 있어야만 정직원이 될 수 있어서 4년제여도 별 볼 일 없는 지방대를 나온 진아는 계약직 사무원으로밖에 머물 수 없었다. 서른을 앞두고 다시 계약을 갱신해야 할 시기가 다가오자 문득 숨이 막혔다.

그 막막하던 시기에 민재가 청혼을 했다. 민재는 진아가 어떤 고민을 하고 있는지 알고 있었다.

"일이 그렇게 안 맞으면 억지로 버틸 거 없어. 나랑 같이 살자. 너 하나쯤은 내가 먹여 살릴 수 있어."

일이 안 맞는 건 아냐. 그 말이 입안에서 맴돌았지만 하지 않았다. 민재는 당장 대답하지 않아도 된다며 생각해보라고 말했다. 그냥 또 다른 선택지 정도로 생각하라는 말을 덧붙이면서.
그날 밤 진아는 지금 같은 시대에 결혼해서 가정주부로 살면서 남편이 벌어오는 돈으로 생활하며 산다는 게 과연 행복할지 거듭 생각해봤다. 처음 해보는 고민은 아니었다. 민재는 진아가 직장 생활의 고충을 털어놓을 때마다 그럼 일을 그만두고 결혼해서 같이 살자는 말을 하고는 했다. 진아는 그때마다 웃으며 그 말을 넘겼지만 이번에는 마음이 흔들렸다. 계약을 갱신하고 계속 회사를 다니는 것보다 결혼이 더 안정적이고 미래가 보장된 선택인 것만 같았다.

친구들은 자격증을 따거나 전문학교나 대학원에 들어가거나 다른 회사를 알아보라고 조언했다. 실제로 그렇게 새로운 도전을 하는 친구들도 있었다. 이제 서른인데 아직 늦지 않았다면서.

하지만 결국 진아는 결혼을 선택했다. 근처에 산이 있는 이 조용한 군사 아파트 거실에 멍하니 혼자 서 있을 때면 그 선택을 되돌아보게 된다. 아이라도 생기면 나아지려나? 하는 생각이 들기도 한다. 종일 아파트에 갇혀 민재가 아침을 먹고 난 그릇을 설거지하고, 민재가 입고 벗어둔 옷을 빨래하고, 집 안 구석구석을 청소하고, 그러다 민재가 먹을 저녁을 요리하고 있을 때면 자신의 존재 가치에 대해 생각해보게 된다. 아내라는 역할을 빼면 자신이 무가치한 존재로 느껴지는 순간들이 있다.

그러다 퍼뜩 정신을 차리고 나면 시간이 훌쩍 지나 있다. 지금도 창밖을 보며 생각에 잠겨 있다가 문득 시계를 보니 오후 4시가 넘어 있었다. 아직 세탁기도 못 돌렸고, 반찬도 만들어야 하는데. 마음이 조급해졌다. 민재는 신경 안 쓰는 척하면서도 집에 들어오면 날카로운 눈빛으로 집 안을 쓱 둘러보고 빈틈이 보이면 한두 마디씩 지적을 한다. 집이 왜 이렇게 지저분하냐고 묻거나, 화장실 하수구에 엉긴 머리카락에 대해 이야기하거나, 찌개라도 하나 끓이지 그랬냐는 등. 매일 그러는 것은 아니고 며칠에 한 번씩 지나가듯 하는 게 전부지만 이상하게 마음에 콕콕 와서 박힌다. 그런 말을 듣기 싫어서 진아는 집안일을 말끔하게 하려고 애를 썼다.

부모님에게도, 친구들에게도, 인터넷에도 이런 말은 할 수가 없다. 얼마나 한심한 여자로 보이겠는가. 남편에게 빌붙어 살면서 아르바이트도 하지 않고 종일 집에서 이런 감상에나 빠져 있다니. 스스로 생각하기에도 너무 한심해서 다른 사람에게 속을 털어놓을 수가 없다. 진아는 일단 할 일을 하자고 생각하며 베란다 창문 앞에서 기지개를 한 번 켜고 거실 한쪽에 있는 빨래바구니를 들었다. 민재가 들어올 때까지 두 시간이 남았다. 부지런히 움직이면 집안일을 말끔하게 마치고 떳떳하게 민재를 맞을 수 있을 것이다. 이런 기분은 계약직 사무원으로 일할 때와 비슷하다. 내 할 일만 말끔히 하면 누구 눈치를 볼 것도 없고 떳떳하게 이곳에 있어도 된다고 스스로에게 말할 수 있다. 넌 군더더기가 아니고, 나름의 가치가 있는 존재이며, 이곳에 있어도 된다고 말이다. 그러나 그런 생각은 너무 쉽게 흔들린다. 진아는 쓸데없는 생각은 이제 그만하자고 생각하며 빨래를 세탁기에 한꺼번에 털어넣었다.

*

민재는 오늘도 5시 50분에 집에 들어왔다. 민재가 퇴근하고 집에 들어올 때 시계를 보면 언제나 5시 50분에서 6시 사이다. 민재는 시간 관념이 엄격해서 연애 때도 데이트 시간에 늦는 법이 없었다. 항상 몇 분 일찍 와서 약속 장소에서 기다리고 있고는 했다.

그에 비해 진아는 몇 분 정도 늦을 때가 많았다. 연애 시절 민재는 진아에게 너그러웠다. 한번은 진아가 회사 일 때문에 민재를 두 시간 넘게 기다리게 한 적이 있었는데, 그때도 민재는 화를 내거나 짜증내는 기색이 없었다. 오히려 늦게까지 일해서 배고프겠다며 좋은 식당으로 데려가 밥을 사줬다. 민재는 연애를 하던 3년 동안 한결같았다. 약속에 늦지 않고, 출근 전과 퇴근 후에 연락하고, 딴짓을 하는 기미도 없었다. 민재는 누가 여기가 네 자리라고 정해주면 그 자리에서 벗어나지 않고 평생이라도 살 수 있을 사람 같아 보였다. 진아는 그런 민재에게 안정감을 느꼈다.

그런데 지금은 그의 안정감이 되려 숨이 막힌다. 민재는 항상 비슷한 시간에 집에 돌아와 짧게 인사를 하며 진아의 어깨 너머로 집 상태를 훑는다. 눈에 거슬리는 게 있을 때는 미간이 살짝 구겨진다. 그러고는 말없이 옷을 벗어 빨래 바구니에 넣고 욕실에 들어간다. 샤워를 하고 나오면 정확히 15분이 지나 있다. 진아는 민재에게 농담을 하고는 했다. '자기 몸에 시계 들어 있는 거 아니야? 배에 귀 대고 들어보면 째깍째깍 소리가 들릴 것 같아.' 하지만 그것도 옛날이야기다. 최근에는 그런 농담을 할 정도로 사이가 부드러운 적이 별로 없었다.

민재가 샤워를 하는 동안 진아는 저녁식사를 차린다. 민재는 씻고 나오자마자 식탁 의자에 앉아 밥을 먹는다. 진아는 맞은편에 앉아 밥을 먹는다. 그렇게 마주 앉아 저녁을 먹으면서 말 한마디 오가지 않는 날도 있다.

"국 어때? 짜지 않아? 콩나물이랑 김치 넣어서 시원하게 끓여본 건데. 아침에 해장 제대로 못하고 나갔잖아. 속 좀 풀라고."

진아는 약간 힘을 내어 밝은 목소리로 민재에게 말을 건넸다. 그러나 민재는 진아를 보지 않는다.

"어."

둘이 앉아 서로 쳐다보지도 않고 밥을 먹으니 얹힐 것만 같아 애써 말을 걸어본 것인데 짧은 대답만 돌아오니 속이 더 갑갑해졌다. 어제 민재는 동료들과 술을 마시고 저녁 10시에 들어왔다. 민재는 진아와 기혼자 숙소에서 살게 되고 나서도 미혼자 숙소에서 지낼 때의 생활 패턴을 거의 바꾸지 않았다.

일주일에 한 번(특히 금요일 저녁에) 동료들과 저녁을 먹으며 술을 마시는 것도 미혼자 숙소에서 지낼 때 굳어진 습관이다. 마시는 술의 양도, 집에 들어오는 시간도 비슷하다. 맥주 두 병과 소주 한 병. 들어오는 시간은 밤 9시 40분에서 10시 사이. 주로 같은 아파트 단지에 있는 동료의 집에 모여 술을 마실 때가 많아서 자리가 파하면 10분 이내로 집에 돌아온다.

그런 약속이 없는 날에는 오늘처럼 집에서 저녁을 먹고 서재로 쓰는 방에 들어가 문을 닫고 게임을 한다. 민재는 자기만의 시간을 방해받는 것을 극도로 싫어해서 함부로 서재 문을 열지 않는 게 두 사람 사이의 규칙이 됐다. 밤 11시가 되면 민재는 서재에서 나와 침실로 들어온다. 부부 관계는 일주일에 한 번 정도 한다. 그마저도 습관적으로 하는 느낌이다. 섹스를 하든 안 하든 민재는 11시 반 전에는 곯아떨어진다.

이런 생활이 매일 계속되고 있다. 아마 아이가 생겨도 크게 달라지는 건 없을 거라고 진아는 종종 생각한다.

"오늘 정현이가 연락 왔었어. 그 사건 뉴스 링크를 보냈더라고. 요즘 그 일이 꽤 이슈인가봐. 자기 부대 사람들은 그 사건 얘기 안 해?"

겉으로는 아무렇지 않은 척 말했지만 실은 조심스럽게 운을 뗐다. 민재는 표정 변화가 없는 얼굴로 되물었다. 시선은 밥공기에 고정되어 있다.

"그 사건?"

"내가 경찰서 가서 목격자 진술했던 거. 나도 그날 보긴 했지만, 정말 쇼핑백에 아무것도 안 들어 있었을까? 쇼핑백이 바닥에 떨어졌을 때 보긴 했는데 사실 아주 속까지 보이진 않았어서 거기에 뭐가 들어 있었는지, 안 들어 있었는지 잘 모르겠어. 경찰서에서도 그렇게 말하긴 했는데. 그날도 그랬지만 기분이 이상해. 어떻게 사람이 빈 쇼핑백에 맞아 죽을 수가 있지? 쇼핑백이 단단한 걸로 만들어진 것도 아니고 그냥 평범한 종이 쇼핑백이었는데. 근데 더 이상한 건, 나도 그때 그 쇼핑백 안에 뭐가 들어 있을 거라고 생각했다는 거야. 다른 승객들도 다 그랬다잖아. 믿음이랄까, 확신이랄까. 아냐, 그런 것도 아냐. 그냥 당연히 그 쇼핑백에 뭐가 들어 있을 줄 알았어. 그 아저씨가 내 옆에 있던 사람 머리를 쇼핑백으로 칠 때 퍽퍽 소리가 났거든. 내가 바로 옆에 있었으면서 아예 말리지도 못했던 게 그래서였어. 쇼핑백에 무서운 게 들어 있는 것 같아서 몸이 완전히 굳어버렸었어. 처음에는 공포에 질렸다가 다음에는 그 아저씨가 그걸로 날 때릴 것 같아서 아무것도 못했던 거야. 워낙 순식간에 일어난 일이기도 했고. 근데 아무것도 안 들어 있었다니. 정말 퍽퍽 소리가 났는데. 종이로 때리는 소리가 아니라 둔탁한 소리가 났어. 왜, 영화에서 깡패가 사람 때릴 때 나는 효과음 같은 거. 심지어 나는……"

"나 밥 먹고 있잖아."

"응?"

"네가 그렇게 정신 사납게 할 때마다 밥이 코로 넘어가는지 입으로 넘어가는지 모르겠어. 나 밥 다 먹고 얘기해."

밥 다 먹고 언제? 밥 다 먹으면 일어나서 서재로 들어가버리잖아. 진아는 울컥해서 그렇게 따지고 싶은 것을 꾹 참았다. 따져봤자 바뀌는 것도 없을 텐데 화를 내봐야 둘 다 피곤해질 뿐이다. 이 아파트에 들어와 같이 살게 된 후로 두 사람은 지긋지긋하게 많이 싸웠다. 이제는 꼭 짚고 넘어가야 할 일이 아니면 웬만해서는 그냥 넘어간다. 싸우고 싶지 않았다.

"알았어. 그만할게. 밥 먹어."

"생각하지 마."

진아는 방금 무슨 말을 들었나 싶어 되물었다.

"뭐?"

"그 생각 그만하라고. 네가 생각한다고 쓸모가 있는 것도 아니잖아. 너랑 상관 있는 일도 아니고. 그러니까 이제 그 일에 신경 그만 써."

민재는 그렇게 말하고는 숟가락으로 밥을 떠서 입에 넣었다.

그 얼굴을 보는데 이상하리만치 속이 엉켰다. 뭔가 말하고 싶은데 무얼 말해야 할지 모르겠어서 말문이 잠시 막혔다. 그러다 입에서 한마디 말이 툭 튀어나왔다.

"나 슬슬 일 구해볼까?"

하려고 했던 말이 아니었다. 아직 일을 할지 말지 결정도 못 내렸는데. 하지만 막상 말이 입에서 나오고 보니 일을 해도 좋을 것 같았다. 이 아파트 안만 맴도는 어항 속 물고기 같은 생활에서 벗어나고 싶었다.

"뭐 하러."

"그냥 답답하기도 하고, 내가 벌어서 보태면 좋잖아."

"됐어. 지금 내 월급으로도 우리 먹고살 만큼은 되잖아."

"그러다 아이라도 생기면? 그때도 자기 월급으로 충분할까?"

"애 생기면 더 그렇지. 네가 밖에서 일하면 애는 누가 보고. 일 구했다 덜컥 임신하면 그땐 또 어쩔 거고. 그렇게 언제 그만둘지 모르는 사람을 환영할 일터는 없어. 일하는 건 좋은데 나중에 해. 애 초등학교 졸업할 때까지는 엄마가 옆에 있어야지. 그렇게 안 할 거면 전에 일하던 회사 그만둘 필요도 없었잖아. 안 그래?"

"그게 무슨 소리야? 그럼 나 애 낳아서 키우라고 일 그만두게 하고 여기 데려온 거야? 자기 애 키워줄 여자 필요해서 나랑 결혼했어?"

"말을 왜 그런 식으로 해. 그리고 내가 언제 일을 그만두게 했어. 네가 하기 싫어서 그만둔 거 아냐?"

"진짜 화장실에 들어갈 때랑 나올 때랑 말이 다르다. 자기가 결혼하자고 하면서 나를 얼마나 달콤한 말들로 꼬셨는지 기억 안 나나보지?"

"됐어. 그만해. 나 밥 다 먹었어. 치워."

민재가 숟가락을 내려놓고 일어났다. 의자 다리가 바닥을 끌며 시끄럽고 거슬리는 소리를 냈다.

"나 봤어. 그 남자 머리에서 피가 흘렀어."

진아의 목소리가 부엌에 울렸다. 그 목소리는 진아 자신이 듣기에도 평소보다 또렷했다. 또렷한 만큼 아주 낮기도 해서 마치 남의 목소리처럼 들렸다. 거칠거칠한, 스스로가 듣기에도 생소한 목소리였다. 어딘지 공허하고 거친 날것의 목소리.

"그게 무슨 소리야?"

민재가 평소와는 다른 진아의 목소리에 날카롭게 반응했다. 당황했다기보다는 짜증에 가까웠다. 하루 일을 끝내고 지쳐서 돌아온 자신에게 그런 알아들을 수 없는 이상한 소리를 한다는 것에 대한 짜증이었다.

"실제로는 머리에 아무런 외상이 없었다니까 내가 잘못 본 거겠지. 근데 그 아저씨가 쇼핑백으로 그 사람 머리를 내리칠 때 난 그 사람 머리에서 피가 흐르는 걸 봤어. 지금도 이렇게 눈을 감으면 그 얼굴이 떠올라. 피투성이가 된 그 얼굴이."

진아는 식탁 의자에 등을 기댄 채 눈을 감고 중얼거렸다. 진아의 감은 눈꺼풀이 파르르 떨렸다. 버스 옆자리에 앉아 있던 남자의 옆얼굴이 선명하게 떠올랐다. 그는 진아와 같은 나이였다. 서른둘. 그 남자의 하얗고 창백한 얼굴에서 시뻘건 피가 흘렀다. 남자의 눈은 벌써 초점이 멎어 굳고 있었다. 그때는 그런 생각을 하지 못했지만 사건이 있던 그날 이후로 이상하게도 점점 그 남자에게 연민이 갔다. 불쌍한 사람.

바로 이 순간에는 눈을 감으면 보이는 그 남자의 얼굴이 다정하게 느껴졌다. 그 기운 없고 파리한 얼굴. 마치 오래 사귄 애인처럼 다정하고 불쌍하게 느껴져서 잠시 기대어 편안히 쉬라고 어깨를 내어주고 싶었다. 지금 옆에 서 있는 남편보다 눈을 감고 떠올리고 있는 그 남자가 훨씬 더 친밀한 존재 같았다. 진아는 배시시 웃었다. 남편은 자신이 이런 생각을 하고 있는 줄은 꿈에도 모를 거라 생각하니 웃음이 났다.

"너 미쳤어?"

진아는 눈을 떴다. 민재가 화난 얼굴로 서 있다. 뺨이라도 한 대 갈기고 싶어 하는 표정이다. 진아는 민재의 눈을 피하지 않고 똑바로 바라보았다. 두 사람은 그렇게 서로를 오랫동안 노려봤다. 그러다 민재가 등을 돌림과 동시에 긴장이 깨졌다.

"일하고 싶으면 해. 그게 낫겠다. 너 이러다 진짜 이상해지겠어."

진아는 대답하지 않고 일어나 주섬주섬 식탁을 치웠다.

"다 먹었어. 치워. 그건 돈 주고 고용한 사람한테나 하는 말이지. 아니, 돈을 줬어도 그런 말은 하면 안 돼. 밥도 새로 짓고, 국도 새로 끓이고, 반찬도 하고. 수고가 얼마나 들어가는데. 그런 밥을 먹고 그렇게 말하면 안 되지. 잘 먹었다고 인사를 해야지."

"그래, 그건 내가 미안해. 말이 잘못 나온 거야. 잘 먹었어. 고마워."

그래, 그래야지. 그래야 착하지. 진아는 속으로 생각하며 싱긋 웃었다.

*

민재가 서재로 들어가 문을 닫았다. 진아는 서재를 등지고 설거지를 했다. 설거지를 하는 동안에도 그 남자 생각이 났다. 이제 오래 알고 지낸 사이처럼 다정하게 느껴지지는 않았다. 그저 딱했다.

'어쩌다 그렇게 갔을까. 젊은 사람이. 그 사람이나 나나 앞길이 창창한데.'

진아는 그런 생각에 잠겨 천천히 그릇을 씻다 문득 정신을 차리고 속도를 높였다. 물소리가 너무 오래 나면 민재는 무슨 설거지를 저렇게 오래 하나 생각하며 한심해할 것이다. 그런 일로 책 잡히기는 싫었다. 물을 낭비하지 말라고 잔소리를 할 수도 있다.

진아는 얼른 설거지를 마치고 집 안을 돌아다니며 할 일이 남았나 살폈지만, 종일 집안일을 했기 때문에 실은 할 게 없다는 걸 알았다. 집은 깨끗했고, 설거지를 한 후 싱크대 물기도 닦았다. 빨랫감도 방금 민재가 벗어놓은 것 말고는 없었다. 더는 할 일이 없다는 게 확실해지자 진아는 거실 소파에 앉아 TV를 켰다. TV를 보면 또 그럭저럭 시간이 간다. 민재도 그래서 게임을 하는 것일 거다. 어쨌든 그럭저럭 시간이 가니까.

10시가 좀 넘어서 진아는 침실로 들어가 침대에 누워 휴대폰을 봤다. 그 사건도 잠깐 검색해봤다. 여동생이 올렸다던 청원 글도 찾아보았다. 불쌍한 우리 오빠의 억울한 죽음을 풀어주세요. 그게 제목이었는데 왠지 글이 눈에 잘 들어오지 않았다.

'피곤해서 그런가? 내가 피곤할 게 뭐 있다고. 종일 집에만 있었으면서.'

진아는 눈에서 겉도는 글을 입으로 중얼거려보았다. 불쌍한 우리 오빠. 불쌍한. 우리 오빠. 의 죽음을.

정확히 밤 11시에 침실 문이 열렸다. 민재는 벽에 붙은 천장등 스위치를 끄고 아무 말 없이 침대로 들어왔다. 소리도 거의 내지 않아서 마치 뱀이 스르륵 침대 속으로 기어들어오는 것 같았다. 그의 시선은 진아에게 한 번도 닿지 않았다. 민재는 마치 혼자 있는 것 같았다.

'내가 투명인간이 된 건가?'

진아는 가만히 옆에 누워 있는 민재를 보며 생각했다. 민재는 금방 잠이 들었다. 진아는 침대에서 일어나 앉았다. 시선이 자연스럽게 창문 바깥으로 향했다. 침실에는 작은 창문이 있고, 그 창문으로 뒷베란다가 보였다. 베란다에는 침실 창문보다 좀 더 큰 창이 있어서 그 창으로 바깥을 볼 수 있었다. 하지만 밖이 보인다고 해서 풍경이라고 할 만한 것을 볼 수 있는 건 아니다. 이렇게 어두운 밤에 침대에 앉아 창밖을 보면 사물이 그저 흐릿하게 보인다. 오늘은 왠지 창밖의 흐릿한 사물들을 계속 바라보게 됐다. 어둠이 깊어서 그 속을 자꾸 들여다보면 뭔가가 나올 것만 같다. 아니면 바닥이 드러나 보이던지.

'그런데 정말 그 쇼핑백 안에 아무것도 안 들어 있었을까?'

진아는 문득 이상한 느낌에 휩싸여 민재를 흔들었다.

"자기, 자기. 일어나봐."

민재는 꿈쩍도 하지 않았다. 죽은 사람처럼 깊게 잠든 것 같았다. 평소라면 금방 깨우기를 포기했을 것이다. 민재는 한 번 잠들면 정말 도둑이 들어와도 모를 정도로 깊게 잠든다. 그건 장거리 연애를 할 때도 그랬다. 진아는 오랜만에 만난 민재와 새벽 늦게까지 놀다 자고 싶었지만 민재는 11시면 잠들었고 잠이 들면 아무리 깨워도 일어나지 않았다. 그럴 때 진아는 민재가 깨어나길 기다렸다가 깨워봤다가 하다가 혼자 빈정이 상해 등을 돌리고 억지로 잠을 청하고는 했다.

여기서 함께 살고부터는 민재가 잘 때는 아예 깨우려는 시도도 하지 않게 되었다. 진아는 새벽 늦게 잠드는 편이라 2시가 지나도 잠이 올까 말까 했다. 종일 누군가와 제대로 된 말 한마디 못했기 때문에 민재가 들어오면 이런저런 얘기를 나누고 싶었지만, 민재는 일하고 들어와서까지 말을 하는 것을 피곤해했다. 어쩔 수 없이 잠든 민재 옆에 누워 잠이 오지 않는 새벽을 보내고 있으면 우울해졌다.

'역시 일을 구해야겠어.'

진아는 그런 다짐을 하면서도 한편으로는 자신이 금방 일을 구하지 못하리라는 걸 알았다. 회사는커녕 대형마트도 차로 두 시간은 가야 있는 이 외진 동네에서 일을 구하기는 쉽지 않을 것이다.

진아는 감히 더 이상 침실 창문을 바라보지 못하고 민재에게 시선을 고정한 채 그를 흔들었다. 그러다 불쑥 공포심이 솟아올랐다.

"일어나봐, 자기. 나 무섭단 말이야."

민재는 그래도 대답이 없었다. '일부러 이러는 거 아닐까? 날 상대하기가 귀찮아서.' 그런 생각이 들자 화가 치밀었다.

"제발 좀 일어나보라고!"

진아는 민재의 어깨를 잡아 자기 쪽으로 당겼다. 그의 얼굴이 보였을 때 진아는 흠칫 놀라 눈을 부릅떴다. 남편의 얼굴이 아니었다. 그 남자의 얼굴이었다. 창백한 얼굴에 이마에서 피를 흘리고 있는 젊은 남자. 그는 눈을 감고 있었다. 잠을 자려는 듯했다. 진아는 그 얼굴을 물끄러미 봤다. 점차 두려움이 가셨다. 그러자 다시 남자의 얼굴이 다정하게 느껴졌다. 진아는 그의 뺨에 입을 맞췄다. 진하고 성적인 키스가 아니라 애정이 담긴 가벼운 뽀뽀였다. '잘 자. 이제 쉬어도 돼. 내 옆에서 한숨 푹 자.' 남자가 평안하고 깊숙한 잠에 빠져들었다. 진아는 그 얼굴을 보며 미소 지었다.

흔들리는 거울

이 집에 다른 사람들이 있었을 때, 그러니까 가족이라고 부르는 사람들이 있었을 때 그들은 거울이 흔들리는 게 바람 때문이라고 했다.

*

나가기 전에 마지막으로 거실 벽에 달린 거울을 보며 얼굴을 정리했다. 흐트러진 앞머리를 매만지고 립스틱을 한 번 더 바르며.

거울은 흔들리는 것 같기도 흔들리지 않는 것 같기도 했다. 나는 또다시 거울에 대한 생각에 사로잡히게 될까봐 거울에서 몇 걸음 떨어졌다. 그러고는 현관으로 가서 서둘러 신발을 신고 문을 열었다. 어찌나 서둘러 나갔는지 운동화를 다 신지도 못했다.

현관문이 닫힌 뒤에야 신발에 발을 제대로 넣었다. 부모님의 유산이었던 이 집은 지은 지 30년이 넘은 서울의 구옥으로 햇볕 좋은 밝은 날에도 집 안이 어두침침하다. 사실 종일 어두침침한 것은 거실뿐이고, 오전에는 내 방에 볕이 환하게 들어오고 해가 질 무렵에는 엄마의 방이 노란빛으로 가득 차지만 아무래도 집은 거실이 주는 인상이 크기 마련이다.

나의 일과는 단순하다. 낮 12시쯤 일어나 세수를 하고 천천히 하루의 첫 끼를 먹다 보면 금방 한 시간이 흘러간다. 나는 대충 먹는 걸 좋아하지 않아서 뭐라도 새로 만든다. 그래봐야 낮 12시에 한 번, 저녁 6시 반에 한 번 이렇게 두 끼를 혼자 먹는 거라 뭔가를 만들어도 그리 번잡스럽지 않다.

부모님과 동생이 있었을 때는 어떤 음식을 해도 4인분을 만들어야 해서 지금보다 손이 많이 갔다. 장을 볼 때도 두 손 가득 식료품이 든 봉지를 들고 마을버스를 타느라 진땀을 뺐고, 재료 손질도 더 오래 걸렸다. 된장찌개나 김치찌개, 카레 같은 건 당연히 큰 냄비에 끓여서 먹었고, 김밥은 열 줄씩 싸도 이틀이면 남는 게 없었다. 그래도 그때는 설거지는 편했다. 음식을 잔뜩 만들고 지쳐서 소파에 드러누워 있으면 엄마나 경모가 어느새 싱크대로 가서 그릇을 씻고 있었으니까.

지금은 뭘 해서 먹든 먹는 입도 하나고 설거지를 대신 해줄 사람도 없다. 예전에는 화분에 물 주는 걸 까맣게 잊고 있어도 다른 가족이 물을 줘서 집 안의 식물이 죽는 일도 잘 없었는데 지금은 뭐든 살아 있는 걸 집에 들이기가 겁난다.

경모는 어항에 새우와 물고기를 길렀고, 부모님은 옥상에 작은 정원을 만들어서 가꿨다. 거실, 부엌, 방들. 집 안 곳곳에도 화분이 있었다. 경모가 집에 없을 때는 아빠가 경모의 물고기와 새우를 돌봤다. 엄마도 한 번씩 먹이를 줬다.

혼자 남은 나는 어항을 방치했다. 어항이 너무 무겁고 커서 물을 어떻게 갈아줘야 할지 알 수 없었다. 어느 날 문득 생각이 나서 경모의 방에 들어갔더니 어항이 뿌옇게 되어 있었다. 검은빛과 녹빛이 섞인 안개로 가득 차 있는 것 같았다. 푹푹 찌는 여름날이라 어항에서 속이 메슥거리는 냄새가 났다. 나는 구역질이 나는 걸 간신히 참고 어항을 비워냈다. 어떻게 해야 할지 몰라 그냥 바가지로 물을 퍼서 대야에 담은 다음 화장실에 가져가서 쏟아냈다. 그걸 몇 번이나 반복했다. 물고기와 새우의 사체는 너무 작아서 그게 살아 있던 생물이라는 실감도 들지 않았다.

그렇게 비워낸 어항은 지금 경모의 방에 그대로 있다. 그렇게 큰 유리 어항을 어찌 해야 할지, 중고로 내놓을지, 그렇다면 모르는 사람을 집에 들여야 하는데 그건 싫다, 그런 생각을 하다가 다 귀찮아져서 그만두고 말았다.

'아차, 내 일과를 떠올려보던 중이었지. 참.'

요새는 이렇게 생각이 딴 길로 빠지는 때가 많다. 원래도 그런 성격이긴 했고 그러니 작가가 됐겠지만 점점 그런 면이 심해진다. A를 생각하다 B를 생각하고 B의 꼬리를 C가 물고 그러다 D, E, F, G까지 가는 식이다.

'어디까지 했지? 그래, 일어나서 하루의 첫 끼를 해 먹고.'

그런 다음에는 소파에 앉아서 잠깐 TV를 본다. 30분쯤. 그렇게 여유 있게 소화를 시키고 외출 준비를 한 후 카페에 가서 본격적으로 일을 시작한다. 집에서 가까운 카페가 있는데 그곳에 매일 간다. 그곳이 사무실이나 마찬가지다. 좋아하는 자리는 창가에 있는 1인석이다. 카페는 점심시간에만 잠깐 붐비고 그 외에는 한산한 편이다.

나는 서점에 들어가 새로 나온 책들을 둘러보면서 하던 생각을 계속 이어서 했다.

'그래, 내 일과는 단순하지. 밥을 먹고, 잠깐 TV를 보고, 카페에 가서 글을 쓰고, 저녁이면 집에 들어와서 또 밥을 먹고. 그다음에는 방에 들어가서 책을 읽거나 영화나 드라마를 보고, 휴대폰을 보고, 급히 써야 할 글이 있으면 쓰기도 한다. 그게 일과의 전부다. 레귤러 일과랄까.'

나는 매대에서 고른 책 두 권을 계산대로 가져가 결제를 하면서 '레귤러'의 사전적 의미가 무엇일지 생각했다. 보통의? 평범한? 하지만 서점에서 나와 휴대폰으로 사전적 의미를 검색해보니 '1.규칙적인, 정기적인 2.잦은, 주기적인, 규칙적인'이라고 나와 있었다. '나중에 소설에 쓸 수도 있겠어.' 나는 레귤러의 사전적 의미가 나와 있는 휴대폰 화면을 캡처하고 미팅 장소인 지하철역 근처 카페로 걸어갔다.

출판사와의 미팅은 거의 합정역 근처 카페에서 하게 된다. 파주에서 합정까지 이어진 도로가 있기 때문이기도 하고, 합정 일대에도 출판사들이 좀 있다. 집에서 합정역까지는 50분 정도 걸린다. 서울 외곽에 있는 우리 동네에서는 어디를 가든 한 시간 정도가 걸린다. 강남이든 여의도든 종로든. 합정은 비교적 가까운 편이다. 동네에서 버스를 한 번 타고 지하철역으로 간 다음 2호선 열차를 타면 된다. 지금 사는 동네로 이사 온 뒤로는 한 시간 거리쯤은 멀지 않다고 생각하게 되었다. 동네 바깥으로 외출하는 일이 거의 없기는 하지만 말이다. 특별한 일이 없는 한 나는 동네 바깥으로 잘 나가지 않는다. 딱히 어떤 이유가 있어서는 아니고 그저 그럴 필요를 못 느낀다. 뭐든지 다 배달되고 동네에도 카페며 편의점 같은 편의 시설이 다 있는데 굳이 차를 타고 멀리 나갈 필요가 있나 하는 것이다. 게다가 삶의 질을 높이는 데에 꼭 필요한 맛있는 빵집과 영화관도 있다. 그러니 동네 안에만 있어도 거의 불편을 느끼지 못한다. 오늘처럼 약속이 있는 날은 할 수 없지만.

이번에 만난 편집자 G씨는 이전에 책 한 권을 같이 했던 사람이라 미팅이 긴장되거나 불편하지는 않았다. 이번에 만난 것은 새로운 책을 계약하기 위해서였는데 전화 통화도 한 번 했고 이메일도 주고받아서 기본적인 이야기는 끝낸 상태였다. 나는 이번에 쓰고 싶은 게 어떤 이야기인지 이메일로 썼던 것보다 좀 더 자세히 풀어놓았다. 편집자 G씨는 고개를 끄덕이며 이야기를 들어주다가 아주 적절한 조언들을 한마디씩 해주었다.

G씨는 현실적이고 솔직한 성격이다. 나는 그런 성격의 G씨와 대화하는 것이 편했다. 나는 예민한 성격에 내면의 감정이나 세계에 몰두하는 편이어서 현실적인 사람과 대화를 하면 균형이 맞춰지는 느낌이 든다. 땅굴만 파고 들어가고 있다가 머리를 잠깐 밖으로 내민 느낌이랄까. 특히나 요새처럼 두문분출하며 혼자 지내는 시간이 많을 때는 이런 만남이 중요하다. 잠시 내면에서 벗어나는 시간. 자신만의 세계에서 바깥 세계로 나가는 외출이다.

"작가님, 요즘은 좀 어떠세요?"

일 애기가 끝나고 일상 화제로 넘어갔을 즈음 편집자 G씨가 조심스레 물었다. 나는 무슨 말인지 듣자마자 알았지만(아마 소리가 들리지 않았더라도 표정과 입 모양만으로 무슨 말인지 알아챘을 것이다. 그 일을 겪은 이후로 수없이 많이 본 얼굴이었으니까) 모른 척 되물었다.

"뭐가요?"

편집자 G씨는 아무것도 아니라는 듯 미소를 지었다.

"그냥요. 잘 주무시는지 궁금해서. 한동안 잠을 잘 못 잔다고 하셨잖아요. 요새는 잠 좀 주무세요?"

사실은 온 집 안에 불을 환하게 켜놓고도 마음 편히 잠들지 못해 서너 시간 겨우 눈을 붙였고, 그나마도 중간중간 몸서리치며 화들짝 깨어날 때가 많았지만 나는 웃으며 대답했다.

"네, 많이 좋아졌어요. 밥도 잘 먹고요."

"더 많이 잘 챙겨 드세요. 살이 너무 많이 빠지셨어요."

"전 요즘 S 사이즈 청바지가 맞아서 좋은데요? 하체에 살이 많아서 M도 안 맞을 때가 맞았는데 지금은 S 사이즈 스키니진도 쑥쑥 들어가요. 꿈을 이뤘죠, 뭐."

내가 괜한 너스레를 떨자 편집자 G씨가 다시 미소를 지었지만 눈빛은 조금 전보다 더 걱정스러워져 있었다. 나는 그 눈빛을 견딜 수가 없어서 가방을 챙겨 일어났다. 마감을 핑계 삼아서.

마감에 치이는 것은 사실이었다. 1년 전부터 다시 일을 하기 시작해서 약속된 일들이 꽤 쌓였다. 외부 행사나 강연은 아직 못하고 있지만, 연재나 계약된 책을 쓰는 일은 할 수 있다. 작년에 한 문학잡지에서 청탁을 받아 쓴 단편소설이 예상치 못하게 좋은 반응을 얻으며 문학상까지 하나 받아서 여러 곳에서 다양한 제안이 들어왔다. 문단은 나의 복귀를 환영해주었다. 내가 다시 활발히 활동하기 시작하자 사람들은 내가 회복되는 중이라고 생각했다. 나도 내가 어느 정도는 회복되었다고 생각한다. 하지만 내 안의 어떤 부분은 절대 회복되지 않는다. 한 번 깨어진 거울이 그 이전으로 되돌아갈 수 없듯이.

집 안은 소름이 돋도록 적막했다. 나는 거실 불을 절대 끄지 않는다. 거실만이 아니라 경모 방과 엄마 방에도 불을 켜놓는다. 내 방 전등도. 아빠는 방이 따로 없었다. 아침 일찍 나가서 저녁 늦게 퇴근하는 아빠는 거실에서 이불을 펴놓고 잤다. 밤중에 거실과 붙어 있는 부엌에 물을 마시러 나가면 옆으로 누워 잠든 아빠가 보였다. 방이 세 개뿐인 집이라 한 사람은 거실에서 자야 했는데 왠지 자연스럽게 아빠가 거실을 쓰게 됐다. 거실에서 혼자 잠든 아빠를 보면 어서 돈을 벌어 방이 네 개인 집으로 이사를 가고 싶어졌다. 하지만 지금보다 더 큰 집으로 이사 가게 되기 전에 나나 경모가 독립을 할 거라는 생각도 했다. 지금처럼 넷이 함께 살 수 있는 시간도 얼마 남지 않았다고 생각하면 마음이 애틋해졌다. 경모는 독립을 준비하고 있었다. 그애도 서른이었으니까.

귀가 밝은 나는 방 안에 있어도 가족들이 거실과 부엌, 화장실을 오가는 소리를 다 들을 수 있었다. 계단을 올라와 현관문 비밀번호를 누르고 들어오는 소리도 들을 수 있었다. 가족 중 한 명이 들어오면 거실이나 부엌에 있던 다른 식구들이 인사를 건넸다. "왔니? 늦었네." 혹은 "오늘은 일찍 들어왔네. 밥은 먹었어?"

그러나 이제 집에 들어가도 그런 말을 건넬 사람이 없다. 나는 방에 가방을 내려놓고 옷을 벗은 뒤 욕실로 들어갔다. 이 집 욕실은 한여름이 오기 전까지는 서늘하다. 다른 건 크게 불편하지 않지만 서늘한 욕실에서 추위에 떨며 샤워를 할 때는 역시 아파트로 이사하고 싶다는 생각이 든다.

낡은 2층짜리 단독주택인 이 집을 처분하고 혼자 살기에 적당한 작은 아파트를 구해도 좋겠지만 항상 생각에 그친다. 우리 가족은 이 집에서 10년 동안 살았다. 그러니까 나 혼자 살기 전에 우리 넷이 살았던 시간만 10년이다. 부모님이 처음으로 전세를 벗어나 자신들의 명의로 산 집이었다. 서울 외곽의 이층집. 옥상과 작은 마당이 있는. 1층은 수도 문제로 물이 새서 벽지가 항상 축축했다. 그래서 세도 주지 못하고 창고로밖에 쓸 수 없었다.

처음 이사를 오고 5년째까지는 매년 사람을 불러 수리를 시도했다. 그것 때문에 돈도 많이 썼지만 결국 고쳐지지 않았다.

아무도 문제의 원인을 속 시원하게 밝히지 못했다. 동네의 전문가 한 명은 문제가 뭔지 정확히 알아내려면 집을 거의 다 부숴야 할 거라고 말했다. 그 후로 부모님은 1층에 물이 새는 문제를 고치기를 포기했다.

구옥에는 그런 문제가 흔하다. 꼭꼭 숨어 있어서 찾아내려면 벽이나 천장을 아예 부숴야만 하는, 집의 골격이 드러나야 찾을 수 있는 오래된 문제들. 그나마 2층은 물이 새지 않고 한겨울에 보일러가 가끔 말썽인 것만 빼면 별 문제가 없어서 다행이다. 나는 샤워기 아래에서 따뜻한 물줄기를 맞으며 아파트로 이사 가는 문제를 다시 생각했다. 아니면 작은 오피스텔을 구해서 나갈 수도 있다. 이 집을 처분하고 작은 오피스텔로 옮기면 현금에 여유가 생길 것이다. 하지만 이번에도 욕실을 나가는 순간 그 문제를 잊어버릴 게 뻔했다. 나는 아직 이 집을 떠날 준비가 되지 않았다.

천천히 샤워를 마치고 욕실 선반에서 수건을 꺼내 몸을 닦았다. 세면대 위에 붙은 큰 거울은 김으로 뿌옇게 덮였다. 나는 머리를 수건으로 감싸고 거울을 바라봤다. 이럴 때면 뿌연 거울에 비친 실루엣이 내가 아니라 다른 존재인 것 같다는 두려움이 맥락도 없이 뒤를 덮쳐올 때가 종종 있다.

나는 두려움을 느끼며 젖은 손으로 거울을 닦았다. 거울에 비친 것은 역시 나뿐이었다. 등 뒤가 싸한 느낌이 들어 뒤를 돌아보았지만 뒤에는 아무도 없었다.

욕실에서 나온 나는 거실 벽에 걸린 거울 앞에 앉아 드라이기로 머리를 말렸다. 이 집에는 화장대가 없어서 그냥 거실 벽에 거울을 걸어두고 그 밑에 서랍장과 의자를 놓고 쓴다. 집에 있는 물건이나 가구의 배치는 가족들이 있었을 때와 전부 똑같다. 나는 동생과 부모님의 흔적을 하나도 치우지 않았다. 이 집에 살던 사람들만 사라졌을 뿐, 그들이 쓰던 물건들은 그대로다. 가족들이 긴 여행을 가 있는 것이라 생각하고 싶지만 그건 불가능하다. 그런 생각을 하려는 순간 생생한 기억들이 연속적으로 밀려와 부딪힌다. 그것들은 달려오는 카트 같다. 마트의 커다란 은색 카트들.

가속도를 내며 달려와서 쾅, 쾅 하고 부딪히는. 경모의 시체. 엄마의 시체. 아빠의 시체. 축 늘어진 몸. 너무나 이상한 얼굴. 파괴된 몸. 어떻게 생겼었는지 기억이 흐릿한 세 개의 관. 나는 화장을 원했지만 아빠의 형제들과 이모들, 외삼촌들은 무덤을 만들기로 입을 모았다. 장례 절차나 비용도 친척들이 전부 알아서 했다. 친가 식구들은 서로 사이가 좋았고, 엄마도 이모, 외삼촌들과 매우 친밀했다. 엄마는 생전에 친척들끼리 서로 다 우애가 좋은 게 이 집안의 복이라고 했다.

장례를 치를 때 큰아버지가 친척들과 의견을 모아서 나에게 전달했다. 형식적인 절차였지만 나를 무시하거나 배제하지 않겠다는 뜻으로 그렇게들 해주신 것이다. 나는 어떤 것에도 반대 의견 없이 그러겠다고 대답했다. 친척들은 장례가 끝나자 각자의 집으로 돌아갔다. 친가와 외가의 양쪽 어른들은 내가 원한다면 가장 마음이 편한 친척의 집으로 가서 한동안 같이 지내도 된다고 했지만 나는 얼른 혼자가 되고 싶었다. 북적이는 장례식장에서 며칠 동안 사람들에게 둘러싸여 있는 일은 고역이었다. 하지만 바로 집으로 돌아올 수도 없었다. 난장판이었던 집이 다시 깨끗이 정리되기까지 꽤 오랜 시간이 걸렸다. 다행히 나는 여행을 좋아했기 때문에 집이 아직 정리되지 않았다는 걸 핑계 삼아 한동안 떠돌아다녔다. 여행이라고 해봤자 적당히 마음에 드는 도시를 골라 저렴한 숙소를 빌린 다음 빈둥거리는 것이 다였지만 말이다. 그렇게 몇 달이 지나자 다시 집으로 들어올 수 있었다. 처음에는 집이 낯설고 두려운 마음도 들었지만 얼마 가지 않아 익숙해졌다. 숙소를 떠돌아다니는 것에도 진력이 나서 역시 집이 가장 편하다는 생각도 했었던 것 같다.

나는 거울을 보며 젖은 머리카락 사이에 손가락을 넣어 물기를 털었다. 거울을 보면 얼굴만이 아니라 집 안의 풍경도 같이 눈에 들어온다. 거울 속 풍경은 잔잔하게 흔들리고 있었다.

'또 흔들리네.'

나는 생각했다. 가족들과 살 때도 나는 거울이 흔들리는 것을 의식했다. 거울이 종종 흔들리는 것이 이상하다고 생각하다가 한 번은 가족들이 모두 거실에 있을 때 그 이야기를 꺼낸 적도 있었다.

"드라이기 바람 때문에 흔들리는 거지."

아빠가 말했다.

"그런가?"

나는 바로 납득이 안 되어서 되물었다.

"그래, 누나. 드라이기에서 바람이 나오니까 거울이 흔들리지."

나는 아빠나 엄마의 말보다는 경모의 말을 신뢰하는 편이었다. 경모가 맞는 말을 더 많이 해서가 아니라 경모를 가장 사랑했기 때문이었다.

'드라이기 바람이 그 정도로 센가? 거울이 흔들릴 정도로?'

나는 예전에 가족들과 나눴던 대화를 떠올리며 거울을 다시 가만히 들여다봤다. 거울은 더 세게 흔들리지 않고 아주 잔잔하게, 계속 흔들렸다. 미풍이 부는 날 커다란 호수의 표면이 잔잔하게 흔들리듯이, 흔들리는 듯 마는 듯 그렇게.

머리가 어느 정도 말라서 나는 드라이기를 껐다. 드라이기를 껐는데도 거울은 흔들렸다. 하지만 너무 잔잔하게 흔들려서 흔들린다고 느끼는 것이 눈의 착각이 아닐까 싶을 정도였다.

"자꾸 그런 생각을 가지고 봐서 그런 거야."

아빠가 말했다.

"맞아, 그런 것 같아."

나는 드라이기를 정해진 자리에 놓고 소파에 앉아 리모컨을 집어들었다. 적막함이 싫어서 거실에 혼자 있을 때는 항상 TV를 틀어놓는다. TV를 켜기 전에 검은 화면에 내 모습이 비치는 게 싫어서 시선을 어정쩡하게 아래로 내리고 리모컨을 눌렀다.

적당한 예능 프로그램이 나오는 케이블 채널을 틀어놓고 저녁밥을 차렸다. 집에 오는 길에 뭔가 포장을 해올까도 했지만 적당한 것이 없었다. 결국 오전에 넉넉히 만들어뒀던 쿠스쿠스에 인스턴트 커리—외국인이 운영하는 식료품점에서 산 인도산 시금치 커리였다—를 데워서 얹고, 소파에 앉아 TV를 보면서 먹었다. 이렇게 저녁에 소파에 앉아 밥을 먹으며 TV를 보는 시간에는 모든 것이 괜찮게 느껴진다. 평범한 일상. 과거에 불행한 일이 일어난 적도 없고, 미래에도 별일 없이 그저 오늘 같은 저녁이 이어질 것 같은 기분이 든다. 가족들과 살 때도 혼자 저녁을 먹은 적이 많았어서 더 그렇다. 저녁을 먹고 방에 들어가서 책을 읽거나 휴대폰을 하고 있으면 가족들이 한 명씩 도어록 비밀번호를 누르고 들어올 것 같다. 예전에 나는 그 소리를 듣고 방에서 나가 인사를 할 때도 있었지만, 귀찮아서 못 들은 척하고 하던 일을 할 때도 많았다. 그러나 나가서 인사를 하든 안 하든 그 소리는 평화로운 일상의 한 부분이었다. 가족들이 모두 들어오고 나면 마지막에 들어온 사람이 현관문 안전장치를 걸어서 잠궜다. "다 들어온 거지?" 하고 거실에 있는 가족에게 확인을 한 후에.

이제 그런 절차는 이 집에서 사라졌다. 내가 들어오면 다 들어온 것이다. 이제 도어록 소리는 오히려 공포스러운 것이 되었다. 아직 한 번도 그런 적은 없지만, 집에 혼자 있을 때 누가 도어록 비밀번호를 누르는 소리가 난다면 나는 극심한 공포를 느낄 것이다. 그건 침입의 신호이므로.

10시 11분이 가까워지고 있었다. 앞으로 5분 뒤. 나는 소파에 다리를 쭉 펴고 반쯤 누워 있다가 몸을 일으켜 앉았다. 담요를 덮은 다리를 두 팔로 감싸고 몸을 웅크린 채 소파에 몸을 파묻듯 기댔지만 긴장이 풀리지는 않았다. TV에 집중하려 해도 시선이 자꾸 벽에 걸린 시계로 향했다. 3분 뒤, 2분 뒤, 1분 뒤. 시계 분침이 정확히 11을 가리킨 순간 거울이 흔들리기 시작했다. 이번에는 아까처럼 잔잔한 흔들림이 아니었다. 거울은 누가 손으로 건드린 것처럼 좌우로 흔들렸다.

나는 TV 소리를 조금 키웠다. 흔들리는 거울을 무시하고 싶었지만 쉽지 않았다. 매일 밤 10시 11분에 거울이 흔들린다. 몇 달 전부터 그랬다. 달력에 표시해둔 게 아니니 정확히 어느 날부터인지는 모른다. 그냥 몇 달 전 어느 날부터 밤 10시 11분만 되면 거울이 흔들렸다. 지속 시간은 매일 다르다. 아주 잠깐 흔들리다 말 때도 있고, 5분 넘게 흔들리는 날도, 한 시간 넘게 흔들리다 멈추는 날도 있다.

오늘은 얼마나 갈까? 나는 초조하게 거울을 흘깃 봤다. 소파에 앉아서 보면 거울을 통해 경모의 방이 보인다. 불규칙하게 흔들리던 거울은 점차 시계추처럼 일정한 속도로 왼쪽에서 오른쪽으로, 오른쪽에서 왼쪽으로 움직였다.

TV에서는 길에서 만난 사람과 대화를 나누는 토크쇼가 나오고 있었다. 옛날에 한 번 넷이서 이 방송을 같이 본 적이 있었다. 다들 일이 바쁘고 취향도 달라서 각자 방에서 TV나 휴대폰, 컴퓨터로 자신이 좋아하는 것을 보는 편이었지만 아주 가끔은 자연스레 네 사람이 다 TV 앞에 모일 때도 있었다. 마침 TV에서 방송 중인 프로그램이 재밌는 것이라 그럴 때도 있었지만 그보다는 가족과 시간을 보내고 싶은 욕구가 들 때 그런 일이 일어났다.

엄마와 아빠가 거실에서 일일 드라마를 보는 시간에는 나도 슬그머니 방으로 들어가 문을 닫고 있을 때가 많았지만 가끔 경모까지 부모님과 TV를 보고 있으면 방으로 들어가지 않고 거실 바닥에 엉덩이를 슬쩍 붙였다. 그렇게 네 식구가 TV 앞에 모여 쓸데없는 말을 한두 마디씩 나눌 때면 내가 가족이라는 것에 소속되어 있음을 어느 때보다 피부에 와닿게 실감했다.

'방금 뭐였지?'

나는 나도 모르게 무심코 흔들리는 거울 쪽으로 시선을 향하고 있다가 거울 속에서 지나간 것을 보고 흠칫 놀랐다. 거울에 비친 경모의 방에 뭔가가 있었다. '뭔가'라기보다는 '누군가'였다. 분명 경모의 방 안에서 누군가가 휙 지나갔다. 하얀 형체 같은 것이었는데 사람 실루엣 같았다.

'잘못 본 거겠지.'

나는 그렇게 생각하고 넘기자고 마음을 먹고 다시 TV를 향해 고개를 돌렸다. 하지만 바로 그 순간 거울에 비친 경모의 방에서 하얀 형체가 다시 한번 지나갔다. 마치 누군가가 방 안을 왔다 갔다 하는 것처럼 보였다. 두 번째로 그 하얀 형체를 보았을 때 나는 내가 두 발을 본 것 같다고 생각했다. 사람의 맨발이었다. 남자의 발. 까무잡잡했다.

경모도 피부가 까무잡잡한 편이었다. 170센티미터가 조금 넘는 키에 말랐고 얼굴빛은 맑았다. 세상물정을 모르는 편도 아니었는데 경모는 묘하게 맑은 느낌이 있는 아이였다. 아이라기에는 좀 많은 나이였지만 나는 경모가 어린 아들처럼 느껴질 때가 많았다. 부모님이 맞벌이를 하셨기 때문에 아주 어릴 때부터 경모와 단둘이 있는 시간이 많아서였는지도 모른다. 나는 초등학교 저학년 때부터 집에 돌아오면 경모에게 먹을 것을 챙겨주었다. 경모는 그렇게 점점 자랐다. 응석받이 외아들은 아니었다.

클수록 자기 몫을 잘했다. 설거지도 보일 때마다 했고, 빨래도 했고, 음식도 잘했다. 나에게 경모는 아들 같기도 오빠 같기도 친구 같기도 한 동생이었다. 연년생 동생.

다시 한번 하얀 형체가 지나갔다.

이번에는 하얀 형체 끝에 달린 두 발이 경모의 발일 거라는 확신이 들었다. 한편으로는 말도 안 되는 일이라는 걸 분명히 알고 있었지만 그럼에도 그 발은 너무나 경모의 것 같았다.

나는 더 이상 소파에 가만히 앉아 있을 수 없어서 일어나 경모의 방으로 들어갔다. 방이 작아서 들어가보지 않아도 훤히 보였다. 방에는 당연히 아무도 없었다.

하지만 뭔가 마음이 석연치 않아서 나는 방으로 들어갔다. 방 안은 평소와 같았다. 행거에는 경모의 옷들이 그대로 걸려 있었고, 책장에 있는 책들도 그대로였다. 텅 빈 커다란 수조도 아무 변화 없이 제자리에 있었다. 집 안은 아주 조용해서 내가 귀가 먹은 건 아닌지 잠깐 의심이 들 정도였다.

나는 경모의 방 한쪽에 있는 전신 거울 앞에 가서 섰다. 경모의 방은 집에 있는 방 중에서 가장 컸지만 그만큼 가구와 물건도 많아서 거울이 애매한 위치에 있었다. 방의 모서리도, 가운데도 아닌 곳에. 경모의 방은 천장등을 간 지가 오래되어 불을 켜도 어둑한 느낌이 있다. 나는 밝지도 깜깜하지도 않은 어둑한 방에서 거울 속 나의 모습을 잠시 바라보았다. 마르고 늙어 보였다. 머릿결도 피부도 푸석하다. 집에서 입는 옷도 너무 늘어지고 색이 바랬다. 새 옷을 마지막으로 산 게 언제인지 기억이 나지 않았다.

경모는 나보다 옷이 많았다. 나는 행거에 걸린 경모의 옷 중 하나를 골라 걸치고 다시 거울 앞으로 갔다. 초록색 체크 셔츠. 나와 경모는 키가 비슷했다. 평생 내가 경모보다 조금 통통한 편이었지만 이제는 나도 경모만큼 말랐다.

'경모랑 체형이 아주 비슷해졌네. 어쩌면 바지도 맞겠어.'

그런 생각을 하다 결국 호기심을 참지 못하고 경모의 바지를 입어보았다. 오래된 청바지 하나를. 남자 바지라 안 맞을 수도 있다고 생각하며 다리를 넣었지만 바지는 신기하게도 잘 맞았다. 나는 행거에 걸린 허리띠까지 빼서 둘렀다. 그렇게 경모의 셔츠와 바지를 입고 경모의 허리띠까지 하고 거울 앞에 섰다. 하지만 그런다고 경모처럼 보일 리는 없었다. 오히려 씁쓸해질 뿐이었다.

나는 우스운 짓은 그만하자고 생각하면서 셔츠와 바지를 도로 벗어 걸어두었다. 허리띠를 마저 걸 때 등 뒤에서 인기척이 느껴졌다. 나는 화들짝 놀라 짧게 비명을 지르며 뒤를 돌아보았다. 거울 속에 하얀 형체가 지나가고 있었다. 나는 이상한 느낌에 사로잡혀서 거울에 시선을 고정했다. 하얀 형체는 바로 다음 순간 사라졌고 거울에 비친 건 나 자신뿐이었다.

내가 서 있는 곳에서는 경모 방의 거울과 거실 벽에 걸린 거울 두 개가 다 보였다. 거실 벽에 걸린 거울은 아직도 흔들리고 있었다. 그 흔들리는 거울 속에는 놀랍게도 아빠의 얼굴이 있었다. 심지어 아빠의 목소리까지 들렸다. 경모의 목소리도.

나는 홀린 듯이 경모의 방에서 나와 거실로 돌아갔다. 거실에는 아무도 없었다. 그러나 거실 벽에 걸린 흔들리는 거울 속에는 아빠와 경모가 있었다.

"그건 아니지. 그렇게 해서 되는 게 아니야."

아빠가 말했다. 아빠는 고개를 옆으로 돌려 경모를 보고 있었다.

"그래도 한번 얘기는 해보는 게 낫지 않나?"

아빠 뒤쪽에 앉은 경모가 말했다. 둘 다 바닥에 앉아 있었다. 두 사람은 두런두런 이야기를 계속해나갔지만 그 뒤에 들려온 말들은 잘 알아들을 수 없었다.

"뭐가?"

나는 거울 속에 있는 아빠와 경모를 몰래 엿보듯 보기만 하다가 용기를 내어 조심스레 끼어들었다. 거실에는 여전히 아무도 없었다. 하지만 거울 속에는 분명 두 사람이 있었다. 나까지 하면 세 사람.

내가 말하자 거울 속 아빠와 경모가 대화를 뚝 멈추고 나를 빤히 쳐다봤다. 내가 거기 있는지 몰랐다는 듯이. 나도 아마 거울 속의 그들을 그렇게 바라보고 있었으리라. 믿을 수 없어 하며 약간 경악해서.

아빠의 두 눈과 경모의 두 눈. 두 사람의 검은 눈이 나를 바라보았다. 두 쌍의 검은 눈. 네 개의 눈동자. 그리고 다음 순간에 두 사람은 거울 속에서 사라졌다. 다시 나 혼자만 남았다.

시계를 봤다. 10시 21분. 아까 시계를 보고 난 후 한 시간은 지난 것 같은데 겨우 10분이 지났다. 머리에서 식은땀이 났다. 등에서도 땀이 흘렀다. 나는 TV를 끄고 내 방으로 들어갔다. 싱숭생숭해져서 더는 거실에서 TV를 보고 있을 수가 없었다.

천장등이 눈부시긴 했지만 이불에 얼굴을 묻으면 그럭저럭 잘 만했다. 방금 전 본 아빠와 경모의 모습이 떠올라 늦게까지 잠들지 못하고 뒤척거렸지만 새벽이 되자 미적지근하게나마 얕은 잠이 밀려들어서 눈을 감을 수 있었다. 그러다 새벽 4시 반경에 내 이름을 부르는 소리가 들려 나는 깜짝 놀라 잠에서 깨어났다.

"모경아!"

그것은 분명 엄마의 목소리였다. 목소리는 거울 쪽에서 나는 듯했다. 내 방에 있는 전신거울은 원래 엄마 방에 있던 것이었다. 엄마는 어느 날부터 거울에 하얀 천을 씌워놓더니 나중에는 그것을 버리겠다고 문밖에 내놓았다. 거울을 왜 밖에 내놨어?

하고 내가 묻자 엄마는 말했다. "밤에 거울에 뭐가 보일까봐 무서워. 거울 속에서 뭐가 날 쳐다볼 것 같아." "뭐가?" "몰라." 거울에 하얀 천을 씌워놓은 이유를 물었을 때도 엄마는 그렇게 말했었다.

나는 벽 쪽으로 몸을 돌리고 머리에 이불을 덮어썼다. 거울 속에 뭐가 있든 그것을 외면하고 싶었다. 미신적인 것일지 몰라도 해가 뜨면 모든 것이 사라질 것 같았다. 비현실적인 것, 이상한 것, 기이한 것들은 햇님이 뜨면 도망가버린다. 옛날 사람들로부터 이어져내려온 그 전통적인 미신을 믿고 싶었다. 이런 불길한 느낌이 언제까지나 계속된다면 너무 절망적이지 않은가. 적어도 이 밤이 지나고 햇님이 뜨면 이상한 것들이 나를 더 이상 괴롭힐 수 없을 거라는 믿음을 붙잡아야만 미치지 않고 이 밤을 넘길 수 있을 것 같았다.

"내 말 안 들려? 여기로 좀 와봐!"

그 아득한 목소리는 예전에 엄마가 부엌에서 나를 부를 때와 아주 비슷하게 들렸다. 엄마는 부엌에서 뭔가를 하다가 힘에 부치면 날 부르고는 했다. 경모가 있을 때는 경모도 곧잘 불렀지만 그 애는 집에 없을 때가 많았다. 엄마가 부엌에서 날 부르면 나는 귀찮아하면서도 바로 방에서 나가 엄마 대신 김치통을 옮겨주거나 두꺼운 호박을 조각내거나 당근을 채 썰고는 했다. 감자 껍질을 칼로 긁어낼 때도 있었고.

지금 들리는 목소리는 분명 밖이 아니라 방 안에서 들리는 것인데도 먼 데서 들려오는 것처럼 아득했다.

"진모경! 엄마 말 안 들려? 여기 좀 와보라니까."

엄마의 목소리가 성난 것처럼 변했다. 엄마는 계속 내 이름을 크게 불렀다. 목소리는 점점 커져서 방 안을 쩌렁쩌렁 울릴 정도가 되었다. '엄마는 저렇게 목소리를 크게 낸 적이 없었는데. 더구나 나이가 들고 나서는.' 나는 이불 속에서 그런 생각을 하다 어린 시절을 떠올렸다. 어릴 때 아파트 단지에서 애들과 정신없이 놀다 보면 엄마가 창문을 열고 나와 경모를 불렀다. '진모경! 진경모! 저녁 먹어!' 더 놀고 싶은 마음에 들어가지 않고 미적거리고 있으면 엄마가 처음보다 훨씬 큰, 조금 화가 난 목소리로 우리를 불렀다.

"진모경!"

지금 엄마의 목소리는 그때와 흡사했다. 엄마가 그렇게 이름을 부르면 나는 언제나 결국 엄마에게 갔다. 투덜거리거나 짜증을 내더라도.

해가 뜨려면 아직 두 시간은 있어야 했다. 날이 환해지려면 세 시간쯤. 나는 포기하고 침대에서 나왔다. 내 방은 집에서 가장 작아서 침대에서 문 쪽에 세워둔 거울까지 세 걸음도 채 걸리지 않았다.

"이제야 나왔네. 자느라 못 들었어?"

엄마가 거울 속에서 웃으며 말했다. 엄마는 살아 있을 때처럼 편한 바지에 부드러운 면 티셔츠를 입고 있었다.

"왜 불렀는데."

나는 피곤한 목소리로 물었다. 오랜만에 외출을 해서 사람을 만나고 온 날이기도 했고, 한 시간 정도밖에 자지 못해서 정말로 피곤했다.

"엄마 좀 도와줘."

엄마는 부탁할 때 약한 목소리로 말했다. 일부러 약한 목소리를 내는 것이 아니라 예전에는 혼자서도 거뜬하게 할 수 있었던 일을 못하게 되었음을 인정하느라 약간 침울해지는 것이었다. 그래서 나는 엄마의 부탁을 거절할 수 없었다. 언제나.

"뭘 도와주면 되는데?"

나는 거울 속에서 힘 빠진 얼굴로 서 있는 엄마에게 물었다. 아빠와 나, 경모는 키가 170센티미터가 넘었지만 엄마는 혼자 150센티미터가 조금 넘는 작은 키였다. 가족들 사이에 있을 때 엄마는 큰 동물 사이에 있는 작은 동물 같았다. 얼룩말이나 기린 사이에 있는 토끼.

"여기서 좀 꺼내줘."

"어떻게 하면 되는데?"

거울 속에 있는 사람을 무슨 수로 꺼낸다는 말인가. 나는 당혹스러워서 그렇게 하면 방법을 찾을 수 있다는 듯 거울을 손으로 꾹꾹 눌러보았다. 이 집의 수도관을 고치러 왔던 사람들도 그랬었다. 그렇게 하면 방법을 알아낼 수 있을 것처럼 우리 집을 돌아다니며 여기저기 만져보다가 결국 '이거 어렵겠는데'라고 말하며 고개를 저었다.

그때 거울에서 손이 튀어나와 내 팔목을 붙잡았다. 손아귀 힘이 대단했다. 나는 문득 그대로 끌려갈 것 같은 공포심에 붙잡히지 않은 손으로 벽을 짚고 두 발로 힘껏 버텼다. 그러다 거울에서 나온 손이 실은 나를 끌어당기려는 것이 아니라는 걸 깨달았다. 엄마는 내가 엄마를 끌어당겨주길 원하고 있었다.

그걸 깨달은 나는 엄마의 팔을 두 손으로 잡은 채로 몸 뒤쪽에 중심을 두고 줄다리기를 하듯 당겼다. 그러나 저편의 힘이 너무 강력해서 엄마를 이편으로 조금도 당겨올 수 없었다.

나는 한참을 그렇게 줄다리기를 했다. 온몸은 땀범벅이 됐고 점점 팔에 힘이 풀렸다. 나는 안간힘을 다해 버텼지만 어쩔 수 없이 몸에 힘이 빠졌다. 그래도 엄마의 팔을 놓을 수는 없었다.

"네 힘으로는 안 되겠다."

거울 속에서 엄마가 힘없이 미소 지었다.

"아냐, 조금 더 해볼게. 잠깐 쉬었다 하면 돼."

나는 엄마의 팔을 붙잡고 말했다. 얼굴은 기운이 없어 일그러졌고 땀이 바닥으로 뚝뚝 떨어졌다.

"네 힘으로는 안 돼. 아빠랑 경모가 해야지."

엄마는 내가 필사적으로 잡고 있던 팔을 뺐다. 팔이 거울 속으로 들어갔다. 나는 손에 힘이 너무 빠져 있어서 엄마를 붙잡을 수 없었다. 거울 속으로 엄마의 뒷모습이 보였다. 엄마는 자욱한 안개 속으로 사라졌다. 창문에 쳐둔 커튼에 동틀 때의 빛이 번지고 있었다.

어떻게 하면 되지? 나는 집에서 나오기 전까지 그 생각에 골똘히 잠겨 있었다. 햇빛 속에서 아침잠을 서너 시간쯤 자고 일어난 뒤였다. 거울 속에서 본 엄마의 맥 빠진 얼굴이 눈앞에 어른거렸다. 하지만 평소처럼 카페로 출근하자 그 얼굴이 점점 현실감 없게 느껴졌다. 어둠이 지나가고 나니 새벽에 일어났던 일이 그저 황당한 꿈처럼 느껴지기도 했다. '죽은 엄마가 거울 속에서 자길 꺼내달라고 부르다니. 아까는 내가 뭔가에 홀렸었나봐.' 그렇게 생각하니 내가 날이 밝을 때까지 몇 시간이나 거울 속에 있는 엄마의 팔을 붙잡고 씨름을 했다는 게 어이가 없었다.

"사람이 이렇게 미치는 건가?"

나도 모르게 중얼거렸다. 워낙 작은 중얼거림이었고 내가 앉은 자리 주변에 있는 테이블은 모두 비어 있어서 그 말을 들은 사람은 없었다. 나는 곧 작업을 시작했다. 심란한 것 치고 작업은 순조로웠다. 처음에는 지난밤에 대한 생각이 머리 한편에 붙어 있었지만 글을 쓸 수 없을 정도는 아니었다. 오히려 심란한 생각에서 거리를 두기 위해 글을 쓰는 데 더욱 몰입했다. 글을 쓰기 시작하면 완전히 몰입이 돼서 두세 시간 정도는 금방 지나간다.

나는 카페 테이블에 앉아 짧은 칼럼 하나와 내년에 책으로 묶여 나올 예정인 연재 에세이를 쓰고 한 달 전부터 쓰고 있던 단편소설도 마무리지었다. 단편소설은 중간에 막혀서 덮어두고 있던 것인데 오늘 다시 쓰기 시작하자 신기할 정도로 이야기가 막힘없이 흘러나와서 결말까지 쓸 수 있었다.

소설의 결말을 맺고 시계를 보니 저녁 8시가 넘어 있었다. 평소라면 바로 집으로 갔겠지만 오늘은 그러기가 꺼려졌다. 집에 가는 걸 최대한 미루고 싶었다. 나는 지갑만 들고 일어나 카운터로 가서 새로운 음료 하나와 샌드위치를 주문했다. 일을 하고 있을 때는 몰랐는데 오래 앉아 글을 썼더니 꽤 출출해져 있었다. 샌드위치는 5분도 안 돼서 나왔다. 뜨겁게 데워져 나온 샌드위치의 고소한 냄새를 맡자 식욕이 확 올라왔다. 나는 샌드위치를 게 눈 감추듯 급하게 먹어치우지 않으려고 조심하면서 일부러 천천히 꼭꼭 씹어 먹었다.

샌드위치를 하나 다 먹고 나자 차차 정신이 들었다. 작업이 잘 되는 날은 이런 식이다. 다른 세계에 빠져서 몇 시간을 꼼짝 않고 앉아 글을 쓰다가 오늘 나올 것이 다 나오고 나면 허기가 밀려든다. 그때 당장 먹을 수 있는 것으로 허기를 채운다. 그러면 아직 반쯤 다른 세계에 머물던 정신이 현실이라고 하는 이쪽 세계로 서서히 돌아온다.

일단 배고픔이 가시고 정신이 돌아오자 집에 가기가 두려워 미적거렸던 것이 우습게 느껴졌다. '애도 아니고. 오늘 여기서 잘 거 아니면 어서 일어나자.' 나는 자기 자신을 어르는 말을 속으로 하면서 접시와 컵 두 개, 포크와 나이프 사이로 다 쓴 냅킨이 뒹구는 쟁반을 카운터에 반납하고 그곳에서 나왔다.

집에 와서는 뭔가 아쉬워 냉장고를 뒤졌다. 아까처럼 뱃속에 굶어 죽은 귀신이 든 듯 배가 고프지는 않았지만 샌드위치보다 제대로 된 음식을 한 숟가락이라도 먹고 싶었다. 좀 더 저녁밥다운 것을. 냉장고에는 반 정도 남은 애호박과 삼겹살 두 줄이 있었다.

'이거랑 이거랑 김치랑 볶아서 밥이랑 먹으면 되겠다. 남은 건 내일 또 먹고.'

나는 도마와 칼을 꺼내 애호박부터 차례대로 썰었다. 원래대로라면 채소와 고기는 도마와 칼을 따로 써야겠지만 그렇게 하기가 성가셨다. 집에 도마와 식칼이 하나씩밖에 없어서 그렇게 하려면 중간에 설거지를 한 번 더 해야 한다.

'그래도 이렇게 칼을 쓰게 된 게 용하지.'

한동안은 칼만 보면 가슴이 뛰면서 몸이 벌벌 떨리고 실신할 것처럼 정신이 아득해졌었다. 집에 칼이 있다는 것조차 견딜 수 없이 불안하게 느껴져서 부엌에 있던 칼들을 전부 신문지에 싸서 봉투에 넣은 다음 시외버스를 타고 멀리까지 가서 산에 묻어버렸다. 구덩이는 손으로 팠다. 흙을 손으로 파는 것이 쉽지 않아 모종삽이라도 가져올걸 그랬다고 후회했다. 결국 구덩이를 깊게 파지 못하고 신문지에 싼 칼들을 흙과 낙엽으로 덮었다.

'그런데 결국 다시 칼을 사다니. 이럴 줄 알았으면 그 고생 하지 말고 그냥 안 보이는 데 치워놓을걸 그랬어.'

그러나 그때는 역시 그럴 수밖에 없었다. 마트에서 식칼을 사와 다시 집에서 칼을 쓰게 된 것은 그 일이 있고 3년이나 지난 뒤였다.

프라이팬에 애호박과 김치, 돼지고기를 한참 볶고 있을 때 휴대폰이 울렸다. 나는 불을 끄고 전화를 받았다. 어차피 거의 다 볶았으니 나머지는 잔열이 익힐 것이다.

전화를 건 사람은 승혜였다. 승혜는 대학교 1학년 때 알게 되어 지금까지 친하게 지내는 18년 지기다. 다시 활동을 하기 전까지 몇 년 동안 은둔에 가까운 생활을 하면서 자연스레 멀어진 사람들이 많았지만 승혜하고만은 정기적으로 연락을 하고 지냈다.

"뭐 해? 통화 괜찮아?"

그렇게 묻는 승혜의 목소리가 반가웠다. 생생히 살아 있는 존재의 목소리였다. 나는 전화를 편하게 받으려 부엌에서 거실 소파로 자리를 옮겼다.

"응, 괜찮지."

"뭐 하고 있었어?"

"저녁 만들고 있었어."

"저녁을 이제 먹어?"

"응, 카페에서 일하다 집에 왔더니 이 시간이네. 근데 카페에서 샌드위치 하나 먹고 왔어."

"잘했네. 오늘 웬일로 활력이 좀 있다?"

"일을 많이 했거든. 오늘 작업이 잘 되더라고. 글을 세 개나 썼어. 오늘처럼 할 일을 다 잘 마치고 집에 온 날은 기분이 좋아."

"그럼 이제 밥 먹을 거야? 이따 다시 전화할까?"

"아냐, 잠깐만. 나 먹으면서 통화해도 되지?"

"응, 그럼. 라이브 먹방이네. ASMR인가?"

나는 휴대폰을 스피커 모드로 해놓고 그릇 하나에 잘 익은 고기볶음과 밥을 덜어 소파로 돌아왔다. 승혜가 특별히 무슨 용건이 있어 전화를 한 건 아니었기 때문에 우리는 한참 동안 그냥 목적 없는 수다를 떨었다. 일을 마치고 와서 편안한 소파에 앉아 뜨끈하고 맛있는 저녁을 먹으며 오래된 친구와 수다를 떨고 있으니 기분 좋은 활력이 샘솟았다. 최근 들어 가장 좋은 하루라는 생각이 들었다.

그러다 문득 시계에 눈길이 갔다. 우연은 아니었다. 몇 시쯤 됐는지 궁금했던 것이다. '그 시간'이 오기 전까지 얼마나 남았는지. 9시 47분이었다. '앞으로 24분 후면.' 그때부터는 승혜와 이야기를 하면서도 집중이 잘 안 됐다. 승혜는 내가 딴 데 정신이 팔려 있다는 걸 눈치 못 챈 듯했다.

시계가 10시 11분을 가리켰을 때 나는 숨을 멈추고 거울을 쳐다봤다. 거울은 미동도 없었다. 초조한 1분이 흘렀다. 10시 12분. 10시 15분이 넘어도 거울은 흔들리지 않았다. 안도감이 들어야 마땅했지만 마음이 복잡했다. 어제 새벽에 본 엄마의 모습이 다시 아른댔다. 아빠와 경모의 얼굴도. 어쩐지 죄책감까지 느껴졌다.

'엄마가 그렇게 부탁했는데.'

엄마의 애처로운 부탁을 외면하고 있다고 생각하니 마음이 불편했다.

'어차피 그건 진짜가 아니었어.'

나는 마음을 다잡고 일부러 새로운 화제를 꺼냈다.

"내가 지금 떠오른 이야기가 있는데 어떤지 한번 들어봐줄래?"

"소설이야? 이야기해봐."

승혜는 시나리오 작가로 일했다. 둘 다 글을 쓰지만 활동 분야가 달라서 오히려 대화를 나누는 게 재밌을 때가 많았다.

"일단 SF야. 주인공이 있는데 언니가 몇 년 전에 실종된 거야. 주인공은 부모님이 일찍 돌아가셔서 언니랑 둘이 살았는데 유일한 가족이었던 언니마저 실종되고 나니까 완전히 혼자가 됐어. 그 후로 주인공은 언니를 엄청 그리워하면서 지냈지. 그런데 어느 날부터인가 벽에 걸어놓은 거울이 흔들리는 거야."

"집에 있는 거울이?"

승혜의 목소리 톤이 갑자기 낮아졌다. 내가 겪었던 일을 떠올린 것이 분명했다. 나는 모른 척 이야기를 계속했다. 거울에 도전이라도 하려는 듯 그것을 뚫어져라 보면서. '자, 내가 네 이야기를 할 거야. 어떻게 나오는지 보자.' 그런 마음이었다.

"응, 주인공이 사는 거실 벽에 거울이 하나 있거든. 원래는 엄마가 결혼하고 신혼집에 들어오면서 산 물건 중 하나였어. 길쭉한 원형 거울인데, 테두리는 점토로 만들어 붙인 것 같은 장미로 장식된 아주 예쁜 거울이야. 스물여섯 송이의 장미가 달린 거울. 언니는 살아 있을 때 그 거울을 아주 소중히 여겼어. 엄마가 남기고 간 거니까. 주인공도 그 거울을 좋아했지. 근데 그 거울이 어느 날부터 흔들린다고 했잖아? 그 거울이 흔들릴 때마다 거울 속에 언니 얼굴이 비치는 거야."

"죽은 언니가 보이는 거야?"

"아니, 언니가 죽었는지는 몰라. 실종된 거니까. 거울 속에 있는 언니 모습이 이상한 게 아니라 아주 평상시 같아. 살아 있을 때 매일 보던 일상적인 모습 그대로 언니가 보이는 거야. 거울 속에서. 어때? 여기까지 괜찮은 것 같아? 뒷이야기가 어떻게 될지 궁금해?"

"응, 더 듣고 싶은데. 그래서 결말은 어떻게 돼? 언니는 어떻게 된 거야?"

"결말까지는 아직 생각 못했어. 방금 막 떠올린 이야기라. 아니다. 지금 또 생각났는데, 언니는 죽은 건데 죽은 게 아니기도 해."

"죽은 건데 죽은 게 아니다? 그럼 좀비야?"

"아니, 아니. 좀비가 아니고 언니가 이쪽 세상에서 다른 쪽 세상으로 넘어간 거야."

"이세계 같은 거?"

"응, 그런 거지. 다른 차원의 세계. 그런데 언니가 그 다른 차원의 세계에서 이쪽 세계에 거울로 신호를 보내는 법을 터득한 거지. 그래서 거울로 나타나는 거야."

"왜 나타나는데?"

"자기가 있는 세계로 오라고. 사실 언니는 나쁜 사람한테 험한 일을 당해서 죽은 건데, 아예 죽기 전에 다른 세계로 간 거야. 그 세계에서 언니는 살아 있고 평화로워. 부모님도 다 살아 있고. 그래서 주인공도 오라고 부르는 거야. 주인공만 가면 그 세계에서 가족이 다시 완성되니까."

나는 내가 지금 떠올린 이야기에 빠져들어 말을 쏟아내고 승혜의 반응을 기다렸다. 승혜는 대답이 없었다.

"왜 말이 없어? 별로야? 재미없나?"

"아니, 그건 아니고. 괜찮아. 괜찮은 이야기이긴 한데, 쓸 수 있겠어?"

"써봐야 알겠지만 쓸 수 있을 것 같은데. 왜? 잘 안 될 것 같아, 이 이야기?"

"아냐, 네가 쓸 수 있다면 쓰겠지. 쓸 수는 있겠지만……."

승혜는 말이 꼬이는 듯했다.

"무슨 말인지 알아. 내가 걱정돼서 그러는 거지? 근데 너도 알잖아. 나 많이 좋아진 거. 어쩌면 이 이야기를 쓰면서 더 회복될 수도 있을 것 같아. 내 마음속에 있는 불안이나 어두운 것들을 꺼내 거리를 두고 보면서 빠져나오는 거지. 나한테는 이 작업이 그런 과정이 될 수도 있을 거야. 회복의 과정."

"네가 그렇다면야. 다 쓰면 보여줘. 이야기가 어떻게 나올지 궁금하다."

"알았어. 다 쓰는 대로 보낼게. 영화화도 될 수 있으려나?"

"그건 작품이 나와봐야 알지."

승혜가 원래 말투대로 유쾌하게 말했다. 잠시 어두워졌던 우리의 대화는 다시 밝아지며 끝났다. 나는 승혜와 조만간 한번 보자며 인사를 하고 전화를 끊었다. 거실에 적막이 흘렀다. 나는 거울을 노려보았다. 거울이 흔들리고 있었다. 나는 소파에서 일어나 천천히 거울 앞으로 갔다. 그리고 거울 앞에 있는 의자에 앉았다. 좌우로 흔들리던 거울은 이제 서서히 속도를 늦췄다.

흔들림이 거의 멎은 거울 속에 아빠의 모습이 나타났다. 아빠는 어제처럼 거실에 앉아 있었다. 경모도 보였다. 나는 이번에는 뒤를 돌아보지 않았다. 아빠와 경모의 눈길은 나를 향해 있었다. 두 사람은 나에게 뭔가를 말하고 싶어 하는 듯했다.

"어제."

나는 입을 열었다. 목소리가 잠겼을 것 같았는데 의외로 또렷한 소리가 나왔다.

"어제 엄마가 자길 꺼내달라던데?"

아빠와 경모는 그저 날 바라보기만 했다.

"내가 엄마 팔을 잡고 한참을 끌어당겼는데 엄마가 꿈쩍도 안 하는 거야. 몇 시간을 그렇게 씨름했는지 몰라. 그러다 날이 밝으니까 엄마가 가버렸어. 엄마 말로는 내 힘만으로는 안 된대. 아빠랑 경모가 해줘야 할 것 같다고. 도와줄 수 있어?"

아빠와 경모는 고개를 끄덕였다.

"그럼 난 뭘 하면 돼? 둘이 알아서 할 수 있는 거야 아니면……."

나는 말을 하다 멈췄다. 거실이 피바다가 되어 있었다. 피가 웅덩이를 이룬 바닥에 상처투성이로 누워 있는 아빠의 얼굴은 경악으로 굳었고, 경모는 벽에 기대어 앉은 자세로 축 늘어져 있었다. 경모도 피범벅이었다. 그날의 잔혹한 풍경이 거울 속에 그대로 있었다. 사방의 벽과 물건들에도 피가 튀어서 엉망이었다.

나는 의자에서 움직일 수 없었다. 뒤를 돌아보면 피로 엉망이 된 거실이 보일 것 같았다. 소파에도 피가 많이 묻었다. 수사가 끝난 후 나는 청소업체를 불러 집을 청소했다. 범인이 며칠 만에 잡혔고 바로 자백을 해서 수사가 아주 길어지지는 않았다. 범인은 1년 넘게 날 괴롭히던 스토커였다. 이상한 문자를 보내고 우리 집 우편함에 자신이 쓴 편지를 직접 넣고 간 적도 여러 번 있었지만 경찰서에서는 자기들도 해줄 수 있는 것이 딱히 없다고 했다.

처음에는 소름 끼치는 러브레터 정도였던 편지는 몇 달이 지나자 협박조로 바뀌었다. 가족들을 설득해 이사를 가려고 집까지 내놓았지만 동네에 진즉 소문이 나서 집이 팔리지 않았다.

'넌 날 배신했어. 사람의 진심을 짓밟으면 어떻게 되는지 내가 똑똑히 보여줄게.'

스토커가 보낸 마지막 편지에는 그런 말이 쓰여 있었다. 그 편지를 받고 나는 경찰서에 찾아갔다. 이미 전에 그런 편지가 몇 번이나 왔고 그때마다 경찰서에 갔다. 경찰은 내가 너무 과잉반응을 한다고 생각했다. 나는 그때 당시 가장 최근에 받았던 문자를 경찰에게 보여주었다.

'눈웃음치면서 살살 홀리더니 이젠 날 스토커 취급해? 창녀 같은 년.'

경찰은 그 문자를 보고 그에게 웃으면서 잘해준 적이 있느냐고 물었다.

"남자들은 예쁜 여자가 웃어주면 자기한테 마음이 있다고 생각하거든. 그런 동물들이에요, 남자라는 게. 제가 그렇다는 건 아니고 가끔 이렇게 미친놈들이 있다니까요. 너무 걱정 마세요. 제가 이따 가서 순찰 돌아볼게요."

"그 사람이 저희 집 앞에서 얼쩡거리는 걸 잡으면 어떤 조치를 할 수 있나요? 구속도 가능할까요?"

"글쎄요. 그건 저희가 말씀드릴 수 있는 건 아닌데, 사실 특별히 선생님께 해를 끼치지 않는 이상……."

경찰은 난감한 듯 턱을 긁적이며 말을 아꼈다. 나는 잔뜩 화가 난 채로 경찰서에서 나왔다. '해를 끼치지 않는 이상? 누구 하나 죽어야만 뭐라도 할 수 있다는 거야? 웃으면서 잘해준 적이 있느냐니. 그럼 내 북토크에 와서 내가 쓴 책을 내밀면서 사인을 해달라는 독자에게 무뚝뚝하게 굴면서 책을 내던지기라도 했어야 한다는 건가?'

그때 승혜에게서 전화가 왔다. 오래 끌던 일 하나가 드디어 끝났는데 기념으로 술이라도 한잔 마시자는 거였다. 나도 기분이 꿀꿀하던 참이라 잘됐다 싶었다. 그날 승혜의 집에서 밤새 술을 마시다 동이 틀 때쯤 잠이 들었다. 오후 늦게 일어나 밥을 배달시켜 먹고 승혜 집 거실에서 드라마를 보며 빈둥거렸다. 혼자 사는 승혜의 집에는 화면이 엄청나게 큰 TV와 성능 좋은 스피커가 있어서 그 집에만 가면 드라마 정주행을 하게 됐다.

내가 승혜의 집에서 외박을 하고 오는 날이 종종 있어서 가족들은 내가 집에 안 들어와도 승혜 집에 가 있나보다 하고 신경 쓰지 않았다. 나도 그런 날에는 특별히 부모님에게 외박한다는 보고를 하지 않았다. 경찰은 내가 운이 좋았다고 했다. 범인은 날 해치러 왔다가 다른 가족이 문을 열어주자 당황해서 우발적으로 범행을 저질렀다고 말했지만 나중에는 처음부터 온 가족을 다 죽일 계획이었다고 실토했다. 그의 집에서 살해 계획이 적힌 수첩이 발견되었기 때문이었다. 범인은 우리 가족들을 해치고 나서 나까지 해치려고 집 안에 숨어 있었지만 내가 밤새 돌아오지 않자 배가 고프기도 하고 겁이 나기도 해서 집 밖으로 나갔다. 그때가 오후 3시경이었다고 했다. 내가 집에 돌아온 것은 그로부터 일곱 시간 뒤였다. 밤 10시 11분.

나는 눈을 감고 두 손으로 의자를 꽉 붙잡았다. 거울이 좌우로 흔들리고 있다는 걸 보지 않아도 알 수 있었다.

"이건 현실이 아니야. 현실이 아니야. 금방 없어질 거야. 괜찮아."

나는 하얗게 질린 채 공포로 가득 찬 내 마음을 달래려 중얼거렸다. 감은 눈에서 눈물이 줄줄 흘러내렸다. 마치 밧줄에 꽁꽁 묶여 고문을 당하는 듯 고통스러웠다.

시간이 얼마나 지났을까. 문득 거실 창밖에서 서툴게 기타를 연주하는 소리가 들려왔다. 옆집 사람은 C코드밖에 칠 줄 모르는 듯 매일 같은 부분만 연주했다. 곡 이름은 모르지만 아주 기초적인 곡이었다. 시작하는 사람들을 위한 기타 교본의 맨 첫 장에 있을 법한.

그 소리를 들은 순간 모든 것이 지나갔다는 느낌이 들었다. 현실로 돌아온 느낌. 나는 눈을 떴다. 거울 속에 이상한 것은 아무것도 없었다. 흔들리지도 않았다. 나는 눈물범벅이 된 얼굴을 팔소매로 닦아내고 조심스럽게 주변을 돌아보았다. 거실은 깨끗했고 나 자신 말고는 아무도 없었다. 의자에서 일어났다. 집 안의 모든 불은 환히 켜져 있었다. 나는 가까이 다가가 손으로 거울을 툭 건드렸다.

"경모야, 경모야."

거울이 좌우로 흔들렸다.

"경모야, 거기 있어? 있으면 잠깐만 나와봐."

그러나 아무것도 나타나지 않았다. 나는 경모의 방과 엄마의 방, 내 방의 불을 차례로 끄고 마지막으로 거실과 부엌 불을 껐다. 나는 서서히 멈추려던 거울을 다시 한번 건드렸다.

"경모야."

나는 초조하게 거울 속을 들여다보며 기다렸다. 창밖에서 들려오던 기타 소리가 갑자기 뚝 끊겼다. 그리고 몇 초 뒤 거울 속에서 경모의 하얀 얼굴이 불쑥 떠올랐다. 경모의 옆얼굴이 보였다.

"경모야."

내가 다시 한번 부르자 경모가 고개를 살짝 돌려 나를 쳐다보았다.

"엄마 도와줄 거지?"

내가 묻자 경모가 말없이 고개를 끄덕였다.

"그래, 내가 할 일 있어?"

이번에는 경모가 입을 열었다. '누나.' 경모의 목소리는 들리지 않았다. 경모의 목에 칼로 베인 상처가 선명하게 나 있었다. 나는 경모의 입 모양을 따라 말했다.

"우리가."

"다."

"모여야 돼?"

경모는 슬픈 눈으로 나를 한 번 쳐다보더니 고개를 아주 살짝 끄덕이고 사라졌다.

"알았어. 내가 다 모을게."

나는 경모가 사라진 거울을 향해 말했다. 집 안의 어둠만을 담은 거울은 텅 빈 눈동자 같았다.

나는 거울 세 개를 거실에 다 모으고 기다렸다. 거실 벽에 걸린 거울은 그대로 뒀고 경모 방 거울과 내 방 거울만 거실로 옮겼다. 거실 벽에 걸린 거울은 승혜와 통화할 때 묘사한 이야기 속 거울과 똑같이 생겼다. 스물여섯 송이의 장미가 달린 타원형 거울. 이 거울을 보며 그대로 묘사한 것이었다.

전신 거울 두 개를 벽에 걸린 거울과 가까이 마주 보게 하려니 세 개의 거울이 삼각형을 이룬 형태가 되었다. 집 안의 불은 다 껐다. 무서운 마음에 방 하나는 불이나 TV를 켜놓고 싶었지만 그러면 왠지 일이 성사될 것 같지 않았다. 이것 역시 미신을 믿는 마음이었지만 내가 하고 있는 일 자체가 그랬다. 허무맹랑하고 미신적인. 나는 긴장이 되어서 휴대폰을 손에 꽉 쥐고 거실 바닥에 앉아 몸을 소파에 붙였다. 이상하게 몸이 서늘해서 담요도 둘렀다.

시간이 흘러갔다. '영화나 소설에서 보면 이럴 때 혼령들이 보이지는 않아도 기척을 내든지 물건을 넘어트리든지 해서 있는 티를 내던데.' 나는 얼마 안 가 지루해져서 생각했다.

아무것도 느껴지지 않았다. 눈이 점차 어둠에 익숙해지자 집 안의 사물들도 잘 보였다. 어둠이 아직 두렵기는 했지만 이상한 것은 아무것도 없었다. 자정이 지나 새벽 1시가 가까워지자 마냥 기다리는 게 너무 지겨워서 견딜 수가 없었다. 어둠 속에서 TV도 휴대폰도 책도 보지 않고 가만히 앉아 기다리는 건 고문이나 다름없는 일이다.

나는 차라리 잠이나 자자고 생각하면서 바닥에 누웠다. 아빠가 자던 자리다. 아빠가 쓰던 이불은 피에 푹 젖어서 버릴 수밖에 없었지만 옷장에 넣어둔 이불들은 무사했다. 엄마는 계절 마다 가족들의 이불을 바꿔주었다. 여름에는 시원하고 얇은 것으로, 겨울에는 도톰한 솜이 들어간 것으로.

잠은 쉽사리 오지 않았다. 나는 지겨움을 이기지 못하고 휴대폰을 봤다. 더는 아무것도 안 하고 뭔가가 나타나길 기다리고 있을 수가 없었다. 트위터도 보고 인스타그램도 보다 보니 한 시간이 금방 갔다. 나중에는 더 볼 게 없어져서 사진첩을 열어 보았다. 유독 가족들이 생각나는 밤이었다. 손가락 끝으로 화면을 밀며 아래로 한참 거슬러 내려가자 가족들이 보였다.

소파에 앉아 있는 아빠, 혼자 여행을 가서 들판에 서 있는 경모, 블라우스를 입고 친척 결혼식에 참석한 엄마. 아래로 더 내려가니 가족 여행을 갔을 때 찍은 사진들이 나왔다. 먹고살기가 바빠서 가족 여행은 딱 한 번 가봤다. 강원도 바닷가에 가서 회도 사 먹고 함께 해변을 거닐며 사진을 찍었다. 밤에는 펜션에서 고기를 구워 먹고 하룻밤을 자고 집으로 돌아온 조촐한 가족

여행이었다.

'그래도 참 즐거웠어. 제주도 한번 다 같이 가보고 싶었는데.'

엄마와 아빠는 설악산으로 신혼여행을 갔다. 그 이후로는 여행을 거의 못 다니며 살아서 부모님은 제주에 가보지 못했다. 나와 경모는 여행을 좋아했기 때문에 제주는 물론이고 외국도 꽤 돌아다녔지만 엄마와 아빠는 가게 일에 평생 묶여 있었다.

그 생각을 하니 가슴이 조여들었다.

'고생만 하다 돌아가셨어. 나는 집이 갑갑해서 자주 여행을 다녔고, 경모는 더 그랬지.'

마음 같아서는 부모님께 매달 생활비를 드리고 이제 쉬면서 여유로운 노후를 보내시라고 하고 싶었지만, 내가 글을 써서 버는 돈은 생활비로 쓰고, 가끔 숨이 막혀 여행을 다녀오고, 나중을 위한 저축을 조금 하고 나면 남는 게 없었다. 아빠는 가게를 몇 년 더 하고 싶어 했다. 가게 수입이 매달 안정적으로 들어오기도 했고, 평생 운영해온 가게를 닫으면 무료할 거라며 가게 문을 닫고 집에서 할 일 없이 지내고 있다는 다른 사장들 이야기를 했다. '처음 3일은 아주 편하고 좋았는데 열흘이 되니까 심심해서 미치겠더란다.'

경모는 몇 달씩 할 수 있는 일을 하다가 돈이 모이면 여행을 떠났다. 국내도 안 가본 곳 없이 거의 다 돌아다녔고, 외국도 많이 다녀서 몇십 개국은 가보았을 것이다. 여행을 갔다가 그 도시에서 한동안 머무를 때도 있었다. 그러면서 글도 쓰고 사진도 찍고 친구들도 사귀는 모양이었다. 여행 에세이도 두 권을 냈는데 두 번째로 낸 책이 꽤 잘돼서 판매량으로 치자면 경모가 나보다 나았다. 나와 경모의 책이 대형서점 베스트셀러 코너에 나란히 진열된 적도 있었다. 그때 둘이 같이 잡지 인터뷰도 하고, 라디오에도 나갔다.

출판계에서 우리 남매를 모르는 사람은 없었다. 덕분에 부고도 하루 만에 널리 퍼졌다. 내가 일을 다시 시작하면서 우리 가족이 당한 불행한 일이 SNS상에서 다시 한번 회자되었다. 조심스러운 분위기도 있어서 자극적으로 이야기하는 사람은 거의 없었지만 나는 경모의 이름을 보기만 해도 심장이 얼어붙는 듯했다. 그래서 한동안 SNS 어플을 다 지웠지만 그것도 시간이 지나자 또 괜찮아졌다. 사람들의 관심은 한 가지 일에 그리 오래 머물지 않는다.

새벽 1시쯤 누군가가 돌아다니는 것 같은 소리가 났다. 나는 소리에 예민하다. 타고나길 그런 편이지만 이 집에 혼자 살게 되고부터는 집에서 나는 작은 소리에도 온몸의 신경이 날카롭게 곤두서곤 했다. 나는 천장 위에서 나는 소리와 바닥 아래에서 나는 소리를 구분할 수 있다. 이번에 난 소리는 바닥 아래에서 들리는 것이었다.

천장 위, 그러니까 옥상에서 소리가 나는 건 대수롭지 않다. 대부분 주인 없이 길에서 독립적인 삶을 사는 고양이들이 밤중에 옥상을 들락날락하는 소리다. 나는 고양이들에게 먹이를 주지는 않지만 그들이 옥상을 아지트로 삼아 왔다 갔다 하는 것 정도는 내버려둔다. 오히려 천장 위에서 고양이들이 돌아다니는 소리가 나면 안심이 된다. 고양이들이 우리 집에 사는 하숙인처럼 느껴질 때도 있다.

하지만 바닥 아래에서 소리가 나는 건 문제가 다르다. 아무도 살지 않는 아래층에서 누군가 돌아다니는 소리가 난다니. 나는 숨을 죽이고 귀를 기울였다. 그 전까지는 잠이 오지 않아서 계속 휴대폰만 보고 있던 중이었다.

아래층에서 들리는 소리는 저벅거리는 발소리 같기도 했고 물이 흐르는 소리 같기도 했다. 약간은 말하는 소리처럼 들리기도 했다. 목욕탕에서 울리는 말소리 같은 것.

나는 아예 바닥에 귀를 대고 들려오는 소리를 가만히 들었다. 그러다 점차 확신이 들었다. 이건 사람이 내는 소리다. 도둑일까? 그러나 아래층에 훔쳐갈 만한 물건이라고는 없다. 아래층은 빈 창고 같은 공간이다. 그럼 잘 곳이 필요한 노숙인이 들어온 것일까? 어쩌면 갈 곳 없는 노숙인 몇 사람이 아래층에 들어와 술자리를 깔고 있는 것일지도 모른다.

하지만 그랬다면 문 열리는 소리가 났어야 한다. 이 집은 방음이 잘 되지 않아서 아래층에서 문을 열면 위층까지 소리가 들린다. 불 꺼진 집에서 바닥에 혼자 조용히 누워 있는데 그 소리를 놓쳤을 리는 없다.

소리는 끊어지지 않고 약해졌다 커졌다 하며 계속 이어졌다. 사람 소리라는 게 확실해지면 신고할 생각이었다. 혹시 고양이 소리라도 해도 지금으로서는 소리의 정체를 알 수 없으니 혼자 내려가는 것보다는 경찰을 부르는 게 나을 것 같았다.

휴대폰에 112를 눌러놓고 아래층 쪽에 계속 귀를 기울이고 있는데 갑자기 쾅 하는 소리가 났다. 아래층에서 방문이 큰 소리를 내며 닫힌 듯했다.

'정말 도둑이라도 든 걸까?'

아래층에 훔쳐갈 것이 없어서 위층으로 올라오면 큰일이다. 잠시 정적이 흘렀다가 다시 쿵쿵하는 소리가 들렸다. 아래층에서 누가 벽을 손바닥이나 주먹 같은 것으로 치고 있는 것 같았다. 그러다 불쑥 사람 목소리가 들렸다.

"딸!"

아빠였다. 나는 순간 숨을 멈췄다.

"딸!"

아빠의 목소리가 다시 한번 들렸다. 벽을 두드리는 소리는 희미해졌다. 아래층에서 나는 소리가 깊은 지하에서 올라오는 것처럼 아득하게 들렸다. 나는 천천히 멈췄던 숨을 내쉬면서 어떤 상황인지 파악하려 애썼다. 이제 소리는 나지 않았다. 들리는 소리라고는 집 안에서 냉장고가 꾸르륵대는 소리뿐이었다.

'분명 아빠 목소리였어.'

아빠의 목소리를 잘못 듣거나 헷갈릴 수는 없었다. 나는 엎드린 채로 고민에 빠졌다. 아래층에 혼자 내려가는 건 현명한 일이 아닐 것이다. 하지만 경찰을 부르기도 석연치 않았다. 어차피 이제 몇 시간만 있으면 날이 밝을 테니 그때까지 이렇게 집 안에 가만히 있는 게 가장 안전하고 현명한 선택일 수도 있다.

그러나 아빠의 목소리를 분명히 들었는데 그것을 그냥 무시해버리기도 힘들었다. 아빠의 목소리는 두 번 들렸다. 아주 선명한 목소리였다.

나는 거울들을 바라봤다. 내가 각자 다른 방에서 옮겨온 내 키만 한 전신 거울 두 개와 벽에 걸린 거울 하나를.

'대체 나 지금 뭘 하고 있는 거야? 거울은 왜 저렇게 세워놨어? 저러면 진짜 엄마랑 아빠랑 경모가 나타나기라도 할 거라고 믿은 거야? 아빠의 목소리가 들리다니. 말도 안 돼. 이러지 말자. 난 인정해야 돼. 아니, 분명히 알고 있어. 엄마 아빠와 경모는 죽었어. 죽은 사람은 현실에 나타나지도 않고 나타난다 하더라도 내가 보거나 들을 수는 없는 거야. 만약 그렇다 하더라도 그건 내 마음이 만들어낸 허상이지.'

나는 원래 귀신이라는 존재를 믿는 편은 아니다. 믿지 않는다기보다 증명된 적도 없고 경험한 적도 없으니 믿을 수도 없는 것이다. 그러나 이제는 마음이 좀 흔들렸다.

'내 마음이 만들어낸 거라면 왜 하필 지금인데? 마음 문제라면 더 예전에 나타났어야지. 제일 힘들 때도 이런 적은 없었어. 마음은 병들었지만 헛것이 보이거나 들린 적은 한 번도 없었잖아. 정신은 말짱했다고.'

나는 술을 마시고 그 일을 잊어보려 한 적이 없었다. 오히려 맨정신을 잃는 게 두려워서 와인이나 맥주 한잔이 생각나는 날에도 단호하게 술을 참았다. 정신과에도 가지 않았다. 승혜도 몇 번 슬며시 권했고 스스로도 병원이 필요하다는 걸 인지는 했지만 왠지 발걸음이 쉽게 떨어지지 않았다. 대신 책과 영화에 파묻혀 살았다. 처음에는 글이 눈에 들어오지 않았다. 하지만 책을 손에 쥐고 보고 있는 것만으로도 조금은 안전한 느낌이 들었다. 그러다 다시 글을 쓸 수 있게 되었고 그때부터는 매일 몇 시간씩 빠져들 수 있는 다른 세계들이 생겼다. 혼자 사용할 수 있는 넓은 수영장이 생긴 것처럼.

나는 내가 조금씩 회복되고 있다고 느꼈고, 다른 사람들도 그렇게 여겼다. 그런데 지금 정신적인 문제로 헛것이 보이고 들린다고? 그건 말도 안 됐다. 차라리 귀신이 있다는 게 더 말이 되지. 아니면 아무 일도 없는 것이거나.

나는 피식 웃었다. 날카롭게 곤두섰던 신경이 풀어지는 것을 느낄 수 있었다. 손에 땀이 흥건할 정도로 휴대폰을 꽉 쥐고 있었다는 것도, 한참이나 바닥에 귀를 대고 숨을 죽이고 있었다는 것도 웃겼다.

'정말 잠깐 어떻게 됐었나봐. 너무 피곤해서 그럴 거야. 오늘 일을 많이 했으니까.'

나는 편한 자세로 바꿔 누웠다. 이제 숨 쉬는 것도 편안해졌다. 잘 수 있을 것 같았다. 큰 거울이 거실에 두 개나 서 있는 게 신경 쓰였지만 내일 치우자 싶었다. 한숨 좀 자고 나서. 지금은 피곤하고 귀찮으니까.

그 순간 아래층에서 누군가 커다랗게 외치는 목소리가 들렸다.

"누나, 도와줘!"

경모가 날 불렀다. 목소리가 절박했다.

"모경아!"

아래층에서 엄마의 비명소리가 길게 이어졌다. 혼이 몸에서 빠져나오는 듯한 처절한 소리였다.

"엄마!"

나는 자리에서 벌떡 일어났다.

"내가 어떻게 하면 돼? 내가 뭘 하면 되는데?"

나는 애가 타서 제자리에서 발을 구르며 읊조리듯 물었다.

"거울! 거울 좀 가져와줘, 누나."

귀에서 속삭이는 소리가 들렸다. 나는 생각할 겨를도 없이 경모의 방에서 옮겨온 거울을 번쩍 들었다. 그리고 곧장 현관으로 가서 문을 열었다. 시원한 새벽 공기가 땀을 식혀주었다. 거울을 아래층으로 옮기려면 계단을 내려가야 한다. 우리 집 계단은 경사도가 높은 편이다. 실외 계단이라 단단한 시멘트로 만들어져서 넘어지면 크게 다칠 수도 있지만, 나는 그보다는 거울을 가지고 내려가다 잘못 부딪혀서 깨트릴까봐 그게 걱정이 됐다.

계단 열한 칸. 쉽게 발이 떨어지지 않았다. 근육을 쓸 때라고는 글을 쓸 때와 요리를 할 때뿐인 내 형편없는 팔이 계단을 내려가는 도중에 거울을 떨어뜨리지 않기란 불가능해 보였다.

'이대로는 안 되겠어.'

나는 생각했다. 그와 동시에 좋은 아이디어가 떠올랐다. 사실 좋은 아이디어라기보다는 그 순간에 떠올릴 수 있는 최선의 방법이었다. 나는 도로 집으로 들어가 엄마 방에 있는 옷장을 열고 두툼한 겨울 이불을 끌어내렸다. 엄마가 봤다면 이불 더러워지게 뭐 하는 짓이냐고 야단을 쳤겠지만 어쩔 수 없었다.

나는 무거운 이불을 안고 낑낑거리며 다시 현관문 밖으로 나갔다. 어차피 더러워질 거 질질 끌고 나갔다면 더 편했겠지만 왠지 그러고 싶지는 않았다. 나는 물건에게도 지켜야 할 예의가 있다고 생각하는 편이다. 딱히 물건에도 혼이 깃들어 있다거나 하는 그런 믿음을 가진 것은 아니다. 하지만 물건이란 사람이 사용할 목적으로 만들어져 사람의 손에 쓰이다가 자신이 할 일을 다 하고 세상에서 사라지는 존재인데 그런 감사한 존재를 함부로 대할 필요는 없지 않은가?

'이불아, 이런 일에 써서 미안해. 하지만 이건 정말 중요한 일이고, 네가 아니면 안 되는 일이야. 일이 끝나면 깨끗하게 빨아줄 테니 잠깐만 참아줘.'

나는 마음속으로 이불에게 말했다. 다시 말하지만, 이불에게 혼이 있다고 믿지는 않는다. 하지만 어릴 적부터 수많은 동화와 그림책, 애니메이션을 보고 자랐고 어른이 되어서는 동화의 세계를 어릴 때보다 더욱 사랑하게 된 나 같은 인간에게 집 안 물건들은 정다운 대상이다.

계단에 이불을 깔고 나니 자신감이 생겼다.

'자, 한번 해보자.'

나는 기합을 넣고 거울을 들었다. 그러나 막상 이불이 깔린 계단을 내려가려 하니 미끄러질 것 같아 두려웠다. 이것만으로는 안 되겠다 싶어서 나는 거울을 현관으로 가져가 눕힌 다음 방 한구석에 처박아두었던 노끈 한 뭉치를 가져다 거울에 묶었다. 그 노끈은 언젠가 내가 극도로 상태가 안 좋았던 새벽에 목을 맬 생각으로 인터넷으로 주문했던 것인데 노끈이 집으로 배송되어 왔을 때는 이미 그런 생각이 가신 후였다. 튼튼한 밧줄도 아니고 포장용 노끈을 목맬 용도로 배달시키다니. 무슨 생각이었던 거야, 하고 나는 상자 속에서 나온 노끈 한 뭉치를 보며 웃었다.

어쩌면 몇 년 전 새벽에 뜬금없이 노끈을 주문했던 것은 이날을 위한 것이었을지도 모른다. 운명이랄까. 운명은 실제로는 아무런 인과 관계가 없는 사건들을 인간이 의미를 부여하여 다시 나열하는 것이다. 어떤 면에서는 타로카드와 비슷하다. 가끔은 소설가와 타로리더가 같은 계열의 직업이라는 생각이 든다. 소설로 점을 치는 것은 아니지만.

'노끈으로 거울을 묶으려면 어떻게 해야 하지?'

생각해보니 나는 노끈으로 뭔가를 제대로 묶는 법도 몰랐다. 하지만 요즘은 검색만 할 줄 알면 뭐든지 유튜브에서 찾을 수 있다. 유튜브에 '노끈 묶는 법'을 검색하니 맨 위에 '노끈으로 책 묶기'라는 동영상이 나왔다.

'나중에 알라딘에 책 갖다 팔 때 유용하겠는데?'

아마 책을 차곡차곡 쌓아 노끈으로 묶어서 가지고 나갈 일은 내 생애 없을 것이고, 난 방을 가득 채운 책들 중에서 내다 팔 용기(책을 좋아하는 사람이라면 내가 왜 '용기'라는 표현을 썼는지 잘 알겠지)가 나는 것을 고르고 골라 쇼핑백에 넣어놨다가 외출할 때가 되면 또 의도적으로 깜빡하고 나가겠지만, 어쨌든 좋은 다짐을 하는 것은 나쁜 일이 아니다. 좋은 다짐을 수없이 반복하다 보면 한 번쯤은 좋은 일을 하게 될 수도 있다. 적어도 나쁜 다짐을 하는 것보다는 낫지 않나.

전신 거울 두 개를 노끈으로 꽁꽁 묶는 데만 꽤 오랜 시간이 걸렸다. 그사이 아래층에서는 아무 소리도 나지 않았다. 나는 기회를 놓친 건가 싶어 초조해하며 노끈 매듭을 마지막으로 묶고 얼른 거울을 다시 가지고 나왔다.

준비 작업을 마치자 이제 일이 훨씬 쉽게 느껴졌다. 나는 내 방에서 가져온 첫 번째 거울에 묶인 끈을 두 손으로 단단히 잡고 이불을 깔아놓은 계단 위로 조금씩 아주 조심스럽게 내렸다. 그리고 거울이 중간 이상 내려갔을 때 노끈 끝을 난간에 묶어놓고 계단 아래로 내려가서 거울을 몸에 고정시키고 주머니에 넣어둔 문구용 칼로 노끈을 끊었다.

이렇게 해서 첫 번째 거울을 1층으로 무사히 내리는 데 성공했다. 거울 하나를 1층에 내려놓고 나니 이삿짐센터에서 일하는 사람들이 진심으로 존경스러워졌다. 이런 일을 아무렇지도 않게 일상적으로 하다니. 정말 대단하다.

두 번째 거울(경모 방에서 가져온 것)을 내릴 때는 긴장이 약간 풀려 있었다. 팔 힘도 그만큼 풀려 있었지만. 나는 첫 번째 거울을 내린 것과 같은 방법으로 두 번째 거울을 내렸다. 한 번 성공하고 나니 요령도 생기고 할 수 있다는 자신감도 붙어서 전보다 금방 해냈다.

벌써 한계다 싶을 만큼 힘이 들었지만 시간도 너무 많이 지났고 잠깐 쉬면 오히려 다시 움직일 수 없을 것 같아서 바로 나머지 거울 두 개를 차례로 아래층 집 앞으로 옮겼다. 문을 바로 열 용기가 나지 않아서 두 거울을 문 앞에 가져다놓고 장미 거울을 가지러 갔다. 벽에 걸린 타원형의, 장미 스물여섯 송이가 달린 예쁜 거울.

나는 장미 거울을 들고 계단을 걸어내려갔다. 이불은 반으로 접어두었다. 그런데 계단 마지막 칸에서 땅으로 발을 디디는 순간 발이 이불에 엉켰다. 나는 어찌할 새도 없이 바닥을 향해 고꾸라졌다. 넘어지는 순간 몸이 앞으로 쏠려서 반사적으로 손바닥으로 땅을 짚었는데 그와 동시에 다른 손에 들고 있었던 거울도 땅과 정면으로 부딪혔다. 퍽 하는 소리가 난 것 같았다.

나는 최악을 생각하며 거울을 뒤집어봤다. 다행히 산산조각 나지는 않았지만 거울 가운데에 선명하게 금이 가 있었다. 그것을 보는 순간 가슴이 아렸다. 그 거울은 내가 태어나기 전부터 우리 집에 있었다. 승혜에게 한 이야기와 똑같이 엄마가 신혼 때 산 거울이다. 장미 거울은 우리 가족의 역사를 전부 아는 유일한 물건이었다. 우리 가족의 즐거웠던 순간들과 힘겨웠던 순간들을 전부 지켜봐온. 그런 거울이 오늘 깨진 것이다. 한순간에. 허무하게도.

가운데가 금이 간 장미 거울을 아기처럼 품에 안고 1층 현관으로 갔다. 1층은 현관문은 도어록을 달지 않아서 열쇠로 열어야 했다. 거울에 닿은 왼손 손바닥이 저릿저릿했다. 넘어졌을 때 손바닥이 좀 까진 모양이었다. 무릎과 허리에도 통증이 있었다.

하지만 얼마나 다쳤는지 살펴볼 여유는 없었다. 나는 문을 열자마자 망설이지 않고 안으로 들어갔다. 매우 컴컴했지만 담 너머에 있는 가로등 불빛이 비쳐서 거실 안이 꽤 잘 보였다.

휴대폰 손전등을 켜고 집 안을 한 바퀴 둘러보았다. 역시 외부인이 침입한 것 같지는 않았다. 사람의 기척은 전혀 없었다.

나는 조금 마음을 놓고 안쪽으로 거울을 옮겼다. 장미 거울을 제일 먼저 안전한 곳에 내려놓고 전신 거울 두 개를 차례로 옮겼다. 그러고 있으니 일당 벌이로 이삿짐센터에서 아르바이트를 하고 있는 듯한 기분도 들었다.

전신 거울 두 개는 거실 바닥에 쉽게 세워졌지만 장미 거울이 문제였다. 못을 박아서 벽에 걸어야 하나? 하지만 다시 2층으로 돌아가 망치와 못을 가져온다는 게 이상할 정도로 비현실적으로 느껴졌다. 지금 상황에 비하면 그 일이 훨씬 현실적인 것인데도 그랬다. 2층으로 돌아가면 다시 1층으로 내려오지 못할 것 같다는 생각이 들었다. 나는 너무 지쳐 있었다. 2층으로 돌아가면 세상에서 가장 편한 장소인 내 방 침대로 들어가 잠이나 자고 싶은 욕구를 이기지 못할 것 같았다. 그리고 내일 아침이 밝으면 지금 하고 있는 이 일이 말도 안 되게 터무니없고 한심한 짓으로 느껴질 것이다.

그러나 지금의 나는 이 일이 해볼 만한 것으로 느껴졌다. 나는 분명 아빠의 목소리를 들었다. 경모가 날 부르는 소리와 엄마의 비명도.

결국 나는 장미 거울을 그냥 내가 들고 서 있기로 했다. 전신 거울 두 개를 시옷 자(ㅅ) 형태로 세워놓고 그 사이에 섰다. 삼각형의 밑변 자리에.

그러다 현관문을 닫지 않았다는 걸 깨닫고 거울을 든 채 문 쪽으로 걸어갔다. 문을 닫는데 너무나 긴장이 되고 두려웠다. 그저 집에 불과한데도 마치 한 번 들어가면 다시는 나갈 수 없는 지하 세계의 문을 내 손으로 닫고 있는 듯한 기분이었다. 하마터면 '이승이여 안녕' 하고 뒷마당을 향해 중얼거릴 뻔했다.

문을 닫자 집 안이 완전히 어두워졌다. 나는 뒤돌아섰다. 몸을 돌리자 빛이 먼저 보였다. 나는 눈이 부셔서 고개를 돌렸다. 하지만 순간적으로 눈이 놀라서 그랬을 뿐, 빛 자체는 쏘는 듯이 강렬하지는 않았다. 은은하게 번쩍이는 하얀 빛이었다. 나는 눈이 괜찮아지길 기다렸다가 고개를 들었다.

거울 하나가 빛나고 있었다. 내 방에서 가져온, 원래 엄마 방에 있던 거울이었다. 나는 홀린 듯 다가가서 원래 자리에 섰다. 빛나는 거울에 장미 거울이 비쳤다. 뭔가를 해야 할 것 같았지만 뭘 하면 좋을지 알 수 없었다. 이대로 아무 일도 일어나지 않으면 어쩌지? 나는 반쯤은 아무 일도 일어나지 않았으면 했고, 반쯤은 뭔가를 기대하며 서 있었다.

그러다 빛나는 거울에서 엄마의 창백하고 파리한 얼굴이 나타났을 때 두려움과 안도감을 함께 느꼈다. 엄마의 얼굴은 지난 밤에 나타났을 때보다 희미해서 유령처럼 보였다. 오늘 밤의 엄마는 말도 하지 않았다. 그저 나를 바라보기만 했다. 그러나 나는 엄마의 눈빛을 보고 엄마가 갇혀 있고 가족들이 자신을 도와주길 바란다는 걸 알았다.

아빠와 경모는 어떻게 하면 나오는 걸까? 이럴 때 윌 수 있는 주문이라도 있으면 좋으련만. 혹시 몰라 두 손에 든 장미 거울을 좌우로 흔들어도 봤지만 아빠와 경모의 모습이 나타나지는 않았다.

나타난 것은 다른 것이었다. 엄마의 뒤쪽에서 두꺼운 밧줄을 든 장갑 낀 손 두 개가 불쑥 나타나 순식간에 엄마의 목을 감았다. 엄마의 얼굴이 터질 듯이 붉게 변하고 고통으로 끔찍하게 일그러지는 동안 나는 무력감에 잠겨 그저 서 있었다. 현실에서, 내 눈앞에서 실제로 일어난 일이라면 울부짖을 수라도 있었을 것이다. 소리를 지르며 엄마의 목에서 그 두 손을 떼어놓기 위해 칼이라도 들었을 거다.

하지만 거울 속에서 일어나는 일을 막을 수는 없었다. 내가 할 수 있는 일은 하나도 없었다. 나는 꼼짝도 못하고 그저 얼어붙은 듯 서서 두 눈으로 그 광경을 보았다. 어느 순간 목이 콱 메이더니 눈물이 솟아올랐다. 어느새 나는 흐느끼고 있었다. 가슴 속 깊은 곳에서 울음이 나와서 목과 가슴과 배와 얼굴, 그러니까 온몸이 동굴이 된 것처럼 울렸다. 도저히 서 있을 수가 없어서 거울을 품에 안고 주저앉아서 울었다. 우리 가족의 합동 장례식을 치를 때도 나오지 않았던 곡소리가 몸 전체를 울리며 입 밖으로 흘러나왔다.

"누나, 일어나. 우리 엄마 구해야지."

경모가 말하는 소리가 들렸다. 그 소리는 내가 두 팔로 껴안은 장미 거울에서 들려오는 것이었다. 나는 울음을 그치고 진정하려 애쓰면서 심호흡을 했다. 일어나야 한다. 나는 떨리는 팔로 바닥을 짚고 일어났다. 온몸이 떨려서 다리도 휘청거렸지만 버텨야 했다. 일어나보니 경모 방에서 가져온 거울 속에 경모가 보였다. 그 옆으로 장미 거울이 비쳤는데, 그 안에 아빠가 있었다.

"누나, 내가 하나 둘 셋 하면 거울을 부숴. 알겠지?"

거울 속에서 경모가 말했다.

"그러다 엄마가 영영 못 돌아오면 어떡해?"

나는 울면서 물었다.

"아냐, 누나. 그렇게 해야 돼. 자, 이제 센다? 하나, 둘……"

나는 고개를 흔들었다.

"못하겠어."

순간적으로 거울 속에 있는 것이 내 동생이 아닐지도 모른다는 생각이 들었다. 거울 속에 있는 게 경모가 아니라 악마면 어쩌지? 우리 엄마를 영영 데려가려고 거울을 부수려고 하는 거라면?

"누나!"

경모가 소리를 질렀다.

"얼른! 거울을 부수라니까."

"뭘로?"

1층에 거울을 부술 만한 도구는 없었다.

"아무거나! 지금 손에 든 걸로라도 해봐!"

경모가 다급하게 소리를 질렀다. 나는 차라리 정신이 나갔으면 좋겠다 싶을 정도로 혼란에 휩싸였다. 장미 거울로 저 단단한 전신 거울을 부술 수 있을까? 금 정도는 가게 할 수 있을지 몰라도 장미 거울은 산산조각이 날 텐데.

"누나!"

경모가 다시 한번 날 불렀다. 거울 속 엄마는 이미 고개를 떨구고 있었다. 장미 거울 안에 있는 아빠는 실망한 표정으로 입을 꾹 다물었다. 그 얼굴을 보자 지난한 후회들이 고개를 들었다. 내가 수없이, 거의 매일 떠올리는 후회들이. 처음 그에게 문자가 왔을 때 바로 신고했더라면 어땠을까? 처음 그의 편지가 우리 집 우편함에 꽂혔을 때 그를 찾아가서 확실하게 경고했다면? 그를 죽이거나 그게 불가능하다면 내가 집을 떠나서 어딘가에 숨어 살았다면? 우리 가족들을 다 데리고 외국으로 떠났다면? 그랬다면 우리 가족들이 아직 살아 있지 않았을까?

"거울을 부수면? 거울을 부수면 엄마가 나올 수 있는 거야?"

나는 거울 속 경모에게 물었다. 내가 침착해졌다는 게 느껴졌다. 다시 나다워졌다는 느낌이었다. 혼란은 일단 멀찌감치 물러나서 내게 다시 다가와도 될지 아닌지 상황을 살폈다.

"무슨 소리야? 누나, 지금 상황 파악이 안 돼?"

경모는 내게 그런 식으로 말한 적이 없었다. 거울 속 경모의 얼굴에 당황한 기색이 역력했다.

"거울을 부수면, 내가 여기 있는 거울을 다 부수면 뭐 달라지는 게 있어? 거울을 산산조각 내면 네가 돌아와? 경모야, 난 네가 너무 보고 싶어. 엄마도 보고 싶고, 아빠도 보고 싶어. 근데 이제 그럴 수 없는 거잖아. 이미 일어난 일이니까 내가 되돌릴 수가 없는 거잖아."

"바로 그거야. 누나."

거울 속의 경모가 미소를 지었다. 소리를 지를 때 험상궂게 일그러졌던 표정은 온데간데없었다. 경모는 사춘기 때 말고는 내게 험상궂은 표정을 짓거나 소리를 지른 적이 없었다. 거울 속에서 미소를 짓고 있는 그 얼굴이 내가 아는 경모의 모습이었다.

이제 그 애와 인사를 해야 할 때였다. 엄마와 아빠에게도.

"안녕."

나는 경모에게 손을 흔들었다. 나도 미소를 지어보려고 했는데 잘 됐는지 모르겠다. 바보 같은 표정만 지은 건 아닌지.

경모가 거울 속에서 나왔다. 나는 그 애의 옷자락을 잡으려 했지만 경모는 내 손에 닿지 않고 바람처럼 지나갔다. 나는 장미 거울을 바닥에 내려놓았다. 가운데 금이 간 거울에서 아빠가 나와 경모의 뒤를 따라갔다. 경모와 아빠는 거울 속으로 걸어들어갔다. 어느새 멀쩡해져서 미소를 짓고 있는 엄마의 곁으로.

세 사람이 어깨동무를 하고 나를 바라보았다. 딱 한 번 가족여행을 했을 때 내가 셋을 찍어주었는데, 그때 그 모습 그대로였다.

"사랑해."

나는 그들에게 말했다. 한때 나와 같이 살았던 사람들에게. 나는 이제 혼자 살아가야 할 테지만 그들은 영원히 나의 가족이다. 아빠와 엄마, 경모는 마지막으로 내게 웃어주고 등을 돌려 거울 속 더 먼 곳을 향해 걸어갔다. 내가 사는 세계와 아득하게 먼 곳을 향해. 하지만 나도 언젠가는 그 세계로 갈 것이라는 걸 안다. 그 세계에서 우리는 다시 완전한 가족이 될 것이다.

혼잣말

2009년 겨울, 스물두 살이었던 나는 휴학을 하고 생애 첫 유럽 여행을 하고 있었다. 이렇게 말하면 제법 그럴싸하지만 사실은 동네 편의점에서 하루 열두 시간씩 반년 넘게 일을 하고(그 편의점 카운터에는 의자가 없었다. 사장은 아주 젊은 사람이었는데 분노 조절 장애가 있는 싸이코였다) 그 뒤 어떤 기관에서 두 달간 사무보조로 일하며 번 돈으로 간신히 떠난 여행이었다.

여행의 마지막 도시는 파리였다. 나는 파리에서 스튜디오를 하나 빌렸다. 하룻밤에 25만 원이었던 그 방은 100년이 넘은 건물 맨 꼭대기 층에 있는 다락방이었다. 나는 그 아파트가 원래는 귀족이 살던 저택이었으며, 내가 묵게 된 방은 하녀가 쓰던 곳일 거라고 상상했다. 영화 〈타이타닉〉에 나오는 것과 거의 비슷한 옛날식 엘리베이터를 타고 올라가며 마음이 설렜다. 내가 빌린 방은 여행자용 숙소로 리모델링한 지 얼마 안 되었는지 아주 깨끗했다. 간단한 조리를 할 수 있도록 싱크대와 인덕션, 냄비와 그릇 같은 것들도 준비되어 있었다. 그 밖에는 침대와 이케아 스탠드, 작은 TV 하나가 다였다.

단출한 방이었지만 나는 초록지붕 집에 처음 온 빨간머리 앤처럼 만족했다. 파리의 오래된 아파트 맨 꼭대기 층에 있는 여행자용 스튜디오. 창밖으로는 오래된 집들이 보였다. 서울의 아파트와는 다른, 고풍스럽고 멋스러운 유럽식 건물들이었다.

근처 슈퍼마켓에서 식료품을 사와 파스타를 해 먹을 때까지만 해도 나는 행복했다. 비록 수중에 남은 돈이 얼마 없어 외식도 한 끼 할 수 없는 처지였지만 전날까지 묵던 거지굴 같은 게스트하우스에서 벗어난 것만으로도 홀가분했다. 그날 밤, 나는 말을 전혀 알아들을 수 없는 TV 채널을 켜놓고 길고 긴 일기를 쓰다 불을 끄고 잠을 청했다. 그러자 불쑥 두려움이 밀려들었다. 나는 언제나 어둠을 무서워했다. 아마 타고난 불안 성향 때문일 것이다.

방 안은 너무나 적막했다. 나는 불안을 떨쳐내고 잠들고자 애썼다. 그렇게 뒤척일 때 문득 발자국 소리가 들렸다. 우다다다 하고 달리는 소리였다. 고양이가 아니라 사람의 발소리였다. 나는 내 귀를 의심했다. 어디서 들리는 소리일까? 그것은 꽤 가깝게 들렸다. 방에서 나는 소리는 아니었다. 천장 위나 문밖에서 나는 소리 같았다. 하지만 천장 위는 지붕이었고, 문밖에는 엘리베이터뿐이었다. 복도랄 것도 없고, 손바닥만 한 공간이 다였다.

뒤이어 웃음소리가 들렸다. 어린 여자애들의 웃음소리였다. 아래층에서 나는 소리는 아니었다. 그러기에는 소리가 너무 가까웠다. 나는 숨을 죽이고 그 소리를 들었다. 소리가 멀어진 후 나는 이불을 머리 위까지 덮어쓰고 심호흡을 하면서 생각했다.

'불을 켜야 해, 불을. 얼른 불을 켜야 해.'

하지만 몸이 움직이지 않았다. 가위는 아니었다. 그냥 용기가 나지 않을 뿐이었다. 바로 그때 귓속으로 어떤 소리가 파고들려는 것이 느껴졌다. 나는 본능적으로 그 소리가 위험하다고, 그 소리를 막아야 한다고 느꼈지만 때는 이미 늦었다. 한마디 말이 깊숙하게 귓속으로 훅 파고들었다. 아주 선명한, 동시에 들어본 적 없는 낯선 목소리였다. 그 목소리가 내게 말했다.

"다 너 때문이야."

그것은 약간 톤이 높은 여자 목소리였고, 조롱 섞인 웃음이 깔려 있었다. 시시할 정도로 단순한 말이었지만 그때의 나에게는 그 말이 아주 복잡한 뜻을 담고 있는 것처럼 느껴졌다. 그 말은 과거에 일어났던 모든 불행과 미래에 일어날 모든 불행의 원인이 바로 나라고, 나의 어리석음과 욕망과 나약함 때문에 나의 운명은 물론이고 내가 사랑하는 사람들의 운명조차 엉망이 될 것이라고 예언하는 것처럼 들렸다. 그리고 끝내 나는 어둠 속에 혼자 비참하게 남겨질 것이다.

나는 온몸이 굳어진 채로 누워 있다가 가까스로 손을 뻗어 전등 스위치를 켰다. 방이 환해졌다. 그날 밤, 나는 한숨도 잘 수 없었다. 언제 또 그 목소리가 다시 찾아올지 몰랐다. 언제라도 다시 들릴 것 같은 두려움에 나는 밤새 긴장했다. 그 목소리는 내 귓속에 박혀 며칠 뒤 서울로 돌아올 때까지도 그 자리에 머물러 있었다.

그 뒤 몇 년간 나는 그 목소리가 나를 떠났다고 생각했다. 그날 밤의 그 소름 끼치는 속삭임을 잊어본 적은 없지만, 이후 다시 그런 일을 겪지는 않았다. 스물두 살 이후 딱 10년이 흘렀다. 지난 10년간 나에게는 많은 일이 있었는데, 그중 대부분은 나에게는 일어나지 않을 거라고 생각했던 일들이었다. 특히 서른 이후엔 폭탄이 여럿 터졌다. 그중 한 가지는 충격적이었고, 나는 그 일로 2년 가까이 심각한 스트레스를 받았다. 가까스로 그 일에서 벗어나게 됐을 때 나는 내게 전에 없던 습관이 생겼다는 사실을 깨달았다. 혼잣말을 하는 습관이었다. 나는 언젠가부터 하루 종일 혼잣말을 하고 있었다. 대부분은 스스로를 욕하는 소리였다. '미친년, 도대체 왜 그랬어. 다 네가 잘못한 거야.'

사람을 만나고 돌아온 날에는 혼잣말이 더 많아졌다. '그 사람은 이제 널 싫어할 거야. 오늘 네가 그렇게 멍청하게 굴었으니 너한테 완전히 질렸겠지. 아니, 그 사람은 원래부터 널 경멸하고 있었어.' 누구를 만나든 똑같았다. 나는 사람 만나는 것을 피하게 됐고, 원래도 인간관계가 협소했던 나는 이전보다 더 고립됐다. 혼자 있는 시간이 길어질수록 혼잣말도 늘어났다.

그러던 어느 날, 나는 머리를 감다가 문득 한 가지 사실을 깨달았다. 내가 중얼거리는 그 혼잣말이 내 목소리가 아니라는 사실이었다. 그것을 깨달은 순간 오싹 소름이 끼쳤다. 왜 그걸 지금까지 알아차리지 못했을까. 10년 전 파리의 오래된 아파트에서 내 귀에 속삭이던 그 목소리는 나를 떠난 적이 없었다.

이 이야기를 어떤 식으로든 남에게 한 것은 처음이다. 내가 그의 정체를 깨달은 후에도 그는 내 곁을 떠나지 않았다. 오히려 나를 비웃듯 다른 사람이 내 옆에 있을 때도 내 입을 빌려 자기가 하고 싶은 말을 중얼거린다. 보통은 욕지거리…… 한심하고 멍청한 나를 비웃는 소리다. 지금 내 옆에 있는 사람이 날 얼마나 싫어하는지 알려주기도 한다. '얼른 집으로 가. 네 존재 자체가 민폐야. 혼자 있는 게 제일 나아.'

한번은 그 소리가 조금 컸는지 옆에 있던 친구에게 들린 적이 있었다.

"또 혼잣말을 하는구나."

나는 놀라서 당장이라도 도망가고 싶었다. 하지만 다행히도 친구는 내가 뭐라고 말하는지는 못 들은 듯했다.

"뭐라고 그렇게 중얼거리는 거야?"

친구는 웃고 있었다. 나는 안심하고는 친근하게 웃어 보이면서 친구에게 되물었다.

"아이고, 내가 또 혼잣말을 했나?"

언니

인스타그램에 새로운 디엠이 왔다는 알림이 떴다. 마침 인스타를 보던 중이었던 희수는 바로 디엠을 확인했다.

「안녕하세요.」

누굴까? 모르는 사람에게 디엠을 받은 건 처음이었다. 희수는 디엠을 보낸 사람의 동그란 프로필 사진을 눌러 그 낯선 이의 계정으로 들어갔다. 들어가자마자 보인 건 얼굴들이었다. 이 계정의 주인이 찍어서 올린 사진들.

그녀는 꽤 예뻤다. 두어 달 전까지는 밝은 갈색 머리였는데 최근에 머리색을 검정으로 바꾼 모양이었다. 갈색 머리보다 검은색 머리가 훨씬 더 잘 어울린다고, 희수는 피드를 올렸다

내렸다 하며 생각했다. 프로필 계정에는 '홍모란(25)'이라고 쓰여 있었고, 그 아래에는 '여자 좋아해요'라는 말이 덧붙여져 있었다.

'인스타를 틴더처럼 쓰는 건가?'

희수는 답장을 하는 게 좋을지 고민에 빠졌다. 이런 상황을 상상해본 적이 없는 건 아니었다. 안녕하세요, 하고 말을 걸고 나서 자기 성기 사진을 보내는 이상한 놈들 말고 누군가 매력적인 사람이 어느 날 디엠을 보내온다면…….

하지만 희수는 이상한 놈들에게조차 디엠을 받아본 적이 없었다. 낯선 사람에게 먼저 디엠을 보낼 성격도 전혀 아니었다. 팔로워가 154명인 희수의 계정은 별 볼 일 없었다. 희수의 사진은 친구가 찍어준 것 몇 장이 다였고, 나머지는 음식 사진 아니면 읽은 책에 대한 감상을 써놓은 게시물이었다. 그리고 자연을 찍은(하늘과 숲, 길에 핀 꽃 따위) 사진들이 있었다. 길고양이 사진도 있고.

그에 비해 홍모란이라는 사람의 인스타 피드는 화려했다. 파티에서 찍은 사진, 유람선에서 찍은 사진, 바에서 찍은 사진, 클럽이나 핫플레이스 앞에서 찍은 사진. 딱 붙는 원피스를 입고 찍은 사진도 있고, 헐렁한 티셔츠에 짧은 반바지를 입고 찍은 사진도 있었다. 치렁치렁한 긴 머리에 가슴이 반쯤 드러난 검은색 티셔츠를 입고 레드립을 한 사진에는 '좋아요'가 1000개 넘게 달렸다. 머리를 검은색으로 염색하고 나서 처음으로 올린 사진이었다. 홍모란은 그 사진 아래에 이런 코멘트를 달아놓았다.

'머리 검은 짐승은 거두는 거 아니랬는데. 누구 나 거둬줄 사람?'

하지만 '좋아요'가 1000개 넘게 달린 것은 그 사진뿐이었다. 나머지 사진들에는 보통 200개 정도의 '좋아요'가 눌러져 있었다. 팔로워는 600명대였다.

'이런 사람이 왜 나한테 디엠을 보냈지?'

희수는 휴대폰을 침대 옆 테이블에 내려놓고 책을 집어들었다. 애초에 책을 읽다가 집중력이 흐려져서 잠깐 쉬려고 인스타에 들어갔던 거였다. 희수는 5분쯤 책을 읽어내려갔다. 그러다 결국 호기심을 참지 못하고 다시 휴대폰을 들어 디엠을 보냈다.

「안녕하세요.」

그 이상으로는 쓸 말이 없었다. 디엠을 보내자마자 상대 쪽에서 디엠을 쓰고 있다는 표시가 깜빡거렸다. 희수는 상대의 답이 기대되기도 하고 두렵기도 해서 그 깜빡거리는 표시에 시선을 고정했다. 썼다 지웠다를 반복하는 것인지 표시가 꽤 오래갔다.

「저…… 안녕하세요.

모르는 애가 갑자기 디엠 보내서

뭔가 싫으실 수도 있는데,

그냥 피드 보고 말 걸어보고 싶었어요.

피드가 제 스타일이셔서요.」

「제 피드가요? 별게 없는데 뭘 보시고……」

「아, 저도 책 좋아하거든요.

책 읽고 기록하시는 게 좋아 보여요.

저랑 취향도 비슷하신 것 같고.

괜찮으시면 언제 만나서 커피 한잔하실래요?

부담되시면 거절하셔도 괜찮아요//

혹시 몰라서 말씀 드리는데, 사이비나 뭐 파는 사람은

절대 아닙니다! 이상한 사람 아니고 그냥 느낌이 좋아서

한번 얘기를 나눠보고 싶었어요.」

'진짜 인스타를 틴더처럼 쓰는 게 맞나봐.'

희수는 상대가 보낸 디엠을 몇 번 다시 읽었다. 피드가 화려해서 부담스러웠지만 디엠은 또 다른 느낌이라 처음보다 경계심이 풀렸다. 희수가 다시 디엠을 보냈다.

「혹시 엠비티아이가 어떻게 되세요?」

「ㅋㅋㅋㅋㅋㅋㅋ 저 인프피예요.」

「저도…….」

「그러실 줄 알았어요. 시간 괜찮으실 때 연락 주세요! 제 연락처는 010-××××-××××.」

「네 그럴게요. 하루 잘 보내세요.」

「네, 답장 주셔서 감사해요. 좋은 하루 보내세요 :)」

그 후로 2주가 흘렀다. 그 낯선 사람에게 디엠이 다시 온 적은 없었다. 하지만 그날 이후로 맞팔을 해서 서로의 게시물을 보기는 했다. 희수는 일부러 그녀의 게시물에 '좋아요'를 거의 누르지 않았지만, 그녀는 희수가 사진을 올릴 때마다 매번 '좋아요'를 눌렀다. 희수가 커피를 마시고 있는 사진에 '오 여긴 어디예요?'라고 댓글을 단 적도 있었다. '망원에 있는 초록물 커피예요'라고 내가 답글을 달자 '나중에 저랑도 같이 가요' 하는 답글이 달렸다.

오늘은 날씨가 화창한 봄날이었다. 지난주까지만 해도 아직 겨울 느낌이 조금 남아 있다 싶었는데 며칠 사이에 바람도 햇살도 달라져서 봄이 시작되고 있다는 느낌이 만연했다. 딱히 일이 없어도 외출을 하고 싶어지는 날씨였다. 희수는 집에 있는 걸 좋아하는 편인데도 오늘은 어디든 나가고 싶어 몸이 근질거렸다. 그러나 딱히 할 일도 없이 바깥으로 나가 여기저기를 배회할 생각을 하니 벌써 피곤했다. 불러낼 사람도 마땅치 않았다.

자주 만나는 친구는 보라와 머루 정도인데, 보라는 요새 연애를 시작해서 주말마다 데이트를 하느라 바쁘고, 머루는 남편과 한 달살이를 하러 제주에 내려가 있다. 오늘 아침에도 머루의 인스타에 제주에서의 일상 사진이 올라왔다. 바다와 해변을 찍은 사진이었다. '원호는 일요일이라고 늦잠. 나 혼자 아침 산책 나왔는데 나오길 잘했다. 곧 돌아간다니 믿기지 않아ㅠㅠ 여기서 계속 살자, 원호야.'

"외롭구만."

사람들이 올린 일상 사진을 보고 있으니 자기도 모르게 그런 말이 흘러나왔다. 다들 누가 옆에 있는 것 같다. 아니면 혼자서도 충분한 삶을 살고 있거나. 희수도 혼자 잘 지내는 편이었지만 오늘은 유독 날씨가 좋아서인지 이상하게 쓸쓸했다.

'시간이 몇 시지?'

희수는 휴대폰으로 시간을 확인했다. 정오가 조금 지났다.

'연락해볼까?'

희수는 겨우 마음을 먹고 문자를 보냈다. 휴대폰 번호는 그날 바로 저장해뒀지만 연락하는 건 오늘이 처음이었다.

「혹시 오늘 시간 어떠세요?」

문자를 보내자마자 답이 왔다.

「헉 오늘요??」

답이 온 걸 보고 역시 너무 갑작스러웠나 하는 생각을 하고 있는데 벨소리가 울렸다. '홍모란 씨'. 이름을 어떻게 저장해야 할지 몰라 그렇게 저장해뒀었다. 희수는 일단 전화를 받았다. 전화 공포증이 약간 있는 편이라 가슴이 두근거렸지만 그렇다고 받지 않는 건 예의가 아닌 것 같았다.

"여보세요?"

"안녕하세요. 저 홍모란이에요. 인스타로 디엠 드렸던……."

"네, 저는 강희수라고 합니다."

서로의 이름이야 이미 잘 알고 있었지만 두 사람은 어색하게 다시 인사했다. 모란의 목소리는 수줍었다.

"저기, 그럼 오늘 시간 되시는 건가요?"

상대편에서 말이 없자 희수가 먼저 말을 꺼냈다.

"네? 네, 네. 시간 돼요! 어디서 볼까요?"

"음, 망원 초록물 커피에서 볼까요? 그때 제가 거기 다녀와서 올린 사진에 나중에 같이 가자고 댓글 다셨었는데……."

"기억나요. 시간은……?"

"저는 집이 망원에서 가까운 편이라 금방 가요. 모란 씨 편한 시간에 보면 좋겠어요."

"저도 망원 근처 살아요. 지하철로 다섯 정거장쯤?"

"아, 혹시 연신내 쪽 사세요?"

"아시는구나. 연신내는 아니긴 한데 그쪽은 맞아요. 저 준비하고 나가려면 한 시간 반쯤 걸릴 것 같아요."

"네, 그럼 한 시간 반 뒤에 초록물 커피에서 봬요. 전 조금 일찍 가 있을게요. 오시면 연락 주세요."

"저도 최대한 일찍 갈게요. 이따 봬요!"

모란이 먼저 전화를 끊었다. 희수는 행거에 걸린 옷들을 뒤적거리며 입을 것을 고르려 했지만 실은 고를 것도 없었다. 이럴 때 입고 나갈 옷이 몇 벌 되지 않았다. 아니, 사실은 딱 한 벌뿐이었다.

'이것도 데이트라고 할 수 있나?'

데이트라면 데이트일 것이다. 상대방이 어떻게 생각하는지에 따라 달라지겠지만. 마지막으로 연애를 한 것이 벌써 3년 전이라 데이트 복장 같은 것은 없었다. 그래도 지난달에 봄 신상으로 나온 깔끔한 셔츠를 사두어서 다행이었다. 하늘색 오버사이즈 셔츠인데 희수 본인이 봐도 꽤 잘 어울렸다. 희수는 셔츠와 청바지를 입고 얇은 코트를 걸친 뒤 스니커즈를 신었다. 애플워치는 항상 손목에 차고 있어서 따로 챙길 필요가 없었다. 코트 주머니 양쪽에는 각각 지갑과 휴대폰을 넣었고, 귀에는 에어팟을 꽂았다. 그것으로 준비 끝이었다. 짧은 쇼트커트 스타일인 머리는 지난주에 미용실에서 다듬어서 깔끔했다. 얼굴에는 파운데이션을 꼼꼼하게 발라서 피부가 좋아 보였다.

희수는 떨리는 마음으로 초록물 커피로 걸어갔다. 원래는 걸어서 10분도 안 걸리는 거리였지만 오늘은 날씨가 좋아서 일부러 길을 돌아갔다. 아무 길이나 선택한 건 아니었다. 그 길에 선물 가게가 있었다. 예전에 지나가면서 한 번 본 적이 있는데 나중에 선물 살 일이 있으면 들러봐야지 했던 곳이었다. 가게 이름은 'jalousie'. 쇼윈도에는 가게 이름과 함께 'La jalousie est la soeur de l'amour(질투는 사랑의 자매이다)'라는 말이 멋들어진 글씨체의 하얀색 스티커로 붙여져 있었다.

희수는 문을 열고 안으로 들어갔다. 가게 문은 아마도 외국에서 가져온 빈티지인 듯했다. 안은 감미로운 향기로 가득 차 있었다. 사람을 연기처럼 휩싸는 향기였다. 카운터에 앉은 주인 여자는 작은 목소리로 인사를 건넸다. 희수는 목을 가볍게 끄덕여 인사를 하고 물건들을 둘러봤다. 기대했던 것보다 재미있는 게 많았다. 양갈래 머리를 땋고 예쁜 드레스를 입은 작은 인형들과 아르누보풍 향수병들, 섬세한 조각을 넣은 나무 상자들과 액자, 브로치와 귀걸이, 목걸이, 반지도 있었다. 가게 한쪽에 있는 행거에는 드레스도 걸려 있었다. 희수가 그쪽으로 가서 드레스 하나를 만지작거리자 주인 여자가 다가왔다.

"1960년대 드레스예요. 유럽에서 제가 직접 보고 가져온 건데, 컨디션이 꽤 좋죠?"

그 하얀 드레스는 치마가 풍성하지 않은 대신 밑으로 내려올 수록 은은하게 퍼지는 형태였고, 레이스로 장식되어 있었다. 특히 네크라인 부분이 아름다웠다.

"잘 어울리실 것 같은데요? 입어보세요."

희수는 잠시 망설이다가 주인 여자가 권하는 대로 순순히 탈의실로 들어갔다. 지퍼 올리는 건 주인 여자가 도와주었다.

"어머, 몸에 맞춘 것 같아요. 너무 예쁜데요?"

입에 발린 말을 하는 톤은 아니었다. 하지만 희수가 보기에는 거울 속에서 드레스를 입고 서 있는 자신의 모습이 끔찍해 보였다. 남자가 억지로 여자 옷을 입은 것 같았다.

"잠시만요. 지금 스니커즈를 신으셔서 조금 어색해 보이는 거예요."

희수는 주인 여자를 말리고 싶었지만 거울에 비친 자신의 모습에 압도당해 입이 바싹 말랐다. 하지만 기괴해 보이는데도 왠지 바로 옷을 벗어버리고 싶지 않았다. 조금만 더, 조금만 더 보고 싶었다.

주인 여자는 어딘가에서 웨딩 슈즈를 찾아와 희수의 발 옆에 놓았다. 희수는 신발을 갈아신었다. 주인 여자가 희수의 머리에 티아라를 올렸다.

"에메랄드인가요?"

희수가 티아라 중간에 박힌 초록색 보석을 보며 물었다.

"모조예요. 나머지는 다 큐빅이고요. 그래도 예쁘지 않아요?

이것도 오래된 거예요."

희수는 거울 속 자신의 모습을 조금 더 보다가 구두를 벗었다. 그리고 티아라도 벗어서 주인 여자에게 건네주었다.

"이건 얼마예요?"

희수는 도로 자신의 옷으로 갈아입고 나와 주인 여자가 행거 옆 테이블에 놓아둔 티아라를 가리켰다.

"8만3천 원이에요."

주인 여자는 그 이상의 말은 덧붙이지 않았다. 아마도 별달리 할 말이 없는 물건인 것 같았다. 이름을 댈 만한 브랜드의 물건도 아닌 듯했다. 하지만 희수는 이상하게 그 작은 왕관에서 눈길이 떨어지지 않았다. 머리에 올렸을 때 느껴지던 약간 묵직한 무게감도 마음에 들었다. 실은 새것이었을 때도 싸구려였을지 모르고, 오래된 물건조차 아닐지도 모르지만 희수에게는 그 작은 왕관이 뭔가를 품고 있는 것처럼 보였다. 게다가 이 물건의 실제 가치가 어떻든 티아라에 새겨진 조각이 아름다운 것은 사실이었다.

"선물포장 해주실 수 있나요?"

"그럼요."

주인 여자는 티아라를 여왕의 왕관이나 되는 것처럼 카운터로 조심히 들고 가서 천천히 포장했다. 주인 여자와 희수 둘 다 엄숙하게 입을 다물고 있어서 두꺼운 종이 상자에 바스락거리는 종이 까는 소리만 들렸다. 주인 여자는 티아라를 하얀 종이로 싸서 상자에 넣고 뚜껑을 덮은 다음 리본으로 묶었다. 초록색 리본이었다.

"감사합니다. 안녕히 가세요."

문 뒤에서 주인 여자가 인사하는 소리가 들렸다. 희수는 처음 들어갔을 때처럼 가볍게 목을 끄덕이고 나왔다. 티아라 상자가 든 쇼핑백을 들고서. 얼떨결에 큰돈을 쓰긴 했지만 기분이 좋았다.

'오늘 분위기가 좋으면 그 사람에게 주고, 아니면 내가 갖지 뭐. 집에 놓으면 장식용으로 괜찮을 거야. 가끔 기분 낼 때 쓸 수도 있고.'

다른 사람들이 있을 때 티아라를 쓸 수 있을 것 같지는 않았고, 집에서 먼지만 쌓일 가능성이 크다는 생각도 들었지만 그렇다고 후회가 되지는 않았다. 자주는 아니지만 희수는 가끔 이런 충동구매를 했다. 충동구매는 기분을 좋아지게 하는 면이 있다. 연애를 할 때는 충동구매를 할 명분이 있어서 좋았다. 전에 사귀었던 여자친구는 꽃이나 액세서리, 화장품 같은 걸 사서 건네면 무척 즐거워했다. 이제는 시간이 꽤 흘러서 그때 생각을 해도 가슴이 아프지는 않았지만 좋았던 순간들이 그립기는 했다.

희수는 옛 기억에 잠긴 채로 초록물 커피까지 걸었다. 작은 카페 안은 한산했다. 희수는 늘 앉던 자리에 자리를 잡았다. 창가에 있는 작은 테이블에. 두 개의 의자 중 하나는 보통 짐을 놓는 용도로 썼다. 그 자리에 짐 말고 사람이 앉는 경우는 거의 없었다. 가끔 보라나 머루가 올 때도 있지만 그야말로 가끔이다. 둘 다 다른 동네에 살아서 약속을 잡을 때는 그때그때 가고 싶은 카페나 식당이 있는 곳에서 만났다.

망원이 핫해지고 좋은 곳이 많이 생겨서 사실 희수는 굳이 다른 동네까지 가는 게 귀찮을 때가 많았다. 한가한 날 부담없이 만날 수 있는 동네 친구가 있으면 좋을 텐데 하고 바랐지만 애써 그럴 만한 사람을 찾지는 않았다. 모임으로 만나든 어플로 만나든 할 수도 있겠으나 그렇게 어설프게 여기저기를 기웃거리며 어색한 시간을 보내기는 싫었다. 아니, 실은 이미 몇 번 시도해보았고 매번 끔찍하게 실패해서 다시 그런 짓을 해볼 마음이 들지 않았다. 만남에 실패하고 나면 자기 자신이 더 초라하고 비참해지기만 했다. 그리고 더 외로워졌다.

그간의 실패들이 떠오르자 그녀와 약속을 잡은 것이 갑자기 후회됐다. 차라리 그녀가 안 나왔으면 했다. 그래, 약속을 아무 말 없이 펑크 내고 마치 처음부터 없었던 사람처럼 사라져주면 고마울 것이다. 거금 8만3천 원을 주고 티아라를 산 것도 후회됐다.

'첫만남에 티아라를 주려 하다니, 어떻게 그렇게 바보 같은 생각을 했지? 난 정말 머저리야. 이런 일에는 소질이 없다고. 앞

으로 평생 누구를 만날 수는 있을까?'

서로를 매력적으로 느껴서 연애를 시작하고 깊은 사랑에 빠지는 일이 엄청나게 어렵게 느껴졌다. 그런 일은 판타지 속에서나 일어나는 일 같았다.

'처음 키스한 사람과 결혼하는 것이 당연하다고 생각했던 옛날이 어떤 면에는 편했을 것 같아. 인생에는 한 사람만 있으면 되는 거 아냐? 한 사람을 찾기 위해 누군가를 만났다 헤어지기를 반복해야 하다니 연애란 정말 소모적이고 고통스러운 일이야.'

그런 생각을 하며 시간을 보내는 사이 약속한 때가 다가왔다. 한 시간 반쯤 걸린다고 했으니 이제 올 때가 됐다. 그러나 그녀는 오지 않았다. 10분 정도는 초조하게 그녀를 기다렸지만 20분이 지나고 나자 마음이 한결 편안해졌다. 그녀는 오지 않을 것이다. 나갈 준비를 하는 도중에 친구, 아니면 매력적인 누군가에게 연락이 와서 그쪽을 선택했을지도 모른다. 오늘은 나가서 놀기 좋은 날씨이니 그렇대도 이상할 게 없다.

희수는 그녀가 미안하다는 문자를 보내는 상상을 했다. '죄송해요. 갑자기 일이 생겨서 못 나갈 것 같아요.' 희수는 너그러운 답장을 보낼 것이다. '괜찮아요. 어차피 집 앞이고 카페에서 할 일도 있어서. 부담 갖지 마세요.' 미안하다는 연락도 없으면 좋을 것이다. 답장을 안 해도 되니까.

그녀가 오지 않을 거라 생각하니 마음이 정말 편해졌다. 희수가 커피를 한 잔 더 주문하고 가방에서 책을 꺼내 이야기에 빠져들기 시작했을 때 카페 문이 열렸다. 희수는 다른 손님이겠거니 생각하면서도 반사적으로 문을 쳐다보았다. 하지만 이런, 그녀였다. 그녀가 왔다. 희수는 얼어붙었다. 너무 긴장이 되고 불편해서 그냥 그 순간 훅 사라지고 싶었다. 집으로 순간이동을 하는 거다.

"안녕하세요."

그녀가 쭈볏거리며 다가와 인사를 했다. 사진으로 봤을 때는—미안하지만 솔직히—조금 천박한 인상이 있었는데 실제로 보니 그런 느낌이 전혀 안 들었다. 뭐랄까, 앞에 있는 여자는 그냥 예뻤다. 검은색 긴 머리는 웨이브를 넣어서 구불거렸고 인스타로 봤을 땐 성형한 느낌도 있었던 이목구비는 또렷하긴 해도 부자연스러운 데가 없었다. 몸매는 사진에서 보던 것보다 글래머러스했다. 날씬하지만 마른 체형은 전혀 아니었고, 젖살이 아직 빠지지 않은 얼굴에는 통통한 느낌마저 있었다. 스커트를 입은 다리는 늘씬해서 눈이 부실 정도였다. 원래 키가 훤칠한데다 하이힐까지 신어서 키가 희수보다 한참이나 컸다. 힐 높이까지 하면 20센티미터 정도 차이가 날 듯했다. 희수는 여자의 다리에서 시선을 돌렸다. 그 여자의 다리는 이상적이었다. 선택할 수만 있다면 바로 그런 다리를 갖고 싶었다.

희수가 일어나서 그녀에게 인사했다. 그녀 앞에 서자 자신이 난쟁이가 된 것 같았다. 희수는 이렇게 누가 봐도 미인이라고 할 만한 여자와 어떤 식으로든 엮여본 적이 없었다. 그러니까, 이렇게 화려한 여자와는.

"제가 너무 늦었죠? 정말 죄송해요. 정신 없이 준비를 하다 시계를 봤는데 벌써 나갈 시간이 지난 거예요. 그냥 나가기에는 화장을 하다 말아서 얼굴이 귀신같고. 그래도 최대한 서둘러서 온다고 왔는데 너무 심하게 늦었네요. 죄송해요."

"아니에요. 온다고 하신 시간보다 30분 정도밖에 안 지났는데요. 책 읽고 있었어서 괜찮아요. 일단 앉으세요."

사실은 온다고 했던 시간보다 40분이 더 지나 있었지만 희수는 별거 아니라는 듯 아무렇지 않은 표정을 지어 보였다.

"아, 그럼 저 음료만 얼른 주문하고 올게요."

그녀가 음료를 주문하고 온 뒤 두 사람은 마주 앉았다.

"뭐 읽고 계셨어요?"

희수는 테이블에 올려둔 책을 그녀 쪽으로 밀었다. 희수가 읽던 책은 배수아의《뱀과 물》이었다.

"아, 이 책 너무 좋죠?"

"전 이제 막 읽기 시작해서."

"첫 페이지부터 좋지 않아요?"

"네, 첫 문장부터 너무 좋더라고요. 나왔을 때부터 읽어야지 했는데 최근에서야 샀어요. 이 동네에 서점이 생겼길래 들렀다가 이 책이 눈에 띄었는데, 이제 읽을 때가 왔구나 싶었거든요."

"이 책을 만날 운명의 때가 왔다, 같은 거요?"

"네, 그런 거죠."

두 사람이 서로를 보며 웃었다. 별거 아닌 이야기지만 웃음이 났다.

"이 동네에 새로 생긴 서점이면 '나뭇잎'밖에 없을 텐데 혹시 거기서 사셨어요?"

"오, 네. 맞아요. 나뭇잎 서점. 거기 아세요?"

"제 친구가 하는 서점이에요."

"진짜요? 사장님이 단발머리에 얼굴이 좀 하얀 편이었는데 그분이 친구분이세요?"

"제가 알기로 그분은 아르바이트 하시는 분이에요. 사장은 안경 쓰고 키 큰 남자."

"그렇군요. 신기하네요. 그 서점 분위기 좋던데요?"

그녀가 음료를 주문하고 있는 뒷모습을 보고 있었을 때만 해도 무슨 이야기를 해야 하나 걱정이 앞섰는데 막상 대화를 시작하고 보니 기우였구나 싶었다. 그녀는 이 동네에 대해 훤했다. 망원 말고도 홍대와 합정, 연희와 연남도 꿰고 있었다. 희수가 가본 곳은 거의 다 알고 있었고, 몰랐던 곳들도 알려주었다. 책 취향이 비슷하다는 것도 빈말이 아니었는지 어떤 책 이야기를 하면 자신은 그 책을 어떻게 읽었는지에 대한 감상이 바로 나왔다. 알고 보니 그녀는 시를 전공했다고 했다.

"그럼 지금도 시를 쓰세요? 혹시 등단하신 거 아니에요?"

"아니에요. 지금은 안 써요."

"유명하신 분인 거 아니에요? 사실 홍모란이 아니고 이제니라거나."

"에이, 그분 얼굴 모르세요? 북토크 같은 것도 가끔 하시는데. 진짜 아니에요. 학교 다닐 땐 열심히 썼는데 졸업하면서 딱 그만뒀어요. 담배나 술 끊는 것처럼 마음먹고 딱. 졸업식 날 마지막으로 쓰고, 그다음 날부터 한 번도 쓴 적 없어요."

"쓰고 싶을 때는 없어요? 금단 증상 같은 거나."

"좀 있긴 한데……. 대학 때는 제가 시를 안 쓰면 살 수 없는 사람이라고 믿었거든요. 여섯 살 때부터 시를 썼으니까. 저는 등단한 적도 없고 책을 낸 적도 없지만 제가 시인이라고 생각하고 살았어요. 지금도 예전엔 제가 시인이었다고 생각하고요. 근데 시를 안 쓰고 살아보니까 살아지더라고요. 아무 문제도 없이. 아니, 오히려 시를 쓸 때보다 사는 게 편해졌어요."

눈빛이 진지했다. 첫인상은 아직 어린 여자애 같았는데 말하는 걸 들어보니 오히려 자신보다 깊은 사람인 것 같았다. 희수는 선입견을 갖고 그녀를 얕잡아본 것에 부끄러움을 느꼈다. 자기 사진으로 인스타를 도배하고, 파티에 다니는 여자에 대해 편견을 갖고 있었던 것이다. 자신과 다른 타입의 여자라는 이유로.

"그리고 전 책을 냈어도 본명으로 냈을 거예요. 필명은 왠지 입에 안 붙을 것 같아서요. 남이 필명으로 절 부르면 다른 사람을 부르는 것처럼 느껴질 것 같고."

"홍모란이 본명인 거예요?"

"네, 엄마가 저 가지셨을 때 태몽으로 모란 꿈을 꾸셨대요. 집 마당에 모란이 가득 피어 있었는데 그중 한송이가 유독 크고 예뻐서 가까이 가서 들여다보니 조그만 여자애가 들어 있더래요. 그래서 제 태명이 엄지공주였어요. 엄마는 지금도 절 가끔 그렇게 부르세요. 공주야, 공주야 하고요. 길에서도 그럴 때가 있어서 가끔은 창피해요."

"엄마랑 사이가 좋으신가봐요?"

"좋았다 나빴다 하죠, 뭐. 엄마랑 아빠가 저 어릴 때 이혼하셔서 엄마는 자주 못 보고 지냈어요. 2년에 한 번쯤 봤나? 지금은 예전보다 자주 보는데, 하여튼 그래서 저한테 미안한 게 있으신가봐요. 필요할 때 옆에 못 있어줬다고."

희수는 그녀가 좋아지고 있었다. 그녀가 이해할 수 있는 사람으로 느껴졌고, 사랑할 수도 있을 것 같았다. 앉아서 대화를 나눈 지 벌써 두 시간이 훌쩍 지나 있었다. 무슨 이야기를 했다고 이렇게……. 시간이 날개 달린 말처럼 달려갔다.

배가 고파진 두 사람은(그녀는 사실은 잠에서 깬 지 얼마 안 됐을 때 희수의 연락을 받아서 아무것도 못 먹고 집에서 나왔다고 했다. 그 말을 들은 희수는 벌떡 일어나 뭔가를 먹으러 가자고 했고, 그녀는 그런 희수를 보며 웃었다) 안주 메뉴가 든든히 갖춰진 술집으로 이동했다. 그곳은 레즈비언을 환영하는 술집이었는데 희수는 그 가게의 인스타 계정을 보며 가보고 싶다고 생각하기는 했지만 아직 가본 적은 없었다. 밖에서 혼자 술을 마시는 건 즐기지 않았고, 보라나 머루와 가기에도 흥이 나지 않았다. 남이 들으면 웃을 소리지만 이성애자 친구들과는 가고 싶지 않았던 것이다. 그렇다고 레즈비언 친구도 없었다. 처량한 인생.

모란과 함께 술집으로 들어가자 입장 티켓을 손에 든 것처럼 어깨가 펴졌다. 이곳에 들어올 자격이 있는 두 사람. 이곳이 환영하는 손님인 두 사람. 이곳은 바로 그들과 같은 손님을 위해 존재하는 곳이었다. 썸 타는 레즈비언들, 떳떳하게 손을 잡고 사랑을 속삭이길 원하는 여성 커플들을 위해.

술집에서는 모든 것이 완벽했다. 사장과 직원들은 친절했고, 음식은 푸짐하고 맛있었고(그래, 아주 뛰어난 맛집들에 비하면 음식이 훌륭하다 할 정도는 아니었다. 하지만 크림떡볶이와 치즈짜파게티가 그 이상으로 맛있을 필요가 있을까?), 칵테일은 달콤했다. 모란은 칵테일 세 잔을 마셨고(순서대로 마가리타, 김렛, 마티니), 희수는 술이 약해서 크렌베리 주스에 가까운 칵테일 한 잔과 맥주 반병을 마셨다. 자리를 옮기고 나니 잠깐 다시 서먹해졌지만 먹고 마시며 이야기를 나누는 동안 두 사람은 카페에서보다 친밀해졌다.

술집에서 네 시간 동안 이야기를 나누고 맥도날드에 가서 아이스크림과 커피를 먹으며 또 두 시간 동안 이야기를 나눴다. 그렇게 밤 10시가 되어 밖으로 나왔을 때 희수와 모란은 손을 잡고 있었다.

"언니, 지금 집에 가셔야 돼요? 저는 술 조금 더 마시고 싶은데. 아까 마시다 말아서. 그나마 마신 것도 아이스크림 먹고 다 깼어요."

희수는 망설이다가 어렵게 입을 뗐다.

"음, 그럼 제 작업실로 가실래요? 이 근처예요. 막 멋진 곳은 아닌데 거기가 편할 것 같아서. 저만 편할까요?"

모란이 웃으며 희수의 손을 놓고 팔짱을 꼈다.

"언니 작업실 좋아요. 거기로 가요."

"그래서? 다음엔 어떻게 됐는데?"

보라가 물었다. 두 사람은 작업실에 있었다. 모란은 어젯밤에 이곳에서 자고 갔다. 작업실이 조금 쌀쌀하게 느껴져서 희수는 난로를 켰다. 마침 전기포트에 올려둔 물도 다 끓어서 스위치가 탁, 하고 올라가는 소리가 났다.

"얼른, 얼른! 다 말해봐. 하나도 빼트리지 말고. 그래서 다음엔 어떻게 됐냐구. 같이 여기로 와서 뜨거운 밤을 보낸 거야?"

"왜 그렇게 신났어?"

희수는 피식 웃으며 드립백을 뜯어 커피 두 잔을 내렸다.

"신이 나지 그럼. 내 친구가 간만에 데이트다운 데이트를 했다는데."

"연애가 세상의 전부는 아니랍니다."

희수는 그렇게 말하며 보라가 앉은 테이블에 커피잔을 내려놓고 자신도 의자에 앉았다. 희수의 작업실은 스튜디오처럼 벽과 바닥이 하얀색이었고, 가구도 하얀 것이 많았다. 이케아에서 산 철제 책상과 손님이 왔을 때를 위해서 사뒀지만 대부분 뭔가를 먹을 때 쓰게 된 회의 테이블, 그리고 의자와 캐비닛도 모두 하얀색이다. 희수는 깨끗한 것을 좋아했다. 보라는 이곳에 오면 정신병에 걸릴 것 같다며 컬러풀한 현관 매트를 선물했다. 이곳에 컬러풀한 물건은 그 매트뿐이었다. 그나마 화분 몇 개를 두어서 초록빛이 포인트가 됐다. 벽에는 포스터나 그림 액자도 하나 없다. 엽서 한 장도. 스탠드 같은 소품은 모두 은색으로 맞췄다. 철제 아니면 유리 물건들.

연애가 세상의 전부는 아니라는 말에 보라가 코웃음을 쳤다.

"웃기시네. 하룻밤 사이에 얼굴이 활짝 피었고만."

"아이고, 보라님. 사랑에 빠지시니 세상이 다 핑크빛으로 보이시나봐요. 밤새서 얼굴이 새까맣고만."

"어머, 밤을 샜다고? 밤새 둘이서 뭐 했는데? 야심한 밤에 다 큰 성인 여자 둘이서."

보라가 음흉하게 웃었다.

"에이, 이상한 상상하지 마. 아무 일도 없었어."

"이상한 상상 어떤 거……?"

"재밌어 죽겠나봐?"

"재밌지. 로맨스 드라마 보는 것 같아. 그래서 진짜 뭐 했는데?"

"그냥 사온 술 마시면서 얘기 좀 더 했어. 그러다 그 친구가 잠들었는데 난 집이 아니라 그런지 잠이 안 와서 넷플릭스 봤다 책 봤다 하면서 밤새고, 날 밝으니 그 친구가 일어나서 같이 아침 먹고 헤어졌어. 됐지?"

"몇 살이랬지?"

"스물다섯."

"우리랑 두 살 차이네. 딱 좋다."

"좋긴 뭐가."

"그냥 다 좋다고. 넌 어때? 그분 마음에 들어?"

"난…… 잘 모르겠어. 좋긴 한데, 매력도 있고. 아냐. 그래, 벌써부터 복잡하게 생각할 거 없지. 지금으로써는 좋아. 괜찮은 것 같아."

보라에게 말하지 않은 게 두 가지 있었다. 하나는 어젯밤에 모란에게 그림을 그려줬다는 것. 마음에 드는 여자를 작업실로 데려와서 그림을 그려준다니 너무 뻔한 수작 같아서 친구에게 말하기는 멋쩍었다. 게다가 그림을 그려주면서 어떻게 해볼 생각도 없었다. 작업실에 와서 분위기가 무르익었을 때쯤 모란이 자신을 그려달라고 부탁했고 그 부탁을 거절하지 않았을 뿐이다. 물론 누드화를 그리지는 않았다. 얼굴만 그렸다. 간단한 크로키였지만 모란은 무척 마음에 들어 하며 작업실에서 나갈 때 그 그림을 소중히 챙겨갔다.

문득 전화벨이 울렸다.

"여보세요?"

"언니, 저 모란인데요 이따 작업실로 가도 돼요?"

"이따 언제? 지금은 친구랑 있어서."

그 말에 문득 수화기 건너편의 공기가 싸늘해졌다.

"친구 누구요?"

"아, 보라라고 나 중학생 때부터 친구야. 오늘 원래 약속이 있었어."

"그렇구나. 친구랑은 늦게 헤어질 거예요?"

공기가 싸늘해졌다고 느꼈던 것이 착각이었나 싶을 만큼 모란의 목소리는 밝았다.

"아냐, 곧 갈 거야. 친구도 저녁에 일이 있어서."

"그럼 저 가도 되는 거 아니에요? 밤늦게 봐도 되는데."

"뭐 할 얘기 있는 거야?"

사실 오늘 밤엔 좀 쉬고 싶었다. 어제 밤을 새기도 했고 바로 또 이어서 친구를 만났더니 에너지가 부족했다. 24시간 넘게 누군가와 같이 있었던 것이다. 혼자서 충전할 시간이 절실했다.

"할 얘기도 있고……. 오늘 언니를 꼭 보고 싶어요."

그렇게까지 말하는데 차갑게 거절할 수만은 없었다. 할 얘기도 있다니까. 희수는 결국 알겠다고 하고 전화를 끊었다. 보라에게 말하지 못한 한 가지는 모란이 좀 불안정해 보이는 데가 있다는 것이다. 정확히 뭐가 어떻다고 콕 짚어 말하기는 어렵지만 눈빛이나 말하는 것들이 조금.

하지만 시를 쓰던 사람이라 남들보다 열정이나 감수성이 다소 깊은 것일 거다. 희수 자신에게도 남들은 이해하지 못할 예민함 같은 것이 있었다. 그런 면에서 오히려 모란과 잘 통하는 것 같기도 했다. 모란도 새벽에 그런 말을 하지 않았던가. "이상하게 언니랑은 대화하는 게 너무 편해요. 남들한테는 안 하는 얘기까지 다 하게 되고. 언니가 오래전부터 알던 사람처럼 느껴져요."

그 말을 했을 때의 모란의 눈빛이 떠오르자 그녀가 보고 싶어졌다. 그런 눈빛을 가진 사람을 만난 건 처음이다. 모란의 눈은 눈동자 뒤쪽 깊숙한 곳에서 불이 일렁이는 듯 아름답게 빛이 나며 흔들렸다. 희수의 눈에는 그것이 영혼이 내는 빛처럼 보였다. 살면서 처음으로 영혼이라는 것을 눈으로 직접 본 것 같았다. 희수도 왠지 그녀가 오래전부터 알던 사람처럼 익숙했다. 그러나 편하다는 모란과 달리 희수는 모란이 편하게 느껴지지만은 않았다. 그녀와 대화를 하면 신기할 정도로 말이 끊기지 않아서 언제까지나 이야기를 나눌 수 있을 것 같았지만, 한편으로는 마음이 몹시 불편했다. 그녀를 보는 것 자체가 그랬다. 그녀가 매력적이기 때문일까? 아니, 솔직해지자. 모란은 희수 안에 있는 불편한 감정들을 건드렸다. 남들 앞에서는 절대 꺼내지 않는, 친구들에게도 은밀하게 숨겨놓는 것들. 예쁜 여자에게 가진 혐오와 질투, 동경, 편견 같은 것들을. 희수는 그녀에게 끌리는 동시에 그녀가 불편했다. 모란은 앞에 있는 것만으로 희수의 콤플렉스와 욕망을 함께 흔들어놓았다. 무엇보다 불편한 것은 모란을 있는 그대로 받아들이지 못하는 자신의 못난 마음이었다.

'그래도 한 번 더 그 애와 얘기를 나눠보고 싶어. 아니, 보고 싶은 것 같아.'

희수는 단숨에 마음이 바뀌어 모란이 작업실로 오기를 기다렸다. 그녀가 얼른 왔으면 싶었다.

모란은 밤 10시가 넘어 작업실로 왔다. 드레스라고 해도 무방할 새빨간 원피스를 입고 검은 긴 머리를 치렁치렁하게 늘어뜨린 모란은 화보에 나오는 사람 같았다. 눈에는 인조 속눈썹을 붙였고 푸른빛이 도는 회색 렌즈를 껴서 신비로운 느낌마저 들었다. 입술은 오늘도 레드립이었다. 그리고 티아라. 모란은 머리에 초록색 인조 보석이 박힌 티아라를 쓰고 왔다. 어제 결국 그 물건을 모란에게 주었던 것이다.

"어, 왔어? 그거 잘 어울린다."

"언니가 준 거잖아요. 평소 입던 옷에 이걸 쓰면 안 어울릴 것 같아서 좀 신경 써서 입었는데, 괜찮아요?"

"응, 엄청 예쁘다. 진짜 잘 어울려. 공주님 같아."

희수는 모란을 기다리는 동안 잠을 깨려고 커피를 세 잔이나 마셨다. 덕분에 잠이 오지는 않았지만 뇌를 억지로 각성시킨 느낌이라 피곤했다. 집에 가서 잠깐 자고 올까도 했지만 모란이 언제 올지도 모르고 할 일도 있어 그냥 계속 작업실에 있었다.

모란은 말없이 미소를 지으며 의자에 앉았다. 오후에 보라가 앉았던 자리였다.

"친구분은 갔어요?"

"응, 걔는 아까 갔지. 남자친구랑 저녁 먹는대. 연애 시작한 지 얼마 안 돼서 데이트하느라 바빠."

"그래요?"

모란은 뭔가 생각하는 듯 다시 말이 없다가 희수를 바라봤다.

"그 친구랑 오래됐다고 했죠?"

"응, 중학생 때부터 친구야. 이십대 초반까지는 같은 동네에서 살았고. 제일 오래된 친구야."

"혹시 그 친구랑 사귄 적 있어요?"

"아니. 그게 무슨 얘기야? 전혀 그런 거 아냐. 우린 그냥 친구야."

희수는 당황스러워서 바로 부인했다. 오해라고 하기에도 너무 민망하고 당황스러운 질문이었다. 보라랑 사귄 적이 있느냐니. 보라는 정말 친구였다. 그냥 친구.

"친구였어도 좋아했을 수 있죠. 지금은 아니라도 어릴 때. 한 번도 좋아한 적 없어요?"

"아니라니까."

희수는 피로가 몰려와 쌀쌀맞게 대답했다. 그러자 곧 모란의 눈에서 눈물이 흘러내렸다. 그렇게 눈물을 뚝뚝 흘리며 우는 사람을 보는 것도 오랜만이었다. 학교 다닐 때 이후로 처음 보는 듯했다. 희수는 자기 앞에서 우는 사람을 모른 척 둘 만큼 차가운 성격은 아니었다. 그래서 모란에게 다가가 그녀를 부드럽게 달랬다.

"왜 울어."

"언니가 날 너무 차갑게 대하니까. 어젠 안 그랬는데. 아니, 아까 헤어질 때만 해도 안 그랬잖아요."

"잠을 못 자서 좀 피곤해서 그랬나봐. 일부러 차갑게 대한 건 아니야."

"나 지금 왜 울지? 저 바보 같죠?"

모란이 글썽거리는 눈으로 희수를 바라보다 눈물을 훔치며 미소 지었다. 스탠드 불빛에 비쳐 모란의 눈물은 보석처럼 반짝거렸다. 희수는 지금 모란의 얼굴이 천사처럼 보인다고 생각했고, 그 생각에는 죄책감이 따라붙었다. 이 와중에 끌림을 느끼다니. 그런 자신이 혐오스러울 정도였다. 희수는 자신이 동성에게 성적 끌림을 느낀다는 것을 일찍 깨달은 편이었고 그 사실을 큰 혼란 없이 받아들였지만, 여자를 보고 끌릴 때마다 죄책감을 느꼈다. 십대 때부터 여자를 성적인 대상으로 보고 느낀다는 것을 남들에게 들킬까봐 불안해하며 살아온 탓일까?

대학 때 여자친구가 생기면서 가까운 친구들에게는 자연스럽게 커밍아웃을 했지만, 대외적으로는 티를 내지 않고 살았다. 연애를 하지 않은 최근 몇 년은 티를 낼 일도 없었다. 어떤 여자를 보고 이렇게 끌린 것도 정말 오랜만이었다. 희수는 강렬한 감정을 느끼며 모란의 손을 잡았다. 모란을 놓치면 안 될 것 같았다.

"미안해. 내가 잘못한 것 같아. 더 친절하게 말할 수도 있었는데, 내가 잘못한 거야."

"아니에요. 저도 제가 왜 이러는지 모르겠어요. 사실은 마지막으로 만났던 사람하고 이런 일로 안 좋게 끝났었거든요. 제일 친한 친구라더니 그 친구하고 양다리를 걸치고 있었더라고요. 언니랑 그 사람은 다른 사람인데, 제가 그때 생각보다 상처를 많이 받았나봐요. 아까 낮에 통화하고부터 계속 너무 불안해서 견딜 수가 없었어요. 언니가 아니라 제 문제예요."

희수는 모란이 울음을 터트릴까봐 긴장했지만 모란은 더 울지 않았다. 대신 희수의 손을 조금 더 꽉 잡았다. 희수는 모란에게 키스하고 싶었지만 지금이 그럴 타이밍인지 판단이 서지 않아 모란의 눈을 들여다보기만 했다.

"언니는 날 왜 그렇게 봐요?"

"내가 이상한 눈빛으로 봤어?"

희수는 당황해서 물었다. 키스하고 싶은 마음을 들킨 것 같아 얼굴이 달아올랐다.

"이상한 눈빛까지는 아니고, 잡아먹을 것처럼?"

모란이 웃었다. 희수는 어쩔 줄을 몰랐다. 그렇게 보였다니. 너무 부끄러워서 땅으로 꺼지고 싶었다.

"처음에도 말이야. 내 다리에서 눈을 못 떼고. 그때 다리가 뚫리는 줄 알았어요. 언니가 하도 쳐다봐서."

"보긴 봤는데…… 그 정도까지는 아니었잖아!"

희수가 창피함을 견디지 못하고 소리쳤다. 이제 둘 다 웃고 있었다.

"또 아닌 척해. 술집 갔을 때도 은근히 다른 여자들 쳐다보고. 원래 그래요?"

"원래 그러냐니. 그렇게 말하니까 내가 정말 이상한 사람 같잖아."

"글쎄? 내가 보기엔 좀 위험한 사람 같은데. 솔직히 우리 만나기 전에 내가 어떤 사람일 거라고 생각했어요?"

"그냥 뭐, 예쁘다고 생각했지."

"예쁜데 싸 보인다?"

모란이 갑자기 정곡을 찌르자 머릿속이 하얘졌다. 희수는 할 말을 찾아 머리를 굴렸다. 뭐라고 말해야 이상한 사람 같지 않을까?

"그렇게 머리 굴릴 거 없어요. 그렇게 생각하는 사람이 많더라고요. 노출 많은 사진 올리고 클럽이나 파티 같은 데서 찍은 사진 올리고 그러니까 날 되게 가벼운 애로 보는 사람들이 있어. 이상한 디엠도 진짜 많이 와요."

"이상한 디엠이라면?"

"말 거는 방식은 다 다른데, 결국 자기랑 섹스하자는 거죠."

"미친놈들이네."

희수는 화를 내듯 말했지만 정말 화가 났다기보다는 적당한 리액션을 한 것에 가까웠다.

"언니는 그런 생각 안 했어요? 나랑 자고 싶다는 생각이나 얘랑은 한번 할 수도 있을 것 같은데, 그런 거."

"그건 진짜 아니야. 네가 인스타에 올린 사진들 보고 예쁘다고 생각했고, 인기가 많겠다는 생각도 했어. 나랑 다른 세계에서 사는 사람 같은데 네가 나한테 먼저 말을 건 게 신기하기도 했고. 근데 널 가볍게 보거나 만만하게 생각한 적은 없어. 오히려 어려워. 널 어떻게 대해야 할지 아직 잘 모르겠어."

"내가 어려워요?"

"응, 나는 네가 정말 어려워."

"그게 왜 그런 건 줄 알아요? 언니, 여자를 볼 때 둘로 나눠서 보죠? 잘 수 있는 여자와 잘 수 없는 여자. 자고 싶은 여자와 그렇지 않은 여자. 내가 언니하고 다른 세계 사람 같다는 것도 그런 거 아니예요? 날 언니하고 똑같은 인간으로 생각할 수가 없는 거지. 난 사람들이 소위 여성스럽고 섹시하다고 말하는 스타일로 빡세게 꾸미고 다니니까. 난 그냥 그렇게 입는 게 좋아서 그런 스타일로 꾸미는 건데, 사람들은 그걸 신호로 받아들여요. 섹스하고 싶어서 안달났다는 신호요. 내가 경험해보니까 남자들만 그런 게 아니야. 여자든 트랜스든 그럴 사람은 그래. 언니는 다르다고 말할 수 있어요?"

"난 이해가 잘 안 돼. 내가 그런 사람이라고 생각했는데 날 왜 또 만나러 온 거야?"

"그런 사람이라고 단정 짓는 게 아니라 묻고 싶은 거예요. 언니가 어떤 사람인지 알고 싶어요."

"나도 모르겠어. 내가 어떤 사람인지. 난 네가 너무 좋아. 만난지 얼마 안 되어서 이런 이야기를 하는 게 웃길 수도 있지만, 난 벌써 조금은 사랑 비슷한 걸 느끼고 있는 것 같아. 너한테."

"나도 언니가 좋아요. 어제 처음 만났는데 오래전부터 알던 사람처럼 느껴져요. 언니가 어떤 사람인지 알 것 같고, 언니도 나를 이해할 수 있는 사람 같아. 우리 한번 만나볼까요?"

"키스해도 돼?"

희수는 긴장 속에서 조심스럽게 물었다. 모란이 아주 가볍게 고개를 끄덕였다. 희수는 천천히 다가가 모란의 입술에 자신의 입술을 댔다. 모란이 희수의 입술을 받아들이며 희수의 셔츠 자락을 두 손으로 붙잡고 자기 쪽으로 끌어당겼다. 멈출 수가 없었다. 처음에 달콤하고 따뜻했던 키스는 이내 불처럼 뜨거운 키스로 바뀌었고, 희수는 자신과 모란의 몸이 서로를 끌어당기는 것을 느꼈다. 두 사람은 입과 손과 간단한 말로 상대가 그 이상을 원하는지 확인했다. 모란이 희수의 단추를 풀었고, 희수는 모란의 드레스 지퍼를 열어 옷을 어깨 아래로 내렸다. 모란이 브래지어 후크를 풀자 가슴이 드러났다. 희수는 모란의 가슴에 입을 맞췄다. 모란의 가슴은 서늘했다.

"언니 입술 지금 엄청 뜨거워."

모란이 희수의 귀에 대고 속삭였다. 그 순간 희수는 미칠 것 같은 기분에 사로잡혀 모란에게 다시 키스했다. 소파로 가 모란이 희수를 껴안으며 두 사람의 몸이 겹쳐졌을 때 희수는 자신이 살아나는 것을 느꼈다. 죽어 있던 감각들이 일어나며 온몸이 생생해졌다. 어느 때보다 살아 있는 것 같으면서도 죽음으로 향하는 듯한 느낌이 들었다. 남아 있는 생을 한꺼번에 불태우는 느낌이었다. 너무 위험해. 희수는 그렇게 생각하며 모란의 허리를 끌어안았다.

두 사람은 다음날 아침까지 꼭 붙어 있었다. 처음 작업실에 소파를 놓을 때, 가끔 일하다 자고 갈 수도 있을 것 같아 펼치면 침대로도 쓸 수 있는 소파베드를 샀다. 소파를 펼치면 두 사람이 누울 수 있는 크기였지만, 다른 사람과 이 소파에 누워 있는 건 처음이었다. 희수는 선잠에 빠졌다가 눈을 떴다.

"이틀 연속 여기서 밤을 보냈네."

모란이 미소 어린 눈으로 희수를 쳐다보고 있다가 희수가 깨어나자 속삭였다. 그 모습이 사랑스러워 보여서 희수는 모란에게 가볍게 입을 맞췄다.

"네가 여기 있어서 좋아."

희수는 잠에서 깨면 바로 하루를 시작하는 편이라 더 미적거리지 않고 소파에서 일어났다. 해는 이미 밝아서 작업실 안이 환했다. 평화로운 화요일 아침이었다.

"배고프지? 먹을 것 좀 사올게. 쉬고 있어."

"같이 가요."

"아냐, 내가 빨리 다녀올게. 커피랑 베이글 괜찮아?"

"커피랑 베이글 좋아요."

"커피는 어떤 걸로 사올까?"

"라떼. 따뜻한 걸로요."

모란이 담요를 어깨에 걸치고 가볍게 손을 흔들었다. 희수는 마주 손을 흔들고 작업실에서 나왔다. 날씨는 모란을 처음 만났던 일요일처럼 맑았다. 덥지도 춥지도 않은 선선한 아침이었다.

'여자친구가 생기다니. 며칠 전만 해도 혼자 늙어 죽을지도 모른다고 생각하면서 외롭게 잠들었는데.'

모란이 여자친구라는 것이 자랑스러웠다. 모란이 인스타그램에 자신과 함께 찍은 커플 사진을 올릴지도 모른다고 생각하니 가슴이 두근거렸다.

'아냐, 미리부터 김칫국 마시지 말자. 인스타에 애인 사진 올리는 스타일은 아닌 것 같던데.'

모란의 인스타그램에 다른 사람의 사진이 올라온 적은 없었다. 전부 모란의 사진뿐이었다. 생각해보니 친구 사진도 올라온 적이 없는 것 같았다. 희수는 자신의 기억이 맞는지 궁금해져서 카페에서 따뜻한 커피 두 잔과 베이글을 주문하고 기다리는 동안 모란의 인스타그램에 들어가보았다. 기억대로 다른 사람 사진은 없었다. 크게 이상하게 생각되지는 않았다. 희수도 친구들 사진을 인스타그램에 올린 적이 거의 없었다. 같이 여행 갔을 때 친구들과 찍은 사진을 올리는 정도였다. 이제 사귀기 시작했는데 사소한 일에 신경 쓰지 말자고 생각하는데 주문한 커피가 나왔다. 희수는 따뜻한 봉투를 안고 작업실로 돌아갔다. 새로운 인생이 펼쳐진 것 같은 기분에 세상이 아름다워 보였다.

작업실 문을 열고 한 발짝 들어가기도 전에 희수는 공기가 달라진 것을 느꼈다. 뭔가 싸했다. 창가 앞에 서 있는 모란이 정면으로 보였다. 모란의 표정이 싸늘했다. 희수는 왠지 가슴이 철렁했다.

'내가 뭘 잘못했나?'

희수는 일단 문을 닫고 모란을 바라봤다. 어렸을 때 종종 잔뜩 화가 난 엄마 앞에 서서 무슨 죄를 지었는지도 모르고 긴장으로 몸이 굳어 뻣뻣해질 때가 있었는데, 그런 순간으로 돌아간 기분이었다.

"이게 뭐예요?"

희수 쪽으로 몇 걸음 다가온 모란이 화가 난 목소리로 물으며 손에 든 종이뭉치를 흔들었다. 희수는 그게 무엇인지 바로 알아보지 못했다.

"그게 뭔데?"

"진짜, 뻔뻔하긴."

모란이 종이뭉치를 내밀었다. 그것을 받아든 순간, 희수는 피가 식었다. 한때 여자들의 몸을 그리는 데에 빠졌던 때가 있었다. 주로 누드 크로키였다. 그 시기에는 지하철이나 카페, 길거리 같은 공공장소에 가면 여자들에게 눈길이 가고는 했다. 그전에도 예쁜 여자가 지나가면 저절로 눈길이 향하긴 했지만 누드 크로키를 열심히 그리기 시작한 후로는 여자들의 몸에 눈길이 달라붙었다.

그러나 그런 일이 얼마나 기분 나쁜 짓거리인지도 알았기 때문에 여자들에게 눈길이 향해도 고개를 돌려 괜히 먼 곳을 쳐다보거나 휴대폰에 시선을 고정시키고는 했다. 실제로 본 여자들의 몸을 그리는 게 범죄라도 되는 것 같아서 누드 크로키를 그릴 때는 화집 속에 있는 인체 그림만 따라 그렸다. 사진을 보고 그린 적도 없었다. 진짜로 존재하는 여자들의 몸을 그리는 일이 죄처럼 느껴졌던 것이다.

차라리 작가로서 작업을 하는 것이었다면 죄책감이나 수치심을 느끼지 않았을지도 모르지만, 희수에게 여성의 몸을 그리는 것은 그저 혼자만의 취미였다. 희수는 어린 시절 이후로는 대중목욕탕처럼 여자들의 벗은 몸을 볼 수밖에 없는 장소에 가본 적이 없었다. 학교 다닐 때 다른 여자애들은 교실에서 체육복을 갈아 입었지만, 희수는 그때마다 화장실에 갔다.

희수는 여자들의 몸을 보는 것을 스스로에게 금지시켰다. 여자들의 몸을 보면 욕망이 일어나서가 아니라 누군가 여자들을 보는 희수의 시선이 보통 여자들과 다르다고 느끼고 다른 사람들에게 그것을 말할까봐 불안해서였다.

희수는 때때로 궁금했다. '보통 여자들, 그러니까 이성애자 여자들은 다른 여자들을 어떤 눈으로 볼까? 나와는 많이 다를까? 남자들은? 나는 남자들처럼 여자들을 보고 있나?' 그런 것을 다른 사람에게 물어볼 수는 없었다. 여자친구를 사귀기 전까지 희수는 완벽히 벽장 속에 있었다. 여자친구를 사귀고 나서도 다른 레즈비언들과 어울린 적이 별로 없었다. 화집 속에 있는 인체를 그리는 일에는 몇 달 만에 흥미를 잃었다. 현실에 있는 다양하고 생생한 여자들의 몸에 비해 화집 속에 있는 인체 그림들은 너무 재미가 없었다. 희수는 그동안 그렸던 누드 크로키들을 묶어 서랍 깊숙이 넣어두고는 잊어버렸다. 그런데 그것을 지금 모란이 찾아 앞에 내밀었다. 희수는 종이뭉치를 받아들고 그것을 지금까지 버리지 않은 것을 깊이 후회했다. 다른 사람에게 자신이 누드 크로키를 그린 것을 보여주거나 말한 적은 한 번도 없었다. 그런데 하필 모란이 그것을 보게 되다니. 희수는 모란 앞에서 강렬한 수치심을 느꼈다.

"날 그린 거 맞죠?"

모란의 말에 목 뒤가 찌릿하며 등줄기가 서늘해졌다.

"그게 무슨 소리야? 이 그림들은 너랑 아무 상관도 없어. 그냥 책을 보고 그린 거야. 아주 예전에."

"거짓말."

모란이 희수의 손에서 종이뭉치를 낚아채 한 장씩 넘겼다.

"다 나를 그린 거잖아요. 이것도, 이것도. 내가 자는 사이에 이 딴 거나 그리고 있었던 거예요? 진짜 기가 막혀서. 내가 별별 사람을 다 만나봤지만, 이렇게 최악은 처음이야. 부끄러운 줄 알아요."

모란이 희수를 똑바로 쳐다보며 말했다. 커피를 사러 나가기 전까지만 해도 모란의 눈에는 희수를 향한 애정이 가득했다. 그러나 지금 모란의 눈빛에 담긴 감정은 경멸뿐이었다. 희수는 누가 자신의 가슴을 칼로 찌른 것 같은 통증을 느끼며 아무 말도 못하고 서 있었다.

"날 그린 거니까 내 마음대로 해도 되죠?"

모란은 책상 쪽으로 가서 신경질적으로 서랍을 뒤지더니 가위를 꺼냈다. 문구용이지만 예리한 날이 달린 매우 날카로운 가위였다. 몇 년 전 온라인 편집숍에서 보고 반해 바로 주문했던 물건이었다. 전체가 은빛인 그 가위는 실물이 더 멋져서 지금까지 만족해하며 쓰고 있었다. 그런데 화가 난 모란이 그 가위를 들고 있으니 그 물건이 마치 소름 끼치는 흉기처럼 보였다.

희수는 가위를 든 모란을 보며 두려움을 느꼈다. 모란이 금방이라도 그 커다란 가위를 들고 달려들어 자신의 목을 찌를 것 같은 두려움이었다. '저 가위에 목이 찔리면 저항도 못해보고 죽겠지.' 희수가 크고 날카로운 가위가 목에 박힌 채 피를 흘리며 눈을 크게 부릅뜨고 죽어가는 자신의 모습을 상상하는 사이, 모란이 가위로 그림을 싹둑 잘랐다. 그림들은 잘린 목처럼 바닥으로 툭툭 떨어졌다. 희수는 감히 모란을 말리지도 못하고 바닥에 흩어진 그림들을 봤다. 조각난 그림들에서 피가 번지는 것만 같았다.

"이건 내가 가져가야겠어요. 날 찌를 수도 있으니까."

모란이 가위를 들어 자신의 가슴에 붙이고 희수를 경계하며 작업실 문쪽으로 천천히 걸었다. 자신에게 등을 보이지 않으려고 옆으로 걷는 모란을 보며 희수는 헛웃음이 났다. '지금 누가 누구를 경계하는 거야? 나야말로 무서운데.' 그러나 희수는 모란이 마음대로 하도록 내버려뒀다. 모란이 나가자마자 희수는 문을 닫았다. 도어록이 잠겼다. 그제야 숨이 쉬어졌다.

곧 문자가 왔다. 모란이 보낸 메시지였다.

「다신 연락하지 마요.」

희수는 그 문자를 보고 모란의 연락처를 차단하고, 모란의 인스타그램 계정도 차단했다. 간단한 일인데도 손이 벌벌 떨려서 시간이 꽤 걸렸다. 일을 마친 후 희수는 아예 휴대폰을 끄고 의자에 앉았다. 심장이 마구 두근거렸다. 겨우 진정이 되었을 때 커피는 차게 식어 있었고, 따뜻했던 베이글도 식어서 빳빳해져 있었다. 갑자기 허기가 느껴진 희수는 커피를 한 모금 마시고 베이글을 조금 떼어 먹었지만, 바로 신물이 올라와 더는 먹을 수 없었다.

"내 주제에 무슨 사랑이야."

희수는 중얼거리며 일어나 바닥에 흩어진 그림 조각들을 주웠다. 여자들의 몸은 조각나 있었다. 팔과 다리와 가슴 들. 희수는 그림 조각들을 쓰레기통에 넣었다. 자신의 꼴이 너무 한심해서 눈물이 났다. 분수에 넘치는 일을 바라서 벌을 받은 것 같았다.

일주일이 지났다. 희수는 아침 10시에 작업실로 출근했다. 오늘까지 책 표지 시안 몇 개를 마무리해서 출판사에 보내야 했다. 아직 상심이 컸지만 일을 못할 정도는 아니었다. '어차피 지난 일이야.' 희수는 마음을 다잡으면서 컴퓨터 앞에 앉아 일을 시작했다. 일을 하는 사이사이에도 모란과 있었던 일들이 떠올라 마음이 어지러웠다. 잠시나마 희망에 부풀었던 자신이 바보 같았다. 희수는 모란과 관련된 기억들을 떨치려고 애쓰면서 일을 해나갔다.

그날 저녁, 출판사에 메일을 보내고 한숨 돌리고 있는데 문쪽에서 어떤 소리가 들렸다. 잘 들어보니 문고리를 돌리는 소리 같았다. 철컥철컥. 문을 손톱으로 톡톡 치는 것 같은 소리도 났다. 작업실 문에는 바깥을 내다볼 수 있는 구멍도 없고, 인터폰도 없었다. 희수는 긴장해서 문 쪽을 봤다. 문밖에 누가 있는 걸까? 소리는 잠깐 났다가 끊어지기를 반복했다.

세 번째로 문고리 돌리는 소리가 났을 때 희수는 더는 견딜 수 없어서 그쪽으로 다가가 일부러 문을 주먹으로 쾅 소리가 나게 쳤다.

"꺄악!"

문밖에서 비명소리가 들렸다. 깜짝 놀란 것을 즐거워하는 듯한 들뜬 비명이었다. 그리고 이어서 키득거리는 웃음소리가 났다. 칠판을 못으로 긁는 것 같은 웃음소리였다. 희수는 순간 소름이 확 끼쳐서 목덜미가 서늘해졌다. 그 애 같다는 생각이 들었다. 홍모란. 그러나 문을 열어서 확인할 용기는 나지 않았다. 거의 울 것 같은 상태로 제대로 움직이지도 못하고 안절부절하고 있는데 계단을 뛰어내려가는 발소리가 들렸다.

'간 척하는 거면 어쩌지?'

그 생각 때문에 작업실에서 꼼짝할 수가 없었다. 희수는 보라에게 전화를 걸어 자초지종을 설명하고 밤에 데리러 와줄 수 있느냐고 부탁했다. 무서워서 목소리가 떨렸다.

"그래, 내가 갈게. 당연히 갈 수 있지. 몇 시쯤 가면 돼?"

그날은 보라 덕분에 무사히 작업실에서 나갈 수 있었다. 보라는 저녁 9시가 좀 넘어서 와서 희수의 일이 끝날 때까지 기다렸다가 집까지 데려다주었다. 그리고 자신은 택시를 타고 갔다.

희수는 미안해서 택시비라도 주려고 했지만 보라는 한사코 받지 않았다.

"혼자 잘 수 있지? 무서우면 같이 자주고."

보라가 집 앞에서 장난스레 말했다.

"뭐래. 저 괜찮거든요? 얼른 가세요. 조만간 밥 살게. 가고 싶은 곳 있으면 바로 말해. 밥, 술, 커피 다 쏜다."

"알겠어. 무슨 일 있으면 연락해."

희수는 집에 들어가서 보라에게 메시지를 보냈다.

「오늘 진짜 고마웠어! 잘 들어가.」

곧 보라에게 답이 왔다.

「고맙긴. 별것도 아닌 거 가지고. 새벽에라도 무슨 일 있으면 꼭 연락해!」

집에 들어올 때 잠깐 목덜미가 서늘한 느낌이 들긴 했지만 그날 밤에는 아무 일도 없었다. 문제는 다음날 터졌다. 밤늦게 보라에게서 전화가 왔다. 희수는 작업실에서 퇴근하고 샤워까지 마친 뒤 침실에서 맥주를 마시며 책을 읽고 있었다. 간만의 아늑함을 즐기던 희수는 휴대폰에 보라의 이름이 뜬 걸 보고 반갑게 전화를 받았다.

"어, 보라. 무슨 일이야?"

"내가 이걸 말해야 할지 모르겠는데…… 말을 하는 게 맞겠지?"

"무슨 일인데? 말해봐."

불길한 예감이 들었다. 아주아주 불길한. 희수는 휴대폰에 귀를 바짝 대고 보라가 말을 하기를 기다렸다. 손에 땀이 고였다.

"홍모란이라는 사람한테 연락이 왔어. 네가 말했던 그 애 맞지?"

"뭐라고 연락이 왔는데? 걔가 너한테 전화를 했어?"

"아니, 디엠으로. 네가 걔 잘 때 자기 몸을 그렸다고. 주변에 있는 여자들 몸을 상상해서 그리는 것 같으니까 나도 조심하고 너랑 거리를 두라고 하더라고."

희수는 큰 소리로 웃었다. 자기가 듣기에도 히스테릭한 웃음이었다.

"그 말을 믿는 건 아니지?"

목소리가 낮게 잠겼다. 휴대폰 너머에서 보라가 머뭇거리는 것이 느껴졌다.

"난 널 믿지. 그런데, 아니다. 아니야. 난 널 믿어. 그런 일 없었던 거 맞지?"

누드 크로키를 그렸다는 걸 말해야 할까? 희수는 망설였다. 왠지 입이 떨어지지 않았다. 어차피 누드 크로키를 그리는 일에 빠졌던 것은 예전에 지난 일이고, 그림들도 이제 모두 버렸다.

그 이야기를 하면 보라에게 불필요한 오해를 살 것 같았다.

"그런 일 없었어."

"사실은 사진도 왔어."

"무슨 사진?"

"잠깐만. 보내줄게."

희수는 스피커폰으로 바꾸고 보라가 보낸 사진을 봤다. 누드 크로키 중 하나였다. 모란이 사진을 찍어뒀던 모양이었다. 여자가 손으로 자기 머리를 받치고 옆으로 누운 포즈를 그린 것이었다. 혼자 볼 때는 그 그림이 야하다고 생각해본 적이 없었는데 보라가 그것을 봤다고 하니 얼굴이 뜨거워질 정도로 외설적으로 느껴졌다. 그림 속 여자는 가슴이 풍만하고 허리가 잘록하고 다리가 길었다. 긴 머리는 어깨로 드리워졌다. 잘 그려진 것 같아서 만족했던 그림이었다. 그 그림은 화집에 있는 그대로 그린 것이 아니었다. 화집을 보고 그리다 자신이 아름답다고 생각하는 형태로 조금씩 바꿔서 그린 거였다. 그때는 몰랐는데 지금 보니 그림에 자신의 욕망이 드러난 것 같아 더욱더 수치심이 느껴졌다.

"사진 보고 있어?"

스피커폰으로 해둔 휴대폰에서 보라의 목소리가 흘러나왔다.

"응, 봤어. 보고 있어. 내가 그린 거 맞아. 근데 걜 그린 게 아니야. 주변에 있는 여자들 그린 것도 아니고. 그냥 책 보고 따라 그린 거야. 걔가 내 책상 서랍에서 예전에 크로키 연습했던 걸 꺼내서 보고 뭔가 단단히 오해를 했더라고. 오해인지 착각인지."

희수는 자신이 왜 이런 변명을 하고 있는지 모르겠다고 생각하면서도 열심히 말했다. 말할수록 목소리가 뜨거워졌다.

"그렇구나."

보라는 그렇게 말하고 더 말이 없었다. 이 상황을 어떻게 생각해야 할지 자신도 당혹스러운 듯했다.

"경찰에 신고해야 하는 거 아니야? 다른 사람들한테도 보냈을지 몰라."

희수가 말을 안 하고 있으니 보라가 조심스럽게 이야기했다.

"누구한테?"

희수는 순간 신경이 곤두서서 날카롭게 물었다.

"네 친구 목록에 있는 사람들한테. 나한테만 보냈으면 다행인데, 혹시 또 모르잖아."

모란이 친구 목록에 있는 사람들 전부에게 보라에게 보낸 것과 같은 내용의 디엠과 사진을 보냈다고 생각하니 정신이 아득해졌다. 그러나 경찰에 신고할 수는 없다. 경찰서에 가서 신고를 하려면 모란과 데이트한 것부터 이야기해야 할 텐데. 진술을 하다 보면 하룻밤을 보낸 것도 말해야 할지 모르고, 누드 크로키를 그린 것도 말해야 한다. 죄를 지은 것은 아니지만 경찰에게 그런 이야기를 다 하고 싶지는 않았다. 경찰서에서 나가면 뒤에서 그런 소리가 들려올 것 같았다. "저 여자 그런 건가봐. 동성애자 있잖아. 데이트했던 여자한테 스토킹당하고 있다고 신고하러 온 거야. 데이트했던 여자가 자기 누드화를 그렸다고 주변 사람들한테 말하고 다닌대. 근데 진짜 그랬는지 어떻게 알겠어. 내가 봤을 땐……."

"생각해볼게. 혹시 또 그런 디엠이 오면 말해줘."

"난 벌써 차단했지. 경찰에 신고하는 거 정말 생각해봐. 그대로 놔두면 심각해질 수도 있어."

"알겠어. 고마워."

희수는 전화를 끊었다. 어젯밤 보라가 집까지 데려다주고 서로 잘 들어가라고 메시지를 보낼 때만 해도 두 사람 사이에는 끈끈한 우정이 있었지만, 방금의 통화로 약간의 어색함이 생겼다. 보라는 이성애자였다. 디엠을 받고 희수에게 전화를 걸 때까지는 친구를 믿는 마음이 컸겠지만, 통화를 하고 나서 오히려 혼란스러워진 것 같았다.

'날 이해할 수 없을 거야. 날 이상한 사람이라고 생각하면 어쩌지?'

희수는 불을 끄고 이불 속으로 들어갔다. 세상 밖으로 나갈 용기가 나지 않았다. 집에서 영원히 나가고 싶지 않았다. 희수는 불안감에 휩싸여 인스타그램 계정을 삭제하고 탈퇴했다. 아는 사람들이 이상한 디엠을 받았다고 연락을 해올까봐 겁이 나서 휴대폰도 꺼버렸다. 희수가 여자를 좋아한다는 것을 아는 사람은 인스타그램 친구 중에서도 몇 명뿐이었다. 모란이 친구 목록에 있는 사람들 전부에게 디엠을 보냈다면 그 내용이 사실이 아니라는 걸 밝힐 순 있어도 희수가 퀴어라는 것은 모두가 알게 될 것이다. 희수는 불안과 걱정으로 밤을 새다 아침이 밝아왔을 때에야 깜빡 잠이 들었다.

한동안 아무 일도 일어나지 않았다. 모란이 디엠을 보낸 사람은 보라뿐이었던 것 같았다. 희수 주변의 세상은 조용했고, 걱정했던 소문이 들려오는 일도 없었다. 보라와의 관계도 틀어지지 않았다. 조금 어색한 무언가가 둘 사이에 감도는 순간들이 생기기는 했지만 겉으로는 큰 변화가 없었다. 오히려 보라는 자신이 아직 친구라는 것을 보여주려는 듯 희수를 더 친절하게 대했다. 갑자기 작업실에 놀러오겠다고 한 것도 그래서인 것 같다고 희수는 생각했다.

"잘 지냈어?"

보라가 작업실로 들어오며 물었다. 활기찬 얼굴이었다. 선물로 들고 온 것인지 화분을 안고 있었다. 아주 큰 화분은 아니었지만 제법 묵직해 보이는 작은 나무 화분이었다. 나무에 달린 넓적한 초록잎이 보라를 더욱 활기 있어 보이게 했다.

"이걸 어떻게 들고 왔어? 꽤 무거운데."

희수는 보라에게 화분을 건네받고 웃으며 물었다.

"택시 타고 왔지."

두 사람은 테이블에 앉아 잠시 안부를 나눴다. 며칠 전에도 통화를 해서 서로 크게 모르는 일은 없었지만 그래도 이야기할 것들이 있었다. 같이 아는 사람들 이야기, 일과 관련된 이야기, 보라의 남자친구 이야기 등등. 보라가 모란에 대해 물은 것은 시간이 조금 지나서였다.

"요즘은 별일 없어?"

"큰일은 없긴 한데, 좀 이상한 게 있어."

"이상한 거?"

"아니, 기분 탓인지는 모르겠는데 뭔가 감시당하는 느낌이 들어. 오늘도 집에서 나와서 작업실로 오는데 뒤가 자꾸만 오싹한 거야. 누가 뒤에서 쳐다보고 있으면 촉 같은 게 느껴지잖아. 딱 그런 느낌."

"그 애가 널 따라다니고 있는 것 같다는 거야?"

보라가 믿을 수 없다는 듯 물었다.

"모르겠어. 확실히 말할 수는 없는데 뭔가 그런 느낌이 있어. 이상한 게 또 있어. 작업실 물건들 위치가 조금씩 바뀌어 있다고 해야 하나? 내가 물건 정리 되게 잘해놓잖아."

"그치, 네 작업실 거의 편집숍 같잖아. 물건들이 전부 가지런히 진열되어 있는 게. 서랍 안도 항상 완벽하게 정리되어 있고."

"응, 난 각 맞추는 거 좋아해서 작업실에서 나갈 때 매일 제자리에 다 정돈해놓고 나가거든. 근데 요 며칠 아침에 작업실 출근해보면 물건들 위치가 미묘하게 달라져 있어."

"없어진 건 없어?"

"차라리 없어진 게 있으면 도난 신고라도 하겠는데, 없어진 건 아무것도 없어. 그냥 위치만. 그리고 사실 오늘은 더 소름 끼치는 일이 있었어. 어제 내가 분명 작업실 창문 다 닫아놓고 나갔거든. 근데 오늘 와봤더니 창문 하나가 열려 있는 거야."

"정말? 너무 소름 끼친다. 바람에 열린 건 아니고?"

"창문이 바람에 열릴 구조가 아니잖아. 걸쇠도 잠가놨고. 매일 하는 일이라 반쯤은 무의식적으로 하니까 어제는 까먹고 하나를 열고 갔나 싶기도 한데, 내 기억으로는 분명 닫고 나갔던 것 같단 말이지."

다른 사람에게 말하면 불안이 가실 것 같았는데 오히려 가슴이 두근거렸다. 보라가 말이 없어서 더 불안했다. 희수는 초조하게 보라를 바라보았다. 보라가 어렵게 입을 뗐다.

"너 요즘 좀 예민해진 것 같아."

"그게 무슨 소리야?"

"약간 망상이 있는 것 같아."

"망상이라고?"

"너한테 그 일이 충격적이었던 건 알겠어. 그럴 만해. 근데 그 일 있고 나서부터 네가 좀 지나치게 불안해한달까? 다른 사람은 그냥 지나갈 일도 좀 크게 부풀려서 생각하는 것 같아."

"작업실 물건 위치가 바뀌고 창문이 열려 있는 그런 일을 남들은 그냥 지나간다고? 진심이야?"

"네 말대로 창문은 어제 네가 열고 나간 걸 수도 있고. 작업실 물건 위치가 바뀐 것도 그냥 네 생각이잖아. 그 애가 네 작업실 도어록 비밀번호를 알아내서 왔다 갔다 한다고? 그걸 모를 수가 있을까? 그 애가 닌자도 아닌데. 물건 위치만 바꾸고 그냥 나간다는 것도 이상해. 널 위협하려고 한 거였으면 뭔가 더 액션을 취했겠지."

희수는 말문이 막혔다. 더 말할 기분이 나지 않았다.

'내 상황을 전혀 이해 못하는구나.'

그런 생각이 들자 무척 외로워졌다.

"그래, 그럴 수도 있지. 내가 예민해진 것 같아. 남들은 잘 겪지 않는 일을 겪었으니까."

"너만 겪은 일도 아니지. 이제 지나간 일이고. 신경을 좀 덜 쓰려고 해봐. 신경 써야 할 다른 일들도 많은데 중요하지 않은 일에 너무 매달리지 마."

희수는 진심으로 그런 말을 하는 거냐고 한 번 더 묻고 싶은 것을 참으며 보라를 바라보았다. 보라의 표정은 완고했다. '왜 나한테 이런 말을 하는 걸까. 내가 미쳤다고 생각하는 건가?' 그런 생각만 맴돌아서 다른 말을 할 수가 없었다.

"그 이후로 한 번 더 물어보고 싶기는 했는데, 그 애가 디엠으로 했던 말을 진짜 믿는 건 아니지?"

정적이 감도는 가운데 희수가 보라에게 물었다.

"그 디엠을 믿는 건 아니야. 전혀. 근데 사실은 나도 좀 걸렸던 일들이 있어. 너무 사소한 것들이라 너한테 이야기한 적은 없지만, 그 애한테 디엠을 받고 나서 그동안 마음에 걸렸던 일들이 한꺼번에 떠오르더라고."

"나한테 걸렸던 것 말이야? 내가 했던 일 중에?"

"딱히 어떤 일이라기보다는 말 같은 거? 네가 좀 습관적으로 여자들을 평가할 때가 있잖아."

"예를 들면?"

"여자 연예인들 사진 보내면서 얼굴이 좀 달라진 것 같다거나 더 예뻐진 것 같다고 할 때도 있고, 같이 걷다가 지나가는 여자 보고 평가하는 식의 말을 할 때도 있고. 내가 입은 옷이나 화장에 대해 한마디씩 하는 것도 사실 난 은근히 스트레스였어."

"그런 게 불편하다고 말한 적 없잖아. 내가 그렇게 자주 그랬는지도 모르겠고."

"너 습관적으로 그래. 나도 들을 땐 그런가보다 하는데 나중에 뭔가 마음에 걸릴 때가 몇 번 있었어. 한번 이야기해야겠다 싶긴 했는데 말하려고 보면 사소한 것 같기도 하고, 말하면 불편해질 것 같기도 해서 자꾸 미뤘던 거야."

"난 남들이 하는 정도라고 생각했어."

"그렇긴 하지. 근데 요즘은 그런 말을 조심하는 분위기잖아. 나한테 그러는 건 괜찮을 수도 있지만 다른 사람들한테 그런 이야기를 하면 오해를 살 수도 있어."

"다른 사람들한테는 그런 이야기 안 하지. 네가 워낙 친한 친구니까 나도 모르게 편해서 그런 말들이 나왔나보다. 불편했으면 미안해."

"그렇게 사과할 건 없고. 그냥 한번 생각해봐. 넌 갑자기 들은 이야기니까 억울할 수도 있겠지만."

보라가 가고 난 후 희수는 작업실에 혼자 남아 착잡하게 오늘 들은 말들을 곱씹었다.

'내가 여자들을 습관적으로 평가한다고?'

몇 번 그랬던 것 같기는 했다. 몇 번이 아니었던가? 보라가 신경 써서 입고 나온 듯한 날에 가끔 칭찬하는 말을 했던 것은 사실이었다. 그때마다 보라는 기분 좋게 칭찬을 받아들이는 것처럼 보였다. 희수는 자신이 칭찬했을 때 보라의 표정이 안 좋았던 적이 있었는지 곰곰히 생각해보았다. 그런 적이 있었던 것 같기도 하고 없었던 것 같기도 했다. 여자 연예인들의 외모에 대해 이야기했던 것은 바람직한 일이라고는 할 수 없지만, 연예 시장이라는 게 원래 그런 것 아니던가. 연예인들은 대중들에게 아름다워 보이도록 꾸미고 나오고, 대중들은 그것을 평가하고 즐긴

다. 물론 천박한 일이었다. 하지만 희수는 자신이 특별히 그런다고는 생각하지 않았다. 오히려 남들보다는 낫다고 생각했다. 그런데 오래된 친구에게 습관적으로 여자를 평가하는 버릇이 있다는 말을 들으니 뒤통수를 한 대 얻어맞은 기분이었다.

조금은 억울하기도 했다. 보라가 언젠가 한번 백화점에서 어떤 남자를 보고 "방금 봤어? 진짜 잘생겼다. 모델 같아"라고 한 적이 있는 걸 떠올리자 억울한 감정은 더 강해졌다. 남자 배우들의 사진을 보내며 멋있다고 한 적도 많았다.

'네가 길에 있는 남자를 보고 잘생겼다고 감탄하는 거랑 내가 지나가는 여자를 보고 예쁘다고 말하는 게 뭐가 다른데?'

희수는 화가 나서 생각했다. 그러나 시간이 조금 지나자 감정이 사그라들며 점차 차분해졌다.

'앞으로는 말을 조심해야겠어. 친한 친구끼리는 할 수 있는 말이라고 생각했는데 그게 아니었던 거야.'

희수는 왠지 가슴이 갑갑해져서 바깥으로 나갔다. 기분 전환을 하고 싶었다. 보라가 가져온 화분은 작업실 한쪽 구석에 놓고 나왔다. 나무가 예쁘기는 했지만 그 화분을 볼 때마다 보라가 한 말들이 떠올라 당분간은 마음이 편치 않을 것 같았다.

작업실에서 나와 식당과 카페 들이 많은 길로 가면서도 희수는 뒤를 의식하며 한 번씩 돌아보았다. 그러지 말자고 생각해도 뒤통수가 따끔거려서 고개가 자꾸 돌아갔다. 보라는 망상이라고 했지만 역시 꺼림직했다. 보라의 말대로 뚜렷한 증거는 없었다. 그저 느낌이었다. 그렇다고 해도 망상이라니. 보라가 자신의 불안을 너무나 쉽게 치부해버린 것에 희수는 상처를 입었다. 다시 그 말을 떠올리자 가슴이 욱신거렸다.

'제일 친한 친구도 망상이라고 하는데, 누가 내 말을 믿어주겠어.'

누구에게도 말할 수 없다고 생각하니 더욱 고립된 기분이 들었다. 희수는 길을 배회하다가 한 비건 레스토랑 앞에 섰다. 한번 가봐야겠다고 생각한 곳이었는데 오늘이 그날인 것 같았다. 레스토랑에 붙은 안내문을 보니 저녁 영업시간까지 30분 정도가 남았다. 희수는 그때까지 서점에서 시간을 때우자고 생각하며 발걸음을 옮겼다. 나뭇잎 서점이 레스토랑 근처에 있었다.

오늘도 단발머리에 얼굴이 흰 여자가 서점 카운터에 앉아 있었다. 여자는 눈짓으로 인사하고 하던 일을 했다. 희수는 서점을 천천히 둘러보면서 신간 코너에 있는 책들과 추천 코너에 있는 책들을 살펴봤다. 그리고 몇 권을 신중히 골라 카운터로 가져가 계산했다.

그때 문득 뭔가가 떠올라 희수가 여자에게 물었다.

"그런데 혹시 여기 사장님이 어느 분이세요?"

여자는 웃으며 대답했다.

"제가 사장이에요."

짐작한 대답이었는데도 뒷통수가 싸했다.

"그럼 혹시 여기서 일하시는 분 중에 남자분이 있나요? 키 크고 안경 쓴."

"아뇨."

사장이 고개를 저었다. 여전히 웃는 얼굴이었지만 살짝 경계하는 빛이 돌았다.

"제 친구가 여기서 일하시는 분을 안다고 했는데, 제가 다른 책방이랑 헷갈렸나봐요."

사장은 그럴 수도 있다는 듯 끄덕이며 책이 든 봉투를 내밀었다.

"어딜까요? 요새 여기저기 책방이 은근히 많이 생겨서."

손님이 민망해할까봐 그런 말을 덧붙여주는 듯싶었다. 희수는 고마워서 넙죽 그 말을 받았다.

"그러게요. 나중에 그 친구 만나면 물어봐야겠어요. 감사합니다. 안녕히 계세요."

"네, 안녕히 가세요."

희수는 이상한 기분이 되어 서점에서 나왔다.

'대체 왜 그런 거짓말을…….'

아무래도 허언증이 있구나 싶었다. 그런 생각을 하며 서점이 있는 건물 코너를 도는데 한 여자와 눈이 마주쳤다. 모란이었다.

"나 따라다니는 거예요?"

모란이 굳은 표정으로 물었다. 화난 얼굴이었다.

"네가 날 따라다니는 건 아니고?"

"내가 언니를 왜 따라다녀요."

"그 옷은 대체 뭔데. 내가 준 왕관 쓰고 다니네?"

모란이 입은 옷을 보니 기가 막혔다. 티아라를 샀던 빈티지숍에서 희수가 입어봤던 드레스였다. 자신이 준 초록색 가짜 보석이 박힌 티아라를 머리에 쓰고 있는 것도 어이없었다.

"언니하고 있었던 일은 기분 더럽지만 그건 그거고 오늘은 그냥 티아라가 예뻐서 쓰고 나온 거예요. 드레스랑 잘 어울리는 것 같아서."

"그 드레스 어디서 샀어?"

"언니가 티아라 산 가게에서 샀죠. 알면서 뭘 물어요. 티아라 들어 있던 박스에 가게 이름 적혀 있잖아요. 저도 빈티지 좋아해서 한번 가봤어요. 예쁜 물건들 많던데요. 언니가 이 드레스 입어봤다는 것도 들었어요. 꽤 마음에 들어 했다면서요. 왜 안 샀어요?"

"그건 또 어떻게 알았어?"

"이 티아라 쓰고 갔더니 가게 주인이 알아보던데요? 친구분이 아주 고심해서 사갔는데 마음에 드냐고 물어보더라고요. 티아라는 마음에 드는데 그 친구하고는 안 좋은 일이 있어서 이제 안 만나게 됐다고 말했어요. 안 좋은 일이 뭐였는지까지는 말

안 했으니 안심해요. 내가 말했을까봐 겁나죠? 언니 친구는 아직 언니 봐요? 내가 경고해줬는데. 위험한 사람이니까 조심하라고."

"한 번만 더 그런 짓 하면 신고할 거야."

"언니야말로 조심해요. 그러다 진짜 신고당해서 경찰서 가요."

그 말을 듣는 순간 희수는 너무 화가 나서 그 자리에서 모란을 죽일 수도 있을 것 같았다. 희수에게 딱 맞았던 드레스가 모란에게는 너무 작았다. 희수는 터질 것 같은 드레스를 입은 모란을 비웃고 싶은 걸 참을 수가 없었다.

"그 드레스 지퍼는 잠긴 거야?"

모란은 픽 웃더니 보란 듯이 등을 돌려 드레스 뒤쪽을 보여주었다. 지퍼는 거의 다 열려 있었다. 희수는 웃음을 터트렸다.

"맞지도 않는 옷을 왜 입고 다녀? 사람들이 안 쳐다봐?"

"사람들이 쳐다보든 말든 무슨 상관이에요. 내가 좋으면 되죠."

"지퍼도 안 잠기는 드레스 입고 다니는 게 넌 좋니?"

"언니처럼 사는 것보다는 낫죠. 언니는 정말 한심하고 불쌍한 사람이에요. 자기 욕망에 솔직하지도 못하고, 자기가 뭘 원하는지, 자기가 어떤 사람인지도 모르잖아요. 좀 솔직하게 살아요. 자기 자신이 어떤 사람인지도 생각해보고요."

"그러는 넌 네가 누구라고 생각하는데?"

모란은 더 말할 가치도 없다는 듯 경멸이 가득 담긴 눈빛으로 희수를 보고 자리를 떠났다. 지퍼가 잠기지 않은 드레스를 입고 걸어가는 모란의 뒷모습을 향해 희수도 경멸의 시선을 던졌다.

'한 번만 더 재가 내 앞에 나타나면 그땐 정말 신고할 거야. 아니면 죽여버리거나.'

밥맛이 사라졌다. 희수는 모란이 시야에서 사라지기를 기다렸다가 집으로 돌아갔다. 집으로 돌아가는 길에도 몇 번이나 뒤를 돌아봤다. 왠지 모란이 따라오고 있을 것 같았다. 모란이 두려우면서도 증오스러웠다.

'한 번만 더 나타나면 정말 죽여버릴 거야.'

희수는 집으로 들어가서 문을 이중으로 잠그고 집 안 커튼도 모두 닫았다. 모란이 커튼 틈으로 자신을 보고 있는 것 같은 불안에 집 안의 불도 모두 껐다. 보라가 했던 말이 다시 떠올랐다. '약간 망상이 있는 것 같아.' 오늘 나뭇잎 서점 앞에서 그 애와 마주친 이야기를 해도 그 애가 날 따라다닌다는 생각이 망상이라고 할까? 희수는 그런 생각을 하면서 커튼 틈 사이를 응시했다. 창문 너머에 모란이 서 있을 것 같았다.

1년이 지나자 모란을 만났던 일은 해프닝이 되었다. 가끔은 보라나 머루와 그 일을 가지고 농담을 하며 웃기도 했다. 종종 누가 뒤에서 따라오는 것 같은 기분이 들 때도 있었고, 작업실 물건의 위치가 바뀐 것 같은 때도 있었지만 희수는 기분 탓이려니 생각하려 애썼다. 인스타그램 계정도 다시 만들었다. 모란의 계정을 검색해보니 계정이 사라져 있었다. 나뭇잎 서점에서 마주친 후로 모란을 다시 본 일은 없었다. 어느 날, 희수는 연락처 목록을 보다가 모란의 연락처에 걸어놓았던 차단을 풀었다. 모란에게 연락이 올까봐 두려우면서도 만약 다시 연락이 온다면 그 애가 어떤 말을 걸어올지 궁금했다.

오늘은 머루의 아기를 보러 가는 날이었다. 머루가 남편과 제주에서 한달살이를 했을 때 생긴 아이라 친구들끼리는 그 아이가 제주 할망이 점지해주신 아이라고 농담을 하고는 했다. 아직 태어난 지 백일도 안 된 아기를 보러 간다니 긴장이 되기도 하고 설레기도 해서 희수는 거울을 보며 옷매무새를 다시 가다듬었다. 어차피 아기가 옷매무새를 알아보지는 못하겠지만 그래도 첫 만남이니 잘 보이고 싶었다. 그 아이는 희수를 이모라고 부르게 될 것이다. 희수는 아이들을 좋아해서 조카 같은 존재가 생겼다는 것이 기뻤다. "내가 아기 이모 해도 돼?" "이모는 당연한 거고, 아예 네가 대모를 맡아. 대모가 첫 학교 등록금 내줘야 하는 거 알지?" "알았어. 지금부터 적금 들게." 아기가 태어나고 얼마 안 되어서 그런 대화도 오갔다.

'삼촌처럼 보이지는 않겠지?'

희수는 거울을 보며 생각했다. 아니, 남자처럼 보일 정도는 아니다. 스물셋 이후로는 항상 머리가 짧았고 바지만 입고 다녔지만 그런 오해를 받아본 적은 없었다. 대학 신입생 때는 긴 생머리였고, 치마도 자주 입었다. 그러다 어느 날 기분 전환 삼아 머리를 짧게 잘라봤는데 주변 반응이 좋았다. 스스로 보기에도 잘 어울렸다. 머리가 길었을 때는 그저 평범한 것을 넘어서 조금 촌스러워 보이기까지 했는데 머리를 짧게 자르고 그에 어울리는 옷을 입으니 세련되고 잘생겨 보였다. 그때 같은 학교에 다니던 여자에게 고백을 받고 사귀게 되었다. 그토록 바랐지만 평생 사귀지 못할 것 같았던 여자친구가 생겼던 것이다. 그 여자친구는 옷에 관심도 많고 집안 형편도 여유가 있어서 희수에게 옷 선물을 자주 했다. 대부분 유니섹스 스타일이거나 남성복이었다. 그 옷들은 여성복보다 희수에게 훨씬 더 잘 어울렸다. 지금의 스타일은 그 여자친구를 만나며 만들어진 것이었다.

그러나 역시 남자처럼 보이고 싶은 것은 아니다. 이쪽이 더 잘 어울리고 여자들을 만나기에도 좀 더 편해서 이런 스타일을 유지하는 것뿐이었다. 이제 와서 머리를 기르고 여성스럽게 입고 다니기도 어색하다. 마음 한편에는 여성스러운 옷을 잘 소화하는 여자들에 대한 동경도 있었다.

'이상형이기는 했는데.'

희수는 문득 모란을 떠올렸다가 고개를 저었다.

'아니, 그래도 그건 진짜 아니었어. 완전 미친 애였잖아. 아무 일 없이 끝나서 다행이었어. 하늘이 도우신 거지.'

희수는 택시를 타고 머루의 집으로 향했다. 거의 다 왔을 때 휴대폰이 울렸다. 희수는 보라나 머루인가 싶어 얼른 휴대폰을 확인했다. 문자가 와 있었다. 모란에게 온 문자였다.

「언니가 아기를 보러 갈 자격이 있다고 생각해요?」

심장이 두근거렸다.

'역시 망상이 아니었어. 아직 날 쫓아다니고 있었던 거야. 이 문자를 가지고 경찰서에 가면 신고가 될까?'

곧바로 문자가 하나 더 왔다.

「지금 당장 집으로 돌아가요. 언니가 거리를 두지 않으면 내가 언니 친구들 찾아가서 경고할 거예요. 언니가 완전 미친 사람이라는 거 친구들도 알아요?」

문자가 몇 개 더 떴지만 희수는 더 보지 않고 연락처를 차단했다.

"기사님, 죄송한데 여기서 내려주실래요?"

희수는 택시에서 내려 주변을 두리번거렸다. 멀리 한 여자가 이쪽을 보고 서 있는 게 보였다. 모란 같았다.

사실 이 이야기는 얼마 전에 내가 데이트했던 사람에게 들은 것이다. 몇 주 전 친구를 만나러 나갔는데 어떤 사람과 함께 앉아 있었다. 원래는 친구가 그분과 일 관련된 이야기를 나눌 것이 있어 약속한 장소에서 그분을 먼저 만난 뒤 바로 이어서 나를 만나려고 했던 것인데, 이야기가 길어지는 바람에 내가 그분과 마주치게 됐던 것이다.

나는 우수에 젖은 듯 쓸쓸한 분위기를 가진 그분에게 한눈에 반해 그분이 가고 난 뒤 친구에게 한번 자리를 만들어달라고 졸랐다. 그분은 친구에게 내 이야기를 건너 듣고 처음에는 거절했지만, 친구가 저녁 한 끼면 된다고 설득해주어서(사실은 내가 친구를 끈질기게 못살게 굴었다) 데이트가 성사되었다.

"제가 좀 긴장이 되네요. 이런 게 오랜만이라."

그렇게 말하는 그분의 목소리는 감미로웠다. 목소리와 말투가 외모처럼 침착했고 어딘지 외로운 분위기를 풍겼다.

"이런 거라면, 데이트요?"

"그 단어는 안 쓰시는 게 좋겠어요."

"어떤 단어요? 데이트?"

내가 되묻자 그녀가 진지한 표정으로 고개를 끄덕였다.

"네, 그 단어요."

"그럼 뭐라고 부르죠? 두 사람이 처음 만나서 식사하는 자리? 아니면 천천히 밥을 먹고 대화를 하면서 서로를 알아가는 저녁

식사 시간?"

나는 마침내 그분과 만났다는 게 기뻐서 촐싹대고 있었다. 진정하자 싶으면서도 방정 떠는 걸 멈출 수가 없었다.

"비즈니스 미팅이라고 하죠."

그녀가 미소를 지으며 말했다. 멋진 미소였다. 나는 그 얼굴이 너무 좋아서 정신이 나갈 지경이었다. 우리는 스무 살 가까이 나이 차가 났지만 상관없었다. 나는 원래 나보다 나이 많은 사람이 좋았다. 그녀는 사십대 후반이었지만 충분히 매력적이었다. 아니, 그 나이대여서 오히려 매력이 있었다. 머리카락에만 일찍 노화가 왔는지 반은 백발이었는데 그것도 멋져 보였다. 내 또래들처럼 바짝 날이 서 있지 않은 게 좋았다. 그녀에게는 삶에 대해 체념한 듯한 느낌이 있었다. '뭐 더 좋을 게 있겠어? 이런 게 인생이지'라고 생각하는 듯한.

나는 이십대가 가질 법한 희망과 불안을 모두 크게 느끼고 있는 터라 그런 침착함이 부럽게 느껴졌다.

"그럼 이런 게 얼마 만이신 거예요? 이런…… 비즈니스 미팅이."

나는 내가 너무 유치하고 어려 보일까봐 걱정이 되면서도 그런 농담을 참지 못했다.

"아예 안 하며 산 것은 아니고, 가끔 하긴 했어요. 매번 잘 안 돼서 그렇지."

"왜 잘 안 됐죠? 이렇게 매력 있으신데."

"제가 매력 있어요?"

"네! 엄청요."

내 말에 그녀가 웃었다. 기분이 나빠 보이지는 않았다. 하지만 교수가 학생을 대하는 듯한 태도도 보여서 조금 불만스러웠다. 그녀는 실제로 교수였다. 작가 겸 교수.

"제가 너무 어린 것 같으세요? 솔직히 얘기하자면 전 진지하게 만나보고 싶어요."

나는 단도직입적으로 터놓고 말했다. 대담해 보였을 수도 있지만 사실은 호칭을 어떻게 해야 할지도 몰라 헤맸다. '선생님'이라고 부르면 정말 학생처럼 보일 것 같아서 싫었고, '희수 씨'라고 하기에는 내가 어색했다. 그렇다고 '그쪽'이라고 부를 수도 없으니. 좀 더 친해지면 '언니'라는 호칭이 가장 자연스럽겠지만, 첫 만남 자리에서 그렇게 부르면 경박해 보일 것 같았다. 실은 얼른 '자기'라고 부르는 사이가 되고 싶어 마음이 들썩였다.

"저희가 나이 차이가 좀 나긴 하는 것 같은데요? 실례지만 나이를 여쭤봐도 될까요?"

그녀가 물었다. 여전히 교수 같은 태도였다.

"스물여덟이요."

"아, 그렇군요. 제가 그 애를 처음 만났을 때랑 거의 같은 나이네요."

"그 애요?"

"제가 스물일곱 살 때 어떤 여자랑 데이트를 한 적이 있어요."

그러고 나서 그녀가 홍모란이라는 여자와 있었던 일을 다 이야기해준 것이다. 긴 이야기였지만 그리 지루하지는 않았다. 그녀가 내 나이 때 어떤 사람이었는지 조금은 알 수 있어서 흥미롭기도 했다.

"그럼 친구분의 아기를 보러 가는 도중에 문자를 받은 게 마지막이었어요? 그렇게 무섭달지 위험하달지 하는 이상한 일을 겪은 게."

"아뇨, 사실은 그 뒤에 큰일이 하나 더 있었어요. 그 일 때문에 영국으로 떠난 거죠."

"어떤 일이었는지 말해주실 수 있어요?"

"음, 예전에는 강박적일 정도로 이 이야기를 남들에게 하지 않으려고 했는데 이제는 시간이 꽤 지났으니 말해도 괜찮을 것 같네요. 친구 집에 가다 문자를 받았던 그해였는데, 그날의 날씨도 생생하게 기억이 나요. 꽤 추운 겨울날이었어요. 날이 잔뜩 흐려서 진눈깨비라도 내리겠구나 했죠. 그런 생각을 하면서 작업실에 들어갔는데 작업실이 엉망이 되어 있었어요. 물건이란 물건은 전부 꺼내어져서 바닥에 내팽개쳐져 있고, 그보다 소름 끼쳤던 건……."

그 순간 그녀가 그날의 그 공간 속에 있는 것처럼 보였다. 나는 숨을 죽이고 그녀가 말을 마치기를 기다렸다.

"작업실 가득 빨간 손바닥 자국이 찍혀 있었어요. 벽이며 바닥할 것 없이 빼곡하게. 천장이 꽤 높은 편이었는데 어떻게 한 건지 몰라도 천장에도 손바닥 자국을 찍어놓았더라고요."

"피를 묻혀놓은 거예요?"

"그때는 그렇다고 생각했어요. 작업실에서 나와 정신이 좀 돌아오니까 그게 다 피였을리는 없을 거고 페인트나 물감을 썼을 거라는 생각이 들었지만 처음 문을 열고 들어가서 방이 그렇게 된 걸 봤을 때는 그냥 '이건 피다'라는 느낌이 들었어요. 자기 피로 제 작업실을 떡칠해놓은 거라고요."

"진짜 피였으면 냄새가 났을 텐데요."

"기분 탓인지 비린내가 풍기는 것 같았어요. 그래서 더 피라고 생각했던 거죠."

"경찰에 신고하셨어요?"

"그날 집으로 돌아가서 진짜 생각을 많이 했던 것 같아요. 이 정도면 아무래도 경찰에 신고해야 한다는 생각을 했다가, 그랬다가 그 애가 진짜 더한 해코지를 하면 어쩌나 걱정이 됐다가. 결국은 이런저런 생각만 하다 아무것도 안 했어요. 그때는 아무것도 안 하는 게 그 애를 자극하지 않을 수 있는 최선의 방법이라고 생각했는데 돌아보니 그냥 마음이 너무 힘들어서 회피를 한 거였어요. 작업실도 한동안 안 갔어요. 월세를 내고 빌려 쓰던 공간이라 어떻게든 처리를 해야겠다고 생각했는데 발길이 안 떨어지더라고요. 그 일이 있고 거의 두세 달이 지나서야 작업실에 다시 가봤어요. 봄이 돼서 날이 풀리면 작업실에서 냄새가 나겠다는 생각이 들어서 간 거예요. 그 전에 어떻게든 처리를 해야겠다는 생각이 들어서. 가기 전에는 엄청 겁을 먹어서 각오를 단단히 하고 작업실 문을 열었는데, 막상 들어가보니 기억했던 것만큼 끔찍하지는 않았어요. 기억만큼 빼곡하게 손바닥 자국이 찍혀 있지도 않았고, 천장에는 겨우 두 개 정도만 있었죠. 그나마 희미했고요. 손자국들이 다 말라붙어서 처음보다 보기가 더 낫기도 했어요. 제가 그때 뭘 했는 줄 아세요? 벽에 코를 대고 냄새를 맡아봤어요. 피 냄새가 나는지 페인트 냄새가 나는지 확인하려고요."

"그래서 어떤 냄새가 났는데요? 피였어요? 아니면 역시 페인트나 물감?"

"모르겠어요. 시간이 지나서 그런지 별 냄새가 안 나더라고요. 피 냄새라면 피 냄새 같기도 하고 페인트 냄새라면 페인트 냄새 같기도 하고. 실은 그 냄새를 그렇게 오래 맡지도 않았고요. 잠깐 코를 대봤다가 이게 무슨 짓인가 싶어서 얼른 떨어졌거든요. 그리고 바로 페인트 열 통을 주문했어요. 하얀색 페인트로요. 아무도 안 부르고 저 혼자 작업실을 새로 다 칠했는데 밥 먹고 잠자는 시간만 빼고 하루에 열 시간씩 벽을 칠했더니 일주일 정도 만에 일이 끝났어요."

"흰색으로 칠하면 빨간 자국이 안 비쳐요?"

"제가 성격이 좀 꼼꼼해서 하나도 안 비치게 말끔하게 했어요. 손자국들을 어느 정도 지우고 나서 페인트칠을 하기도 했고요."

그 순간엔 그녀가 자기가 한 작업을 자랑스러워하는 기술자처럼도 보였다.

"마침 계약 갱신일까지 얼마 안 남았어서 그렇게 처리해놓고 작업실을 나왔어요. 원래는 그곳이 월세도 싸고 조용해서 몇 년쯤 더 있을 생각이었는데, 더 이상 그곳에 못 있겠더라고요. 집에 있어도 그 애가 절 보고 있는 것 같은 느낌이 들어서 결국 전세 기간이 끝나자마자 전세금을 받아서 영국으로 갔어요."

"영국에서 꽤 오래 계셨죠?"

나는 데이트 약속이 잡히기를 기다리면서 그녀에 대해 조금 알아봤었다. 그녀는 꽤 알려진 작가라 그 정도 정보는 쉽게 찾을 수 있었다.

"20년 정도 있었죠. 한국에 돌아온 지 얼마 안 됐어요."

"거기서 일이 잘 되셨잖아요. 돌아오신 이유가 있어요?"

그녀는 영국에서 삽화도 직접 그리고 글도 자신이 쓴 이야기 책을 출간했다. 다소 어두운 이야기였는데 영국에서 반응이 좋아서 상도 받고 나중에 우리나라에서도 책이 나왔다. 나도 그녀의 책을 봤는데 그림이 아름다웠다. 어둡고 매력적이고 쓸쓸한 이야기였다.

"도망칠 수 없다는 걸 깨달았거든요."

그녀는 그렇게만 말했다. 그리고 내가 눈치채지도 못한 사이 능숙하게 화제를 돌려서 다른 이야기로 넘어갔다. 그러다 그녀가 문득 물을 한 모금 마신 뒤 냅킨으로 입을 닦고 자리에서 일어났다.

"이만 일어나야겠어요. 이 이상 앉아 있으면 그 애가 불쾌해할 거라."

나는 놀라서 그녀를 봤다.

"잠시만요. 저 아직 밥도 다 안 먹었는데……."

그것밖에는 그녀를 붙잡을 말이 떠오르지 않았다.

"죄송해요. 가볼게요."

그녀가 몸을 돌렸다. 마음이 급해진 나는 일어나서 그녀의 옷소매를 잡았다.

"또 볼 수 있을까요?"

"그 애가 카드를 보내지 않으면요. 만약 카드가 안 오면 그때 저한테 연락 주세요. 아마 오겠지만. 그 카드를 받고 나면 절 다시 만나고 싶지 않으실 거예요."

"어떤 카드인데요?"

"저에게 적당한 거리를 두라는 경고죠. 그 애는 질투가 심하거든요.”

그녀는 정중하게 사과하고서 서둘러 식당에서 나갔다. 그날 집으로 돌아오며 나는 자책에 휩싸였다. 내가 너무 어리게 굴었나? 아니면 너무 성급했나? 더 천천히 다가가야 했을까? 아니, 그게 아니라 그저 내가 매력이 너무 없는 걸까? 데이트 상대가 그렇게 도망쳐버릴 정도로?

난 그녀가 내게 한 이야기를 믿지 않았다. 그녀가 해준 이야기는 그녀의 책에 나오는 것이었다. 물론 똑같은 이야기는 전혀 아니었지만, 딱 한 번 데이트를 한 여자가 평생 주인공을 따라다니는 이야기라는 점은 같았다. 내가 얼마나 마음에 안 들었으면 자기 책에 있는 이야기를 꺼내 말을 둘러대고 그렇게 급하게 식당에서 나갔을까. 누군가 피부가 벗겨진 곳에 소금을 뿌린 듯 마음이 쓰라렸다.

하지만 다음날 밤 우리 집 문 앞에 카드가 떨어져 있는 것을 보자 그녀가 했던 말이 다 꾸며낸 것은 아닐지도 모른다는 생각이 들었다. 카드에는 이런 말이 적혀 있었다.

「언니와 적당한 거리를 유지하세요. 내 경고를 무시하지 마. 나중에 후회하기 싫으면.」

길 끝에 어떤 여자의 뒷모습이 보였다. 그 여자는 드레스를 입고 있었다. 원래는 하얀색일 테지만 이제는 꼬깃꼬깃 때가 타서 더러워지고, 너무 낡아서 너덜거리기까지 했다. 거의 넝마나 다름없었다. 어둠 속에서 그녀가 쓴 작은 왕관이 하얗게 빛났다.

나는 그녀가 뒤돌아볼까봐 무서워져서 얼른 집으로 들어왔다. 그리고 뭔가 견딜 수 없어져서 이 글을 쓰기 시작한 것이다. 길 끝에 서 있던 그 여자는 검은 머리카락이 길고 풍성해서 허리 아래까지 치렁치렁하게 내려왔다. 하지만 그 여자의 머리카락은 진짜 사람의 것이라기엔 너무 윤기가 흘러서 가발일지도 모른다는 생각이 들었다. 그 생각을 하니 뒷덜미가 오싹하다.

커튼 아래 발

커튼 아래에 뭔가가 있는 것 같았다. 나는 커튼을 확 걷었다. 아무것도 없었다. 원래 항상 그곳에 있는 것들 말고는. 현관을 가린 커튼과 화장실을 가린 커튼만 보였다. 괜히 찜찜해서 현관 커튼도 걷어보았다. 현관 등이 켜지면서 가지런히 정리된 신발 두 켤레가 흐릿하게 보였다. 흐릿하게 보이는 건 안경을 쓰지 않아서다. 눈이 심각하게 나쁜 편은 아니라 밤중에 화장실을 갈 때는 굳이 안경을 챙겨 쓰지 않는다. 안경을 쓰게 된 지 얼마 안 돼서 쓰는 습관이 들지 않았는지도 모른다.

1, 2년 전부터 가끔 눈앞의 사물이나 글자가 흐릿하게 사라지거나 흔들리는 듯한 느낌이 들어 안과에 가보니 노안이 온 것이라 했다. 요즘은 사십대에 노안이 오는 일이 흔하다면서. 처음만큼 불편하지는 않지만 아직 익숙해지지도 않았다. 안경을 쓰

면 콧대에 이물감이 느껴진다. 코의 입장에서는 확실히 이물질이나 다름없을 것이다. 평생 아무것도 짊어지지 않고 살아왔는데 이제 짐을 얹고 살게 됐으니.

"거기 멍하니 서서 뭐 하는 거야?"

날 선 목소리가 들렸다. 고개를 돌려보니 엄마가 수상쩍다는 눈빛으로 내 쪽을 보고 있었다.

"아니, 뭐가 있나 해서."

"있긴 뭐가 있어. 본 김에 신발 정리나 좀 하든가. 그게 뭐니, 도대체?"

"지저분해?"

다시 봐도 내 눈에는 신발이 가지런히 놓인 것 같아서 엄마에게 되물었다. 내 말을 들은 엄마가 휠체어를 굴려 현관 가까이 다가왔다. 너무 빨리 다가와서 미처 피할 새도 없었다. 엄마의 휠체어 바퀴가 내 엄지발가락을 짓뭉갰다. 순간 너무 아파서 외마디 비명을 질렀다. 눈물이 찔끔 났다.

"둔하긴. 오는 걸 봤으면 피해야지 멀뚱히 서 있니?"

나는 고통이 목까지 차서 아무 말도 못하고 쭈그려 앉아 발가락을 문질렀다. 금이 갔는지는 모르겠지만 적어도 뼈가 부러진 것 같지는 않았다.

"괜찮아. 부러지지는 않았어."

나는 웃는 얼굴로 엄마를 올려다봤다.

"하여튼 엄살도 심해요. 한창 젊은데 이 정도로 뼈가 부러지면 그건 병을 의심해봐야지. 뼈만 일찍 늙는 병 있잖아."

"어쩔 때는 늙었다고 타박하고 또 어쩔 때는 젊다고 뭐라 하고. 하나만 해, 엄마. 신발은 어디가 정리가 안 됐다는 거야? 콕 짚어서 말 좀 해줘. 반듯하게 해놓게. 엄마 반듯한 거 좋아하잖아."

"여기 내 신발이 삐뚜름하잖아. 네 신발도 한짝이 튀어나와 있고."

엄마가 거슬려 죽겠다는 목소리로 말했다.

"네네, 알겠습니다. 얼른 볼일 먼저 보세요. 화장실 가려고 나온 거 아냐?"

"그게 엄마한테 하는 말이니, 친구한테 하는 말이니? 너같이 건방진 딸년은 세상에 없을 거야. 여기 커튼이나 걷어. 자다 나와서 그런가 팔에 힘이 하나도 안 들어가. 손목도 아프고."

나는 군말 없이 화장실 커튼을 열었다. 그리고 화장실 불을 켠 뒤 다시 커튼을 닫고 신발을 정리했다. 가까이서 보니 엄마의 하얀색 모카신이 살짝 삐뚤어지게 놓여 있었다. 내 신발도 한짝이 다른 한짝보다 조금 앞에 놓였다.

"나보다 눈이 좋으신가봐."

나는 중얼거리며 신발을 나란히 놓았다. 현관에는 신발이 두 켤레만 나와 있어야 한다. 한 사람당 한 켤레씩. 예전에 엄마가 건강했을 때는 아예 신발을 현관에 놓지도 못했다. 신발은 꺼내서 신을 때를 빼고는 신발장에 모두 넣어놓는 것이 우리 집 규칙이었다. 오빠의 신발이 현관에 있는 것을 보면 엄마는 속을 끓이면서도 조용히 신발장을 열어 그것을 안으로 들여놓았지만, 내 신발이 현관에 나와 있을 때는 용서가 없었다.

엄마는 오빠의 신발이 현관에 나와 있을 때마다 쌓였던 화까지 나에게 풀었다. 보통은 흠씬 두들겨 맞았고, 내가 산 신발일 때는 다신 그 신발을 볼 수 없었다. 그래서 사실 나는 신발이 현관에 나와 있는 것을 보면 마음이 불편해진다. 드라마나 영화에서 신발이 어지럽게 놓인 현관을 볼 때도 그렇고, 남의 집에 가서도 마찬가지다. 우리 집 현관에 신발이 놓여 있는 것도 때로는 이상하게 보인다.

"매번 꺼내기도 귀찮아, 이젠. 이 정도는 하고 살아도 돼."

엄마가 그렇게 말하며 신발을 한 켤레씩 현관에 항상 꺼내두도록 했을 때는 허무한 마음마저 들었다. 이렇게 쉽게 바꿀 수 있는 규칙인데 왜 30년도 넘게 그렇게 모질게 군 걸까? 하여튼 뭐든지 자기 마음대로라는, 사춘기의 반항심과 비슷한 짜증도 솟아났다. 그러나 늙은 딸이 늙은 엄마를 미워해서 뭐 하겠는가. 엄마는 올해 일흔이시고, 나도 올해로 마흔이다. 엄마는 스물넷에 결혼해서 이듬해에 오빠를 낳았고, 서른에 나를 낳았다. 첫 번째 출산 후에 몸이 심하게 망가져서 둘째를 갖기까지

고민이 많았다고 엄마는 말하곤 했다. 금덩이 같은 아들을 하나 더 낳든가 여우처럼 예쁘고 애교 떠는 딸을 갖고 싶어서 결국 애를 하나 더 낳았는데 너 같은 미련 곰탱이가 나왔다고 덧붙이면서.

아빠와 오빠는 오래전에 우리를 떠났다. 그 얘기는 지금 하고 싶지 않다. 우리는 버림받았고, 나는 엄마 곁에 남았다. 나까지 엄마를 버릴 수는 없다. 이제 혼자 거동할 수도 없는 엄마를 이 집에 혼자 놓고 떠날 수는 없다. 누구라도 그러지 않겠는가. 나 같은 입장이라면. 안 그렇겠는가?

"아직도 그러고 있니?"

화장실에서 나온 엄마가 나를 보고 말한다. 나는 일어나 휠체어를 밀어 엄마를 안방으로 데려다준다.

"네 오빠는 언제 들어온다니? 시간도 늦었는데."

엄마는 오빠가 떠난 지 오래됐다는 걸 자주 깜빡한다.

"오빠 서울 갔잖아."

"언제? 네 오빠가 나한테 말도 없이 서울에 갔어?"

"조금 됐어."

"그럼 언제 오는데?"

"몰라. 알아서 오겠지."

"오빠한테 말하는 것 하고는. 그러니 예쁨을 못 받지."

나는 안방 커튼을 걷고 엄마의 휠체어를 밀어 안으로 들어간다. 늙은이 말에 일일이 대꾸할 거 없다. 게다가 노망난 늙은이인데. 이렇게 생각하면 화가 나려다가도 괜찮아진다.

나는 침대에 눕혀주려고 엄마를 안아 든다.

"얘, 조용하게 해. 아빠 깨시겠다."

엄마가 내 귀에 대고 속삭인다. 엄마의 입술은 축축하다. 내 귀에 닿는 숨도 축축하다. 그 축축한 습기가 내 심사를 뒤튼다.

"아빠는 죽었잖아, 엄마."

"얘가 무슨 소리를 하는 거야. 옆에서 하도 코를 골아서 시끄러워 죽겠구만."

엄마에게는 아빠의 코골이가 들리는 걸까? 그렇다면 안심이다. 엄마가 매일 밤 외롭게 잠드는 것보다야 아빠의 코골이를 들으며 시끄럽다고 짜증을 내면서 잠드는 게 나은 것 같다. 그게 환청이더라도. 엄마가 외롭다는 생각을 하면 마음이 영 불편하다.

"안녕히 주무세요."

엄마는 대답하지 않고 눈을 감는다. 나는 엄마의 이불을 한 번 더 매만지고 방에서 나왔다. 내 방으로 돌아오다 뒤를 돌아봤을 때 안방을 가린 커튼 아래로 발 같은 것이 보인 것 같았다. 하지만 눈이 잘 안 보이는데다 잠이 오기도 해서 확인하지 않고 그냥 내 방으로 갔다.

*

수요일은 모임에 가는 날이다. 모임에 가는 날이면 아침에 일어나면서부터 숨이 턱 막힌다. 모임에 가는 날은 모든 것이 완벽해야 한다.

우선 아침밥을 잘 차려 먹어야 한다. 엄마는 평소엔 밥에 별 관심이 없지만, 수요일 아침에는 반찬이 다섯 가지 이상 있어야 하고 그날 갓 지은 밥과 그날 끓인 국도 있어야 한다. 모임에 가면 사람들이 "아침은 드시고 오셨어요?"라고 묻기 때문이다. 사람들이 그냥 인사차 묻는 것인데도 엄마는 그 말에 의미를 둔다. 그래서 꼭 체면이 상하지 않을 만한 아침밥을 먹고 가려는 것이다. 어차피 사람들이 물어보면 "간단히 먹고 왔어요"라고만 대답하면서 말이다.

엄마에게 종갓집 수장이나 대기업 회장이 먹을 것 같은 아침식사를 차려드리고 나면(엄마는 수요일만은 꼭 은수저로 밥을 드신다) 그다음에는 목욕을 시켜드려야 한다. 엄마는 자기 몸에서 냄새가 날까봐 무척 걱정한다. 나이 들고 몸 아픈 사람에게는 고약한 냄새가 나기 쉽다면서 하루에 몇 번이고 샤워나 목욕을 하고 싶어 하신다. 2, 3일에 한 번 목욕을 시켜드리는 것도 큰일인데 하루에 몇 번씩 전신을 씻겨드리는 건 도저히 무리라고 엄마와 어렵게 타협을 봐서 목욕은 하루에 한 번으로 정했다.

하지만 수요일에는 아침에 한 번, 저녁에 한 번 씻겨드려야 한다. 엄마를 목욕시켜드리고 나면 허리가 끊어질 것 같이 아프다. 목욕을 끝내면 수건으로 닦아드리고 머리도 말려드려야 한다. 그러고 나서 엄마에게 헐렁한 잠옷을 입혀두고 외출할 때 입을 옷을 다리미질한다. 미리 다려놓는 것은 안 된다. 엄마는 전날 미리 옷을 다려놓으면 하룻밤 사이에 그 옷이 자기 혼자 구겨진다고 믿는 사람이다.

끊어질 것 같은 허리로 엄마 옷과 내 옷을 다리고 나면 기운이 쫙 빠진다. 그러나 아직 일이 끝나지 않았으므로 쉴 수는 없다. 내가 다리미질을 할 동안 엄마는 화장을 하고 있다. 나도 다리미질이 끝나면 머리를 드라이하고 화장을 해야 한다. 내 화장을 마치고 나서 엄마에게 옷을 입혀드리고 신발까지 신겨드리고 나면 나갈 준비가 끝난다.

이 의식을 위해 나는 새벽 5시에 일어나야 한다. 아침잠이 많은 나로서는 해가 뜨기 전에 일어나야 한다는 것 자체가 고역인데 엄마는 새벽 4시부터 일어나 휠체어를 타고 집 안을 돌아다닌다. 수요일에는 일찍 일어나야 한다는 생각에 긴장이 돼서 그 소리가 다 들린다. 바퀴가 바닥에 굴렀다가 멈추고 다시 굴러가는 소리.

5시에서 몇 분만 지나도 엄마가 내 방 커튼 앞으로 와서 소리를 지른다.

"일어나! 오늘 모임 가는 날인 거 몰라?"

나는 그 소리가 듣기 싫어서 새벽 4시 50분에 알람을 맞춰둔다. 하지만 실은 아예 잠을 설치는 날이 많다. 밤새 한숨도 못 자거나 얕은 잠을 겨우 자고 일어나 아침식사를 준비하다 보면 정신이 멍해진다. 할 수 있다면 약이라도 하고 싶은 심정이다. 잠을 못 자고 일하는 연예인들이 마약을 하는 게 이해되기도 하고, 그게 정말 효과가 있을까, 하면 어떤 기분일까 궁금하기도 하다. 하지만 모임이 끝나고 집에 돌아와 한숨 푹 자고 나면 이런 생각들은 날아가버린다. 수요일 아침에는 그게 희망이다. 시간은 흘러가는 것이고, 모임은 오후 2~3시면 끝난다.

엄마를 업고 건물 계단을 오르면서도 나는 그런 생각을 계속한다.

'이제 힘든 건 거의 다 끝났어. 거의 다. 조금만 더 버티면 돼.'

엄마는 평소에 밥을 적게 먹는데 이상하게 체중은 안 줄어드는 것 같다. 오히려 조금씩 체중이 늘고 있는 것 같기도 하다. 엄마를 업고 3층까지 올라가다 보면 별별 생각이 다 든다. 내가 넘어지면 어떻게 될까? 무게중심이 쏠려서 뒤로 넘어지면 엄마 뒤통수가 계단에 부딪혀 팍 깨지겠지? 엄마 몸이 기울어져서 난간 너머로 홱 넘어가 떨어지면 어떡하지?

나는 그런 일이 일어날까봐 무서워서 자꾸 엄마에게 나를 꽉 잡으라고 하고 한 손으로 난간을 짚으며 계단을 오른다. 엄마는 팔로 내 목을 감고 버티는데 그때마다 목이 졸려서 가끔은 신경질이 난다.

"숨 막혀 죽겠어! 좀 살살 잡아."

내가 참다못해 소리를 지르면 엄마도 화를 낸다.

"네가 꽉 잡으라며!"

이럴 때 우리는 자매 같다. 앙숙처럼 투닥거리는 자매 말이다.

*

모임 자체는 나쁘지 않다. 아니, 실은 수요일마다 엄마의 극성에 맞춰야 하는 수고로움만 아니라면 모임에 오는 것이 즐거울 정도다. 주로 오십대 후반에서 육십대 나이인 여자들이 참여하는 모임이라고 하면 사람들은 여기가 무엇을 하는 곳이라고 생각할까? 뜨개질? 성경 모임? 스포츠 클럽? 아니면 합창이나 악기 연주를 할 거라고 생각할까? 상상력이 풍부한 사람이라면 오컬트 모임 같은 것을 떠올릴지도 모르겠다. 죽은 사람의 혼령을 불러내서 뭔가를 물어보고 싶어 하는 그런 으스스한 모임 말이다.

하지만 우리는 영화 모임이다. 수요일 오전 11시에 낡은 건물 3층에 있는 열 평이 채 되지 않는 작은 사무실에 모여 옛날 영화를 본다. 주로 60년대에서 80년대에 나온 영화들을.

요즘 5060들이 최신 영화를 좋아한다는 것은 나도 안다. 우리 엄마에 비하면 펄펄한 젊은 여성들인 우리 모임의 아주머니들도 그렇다. 영화관에 가는 것도 익숙하고, 저녁마다 넷플릭스를 본다. 그래서 우리 모임이 특별한 것이다. 아주머니들은 여기 모여 자신과 같은 세대의 여자들과 앉아서 가장 파랗게 젊었던 시절에 극장에서 봤던 영화를 감상한다.

영화가 끝나고 나면 둥글게 앉아서 옛날이야기를 한다. 옛날 그 시절에 오늘 본 그 영화를 누구와 봤었는지, 학교를 땡땡이 치고 갔는지, 남자와 슬쩍 손을 잡고 봤는지. 그날 영화를 함께 봤던 남자나 절친했던 친구와는 그 이후에 어떻게 되었는지 같은 것들을 말이다.

우리 모임 사람들은 그런 이야기를 할 때 눈이 꿈꾸는 것 같아진다. 어떤 한 사람이 이야기할 때 다른 사람들은 그 사람의 이야기를 듣는 것처럼 고개를 끄덕이지만 사실은 각자의 과거에 잠겨 있다. 그런 분위기 속에서 아주머니들의 추억 이야기를 듣고 있으면 금방 나른해진다.

나는 이런 시간을 보내는 게 좋다. 적어도 이 모임에 와 있을 때는 엄마와 단둘이서 고립되어 있는 느낌이 많이 덜해진다. 매주 보는 사람들과 반갑게 인사를 하고 안부를 나누는 것도 위안이 된다. 모임의 분위기는 대체로 따사롭다. 아주머니들은 먹을 것을 가져와 나누어 먹는다. 떡, 빵, 주스, 과일 같은 것들이다. 나도 형편이 빠듯하긴 하지만 매번 얻어먹기만 하는 건 겸연쩍어서 가끔 빵이라도 한 봉지씩 사서 간다. 아주 가끔씩이다.

내가 아주머니들과 나눠 먹을 빵을 사려고 모임에 가는 도중에 빵집에 들르면 엄마는 안절부절못한다. 얻어먹기만 하면 체면이 상하니 내가 빵을 사는 것을 막지도 못하지만, 남에게 돈을 쓰는 것도 너무 못마땅한 것이다. 엄마는 남에게 정말 인색한 편이다. 빵 하나 공짜로 주는 것도 아까워한다. 남에게 주지도 않고 받지도 않는 것. 그것이 엄마의 방식이다. 엄마는 모임 아주머니들이 가져오는 간식에 손도 대지 않는다.

오늘 모임에서 함께 본 영화는 이만희 감독의 영화 〈귀로〉였다. 나는 이런 옛날 영화들을 볼 때 영화의 스토리에는 잘 집중하지 못한다. 엄마의 까다로운 수발을 들지 않아도 되는 몇 시간의 여유에 감사하며 멍하니 휴식을 취할 뿐이다. 엄마는 남들 앞에서는 나에게 아무것도 시키지 않는다. 심술궂은 비난도 모임에서만큼은 멈춘다.

사무실의 하얀 벽에 띄워놓은 스크린에 옛날 서울 풍경이 흘러간다. 나는 스토리 대신 그런 것들을 보는 것을 좋아한다. 배우들이 입은 옷이나 옛날 사람들이 살았던 집, 다방, 기차역 같은 공간들을 보는 게 재밌다. 옛날 사람들의 말투도 재밌어서 혼자 화장실 변기에 앉아 있을 때 중얼거려보기도 한다. "아니,

뭘 봐요? 넙데데한 넙치같이 생겨가지고는!" 그런 톡 쏘는 옛 서울 말투의 대사는 입에 착 달라붙어 내가 말해놓고도 키득키득 웃음이 난다.

오늘 영화를 볼 때는 슬쩍슬쩍 엄마 눈치를 보게 되기도 했다. 영화에 다리를 쓰지 못하는 남자가 나왔기 때문이다. 남자의 아내는 남편을 돌보느라 매일이 고역인데, 작가인 남편의 원고를 출판사에 가져다주려 외출을 할 때만 잠시 풀려난 기분을 느낀다.

나는 영화 속 그 여자의 기분을 아주 잘 알 것 같았다. 다른 때처럼 영화의 스토리에는 영 집중하지 못했지만 여자가 집에서 나와 신문사에 가는 장면에서만큼은 딴생각을 하지 않고 영화 속 장면에 몰두했다.

영화가 끝난 뒤에는 다른 때처럼 의자를 돌려 둥글게 앉아서 과거 이야기를 했다.

"난 저 영화를 남편이랑 봤어요. 신혼 때 남편 회사 앞에서 남편이 퇴근하길 기다렸다가 같이 극장에 가고 그랬거든요. 내가 지금은 쭈그렁이 됐지만 그때는 참 날씬하고 예뻤어요. 남편 회사 앞에 서 있으면 다들 지나가면서 힐끔힐끔 쳐다보고 괜히 다가와서 길이나 시간을 물어보는 남자들도 있었어. 나랑 말 한번 해보려고. 우리 남편은 다른 남자들이 집적댄다고 화가 난 척했지만 사실은 은근히 어깨가 으쓱했을 거야. 어쨌든 그 여자가

지 꺼였으니까. 솔직히 말하면 그 재미에 일부러 자기 회사 앞에 서 있으라고 그랬을지도 몰라요. 다른 남자들이 보는 앞에서 내 허리를 당당하게 껴안고 걷는 맛이 대단했겠죠."

옥분 님의 이야기에 남편이 빠질 때는 거의 없었다(우리 모임에서는 나이와 관계없이 이름 뒤에 '님' 자를 붙인다). 그녀는 우리 엄마와 비슷한 연배이지만 나이 말고는 공통점이 하나도 없다. 엄마는 나이 든 여자들이 색조 화장을 진하게 하는 걸 질색하는데, 옥분 님은 화장이 화려한 편이다. 눈두덩이에는 주로 자주색 아이섀도를 바르고, 볼과 입술은 분홍색일 때가 많다. 엄마는 집에 오면 모임 여자들의 흉을 보는데 옥분 님은 그중에서도 엄마가 마른 오징어처럼 씹어대는 상대다.

"볼이랑 입술을 빨갛게 칠해가지고는! 그 꼴이 시장판 각설이 부인이지 뭐니?"

하지만 나는 옥분 님에게 호감이 있다. 옥분 님 같은 사람이 엄마였으면 어땠을까 상상하기도 한다. 그녀는 정이 많고 따뜻한 성격이고 웃음과 눈물 모두 헤프다. 자식들을 끔찍하게 예뻐해서 한 번씩 아들딸들을 죄다 집에 불러 맛있는 밥을 차려 주는 게 자신의 가장 큰 낙이라고 했다.

그러나 자식들만 쳐다보고 있는 건 아니다. 취미가 많아서 여러 동아리 모임을 돌아다니며 사람들과 즐겁게 어울리며 사는 것 같다. 엄마한테는 내색도 할 수 없지만 엄마가 옥분 님 같았다면 오빠가 그렇게 가족으로부터 도망쳐 살지는 않았을 거라고 생각한다. 나는 오빠가 원망스럽지만 이해도 된다. 내가 오빠보다 먼저 도망쳤으면 좋았을 것을.

오빠가 대학에 합격했다고 서울로 가서 차츰 연락이 뜸해지다가 1년 만에 아예 소식이 끊겨버렸을 때 난 겨우 중학교 3학년이었다. 그때부터 내가 고등학교를 졸업할 때까지 몇 년의 시간 동안 엄마는 오빠를 찾아내는 일에만 몰두했다. 오빠를 찾아다니는 엄마의 태도에는 희미한 광기마저 있었다.

방학이면 나도 오빠를 찾기 위해 엄마와 서울로 올라가야 했다. 별다른 건 없었다. 오빠가 다니던 대학교 캠퍼스에 죽치고 있기도 했고, 오빠의 동기나 선후배들에게 수소문을 하러 돌아다니기도 했고, 오빠의 사진을 넣은 전단지를 붙이러 다니기도 했다. 여비가 충분치 않았기 때문에 길어야 일주일 정도 그런 일을 했다. 잠은 낡아빠진 여인숙에서 잤다. 하나같이 청결이 의심되는 곳들이었다. 불결한 것이라면 미치도록 경멸하는 엄마가 그런 데서 며칠 밤을 보낸다는 것만으로도 나는 오빠에 대한 엄마의 사랑을 느낄 수 있었다. 엄마가 그 사랑의 반만, 아니 반의반만, 아니면 반의반의 반만 줬어도 나는 지금보다 나은 사람이 되었을 것이다.

하지만 애석하게도 엄마는 오빠를 사랑하는 만큼 날 미워했다. 어릴 때는 그 이유를 찾으려고 애썼지만 지금은 포기한 지 오래다. 엄마가 날 미워하는 데 이유 같은 건 없다. 그 사실을 깨닫고 나자 홀가분해졌다.

"나도 저 영화를 우리 교수님이랑 같이 봤어요."

엄마가 입을 열었다. 엄마가 모임 중에 말을 하는 것은 흔치 않은 일이었다. 나는 엄마가 괴팍한 성격이라는 걸 이 모임에 다니면서 알았다. 엄마는 평생 내게 밖에서 이상하게 행동하지 말라고 단도리치는 쪽이었기 때문에, 엄마는 사회적으로 완벽히 정상적인 사람이고 나는 그에 비해 모자라서 늘 노력해야 하는 사람이라는 생각이 오랫동안 내 머리에 박혀 있었다. 하지만 이 모임에서 괴팍하게 행동하는 사람은 내가 아니라 엄마였다.

엄마는 다른 여자들과 함께 둥글게 앉기를 조용히 거부하고 늘 창가에 자리를 잡았다. 그리고 자기 이야기를 하는 일도 없이 다른 여자들이 이야기하는 것을 듣기만 했다. 그런 엄마가 누가 시키지도 않았는데 자기 이야기를 선뜻 꺼낸 것은 이례적인 일이었다.

"영화를 보고 나왔는데 교수님이 묻는 거예요. 자기가 전쟁에 나갔다가 불구가 되어서 돌아오면 어쩌겠느냐고요. 전 '그런 걸 왜 물어봐요' 하고 웃었죠. 근데 그 사람은 아주 진지하게 자꾸 묻는 거예요. 그래서 제가 '어쩌긴 뭘 어째요. 그냥 지금처럼 사는 거죠. 지금은 당신한테 손이 안 가는 줄 아세요? 지금이랑 별로 다르지도 않을걸요 뭘.' 그러면서 '그럼 당신은 어쩔 건데요? 나한테 장애가 생겨도 계속 나랑 사실 거예요?' 하고 물었어요. 제가 안 그래 보여도 가끔 당돌할 때가 있거든요. 그랬더니 우리 교수님이 뭐라고 한 줄 아세요? 그 말이 참 감동적이었어요. '당신이 그렇게 되면 당신은 휠체어에 앉아볼 일도 없을 거야. 내가 안고 다닐 거거든' 그랬답니다. 그런데 이제 내가 진짜로 이걸 타고 다니다니 우습죠."

엄마가 휠체어를 손으로 탕탕 쳤다.

"그 사람은 자기 말을 지켰을 거예요. 가끔은 지나칠 정도로 꼿꼿한 사람이라 자기가 한 말은 꼭 지켰거든요. 평생 내 곁에서 날 보살피며 살겠다는 말만은 못 지켰지만 말이에요."

엄마가 말을 끝내고 입을 꾹 다문 채 창문 밖을 응시했다. 아버지가 이 세상 사람이 아니라는 걸 지금은 기억하는 것 같아 마음이 놓였다. 다른 사람들은 별 반응이 없었다. 엄마는 모임에서 묘한 따돌림을 당했다. 모임 여자들이 나쁜 사람들이어서가 아니라 엄마가 사람들과 섞이려 하지 않아서였다. 그럴거면 뭐 하러 꼬박꼬박 모임에 오는 건지 나도 이해가 되지 않았다. 엄마는 사람들을 불편하게 했다. 그런데 그 사실이 이상하게 내게는 위안이 되기도 했다. 사람들을 불편하게 하는 게 내가 아니라 엄마라는 사실이. 더 이상 엄마가 말하는 정상이라는 모호한 기준에 맞추려고 애쓸 필요가 없다는 자각이 들 때마다 묘하게 마음이 편해진다.

엄마가 '교수님'이라고 부르는 나의 아버지는 내가 엄마의 뱃속에 있었을 때 스스로 목숨을 끊었다. 그때 엄마는 아홉 달 된 만삭의 임산부였다. 아버지는 나의 탄생을 앞두고 세상을 떠나기로 결정한 것이다. 아버지가 자살한 이유는 아무도 모른다. 아버지는 유서도, 일기도 남기지 않았다.

엄마가 나를 미워하는 것은 그 때문인지도 모른다고 나는 종종 생각한다. 엄마에게는 남편이 그런 식으로 자신을 떠난 이유가 필요했을 것이다. 그 탓을 남한테 돌릴 수 있다면 그렇게 하는 것이 자연스럽다. 그게 딸이라면 더 좋다. 평생 옆에 붙어서 원망하고 미워하면서 옛일로 속이 끓을 때마다 다 네 탓이라고 몰아붙일 수도 있으니 말이다. 그러고 보면 엄마는 탓할 상대 하나는 잘 골랐다. 다른 집 딸이었으면 벌써 멀리 도망가서 다시는 안 돌아왔을 거다. 오빠가 그랬던 것처럼. 엄마는 그 사실을 알아야 한다. 나 같은 딸은 세상 어디에도 없다는 걸. 엄마가 가질 수 있는 최고의 것이 나라는 사실을.

"우리 효녀 딸!"

모임이 끝나서 나가려는데 성미 님이 뒤에서 날 불렀다. 성미 님은 우리 영화 모임의 모임장님이시다. 성미 님은 날 항상 '효녀 딸'이라 부르며 따뜻하게 대해주신다. 나이는 오십대 중반쯤인 것 같은데 그보다 몇 살 더 젊을 수도 있다. 푸근한 인상처럼 성격도 좋으시다. 성미 님은 언제나 기운이 넘쳐서 보고 있으면 나도 기운이 난다. 어떤 사람들은 다른 사람의 기운을 빨아들여서 자신의 에너지로 쓰지만, 성미 님은 자신의 화수분 같은 에너지를 남들에게 아낌없이 나누는 쪽이다.

"영화는 재밌게 봤어요? 나이 드신 분들 옛날이야기 들어주기 힘들지?"

성미 님이 친근하게 내 귀에 속삭이는 시늉을 했다. 나는 웃으며 고개를 흔들었다.

"아뇨, 재밌어요."

엄마는 벌써 문밖으로 나가 날 노려보고 있었다. 성격 참 급하시기도 하지. 나는 눈짓으로 성미 님에게 우리 엄마 쪽을 슬쩍 가리켰다. 성미 님은 쿡 웃으며 내 어깨를 두드렸다.

"그래, 얼른 가봐. 오늘도 오느라 고생했겠네. 가느라 또 고생이고. 아참, 같이 내려가야지. 내 정신 좀 봐. 같이 가요, 같이 가. 응?"

성미 님은 내가 엄마를 업고 계단을 내려갈 때 휠체어를 들고 옮겨주신다. 휠체어가 무거워서 꽤 힘드실 텐데도 자기는 태어나길 힘이 장사라며 씩씩한 기색으로 휠체어를 번쩍 들고 나보다 먼저 앞서 순식간에 1층에 가져다 놓아주신다. 엄마를 업고 계단을 내려가는 건 올라가는 것 이상으로 힘에 부치는 일이지만 성미 님이 있어서 한결 수월하게 느껴진다.

"고맙습니다."

나는 1층에 다 와서 엄마를 휠체에에 앉도록 도와드리고 성미 님에게 고개를 꾸벅 숙여 인사했다.

"그래요, 잘 가요!"

건물 앞에서 날 기다리고 있던 성미 님은 밝게 웃는 얼굴로 손을 흔들고 먼저 자리를 떠났다.

"저 여자만 보면 속이 터져 죽겠어. 엉덩이가 하마만 해서는. 나 같으면 부끄러워서 저렇게 다니지도 못한다."

성미 님이 시야에서 멀어지자마자 엄마가 그 말을 틱 뱉었다. 엄마가 남의 흉을 보기 시작하면 나는 가슴이 갑갑해진다. 그 날카로운 말들이 날 향한 게 아니더라도 내게 가시처럼 꽂힐 때가 있다.

나는 모른 척 휠체어를 밀며 걸었다. 엄마가 대중교통 타는 걸 너무 싫어해서 우리는 웬만한 거리는 차를 타지 않고 다닌다. 다른 방법도 아예 없지는 않지만 절차가 번거롭기도 하고, 엄마가 나 외의 다른 사람의 도움을 받는 것에 엄청나게 신경질적으로 반응하기 때문에 이 정도 거리는 그냥 다니는 것이 낫다. 모임을 하는 건물에서 집까지는 걸어서 30분 정도 걸리는 거리다.

엄마는 집에 가는 내내 모임 여자들의 흉을 봤다. 그러다 다시 성미 님 흉으로 돌아갔다가 그 흉이 불똥처럼 나에게 튀었다.

"너도 조심해. 너 요즘 많이 먹더라. 긴장 풀면 금방 그 여자처럼 될 거야, 넌. 너도 타고나길 하마 체형이잖니. 엉덩이가 뚱뚱한 게. 오늘 저녁부터 당장 먹는 거 줄이고 운동 꾸준히 해. 너 그 여자처럼 푹 퍼진 하마 되면 난 너 안 보고 살 거야. 아니다, 오늘부터 아예 저녁은 먹지 마. 요즘 젊은 애들은 하루에 두 끼 먹을까 말까라더라. 눈이 있으면 너도 한번 봐. 요즘 아가씨들이 얼마나 날씬하고 예쁜지. 넌 못생겼으니 날씬하기라도 해야 시집이라도 한번 가보지. 그나마 늙어가지고 데려갈 남자가 있겠느냐만은. 일찍 이혼한 홀애비나 찾아보든가. 네 흠에 비하면 애 하나둘 있는 것쯤은 흠도 아니니까 그런 홀애비 나타나면 감사합니다 하고 넙죽 따라가. 알겠어?"

나는 엄마의 말을 묵묵히 들으며 속으로만 말대꾸를 했다.

'내 흠? 어떤 거? 혼자서는 아무것도 못하는 괴팍한 노인네를 평생 달고 살아야 하는 거? 그게 내 제일 큰 흠이지. 내가 누구 때문에 시집을 못 갔는데. 그리고 내가 살찌면 안 보고 살 거라고? 그러라 그래. 안 보고 살면 누구 손해인데! 당장 오늘 내가 집에서 나가면 하루나 버틸 수 있을 줄 아나. 아마 한 달도 안 돼서 변사체로 발견될걸? 그럼 내가 노인 방조죄로 감옥에 갈까? 그런 죄가 있나? 아니면 죽을 걸 알고 집에 두고 나갔으니 미필적 고의 살인인가?'

하지만 모두 쓸데없는 생각이었다. 나는 엄마를 혼자 두고는 하루도 집을 못 비운다. 그럴 성격이 못 된다. 엄마 말대로 나는 소심해빠졌다. 소심해빠져서 혼자 장을 보러 갔을 때조차도 엄마 혼자 집에 있다가 무슨 일이 생기진 않을지 조바심이 난다.

뭘 꺼내다 넘어졌을 수도 있고, 뭘 해 먹으려고 가스레인지를 켰다가 불을 냈을 수도 있고, 물을 마시려다 컵을 깨서 허둥대다가 유리 조각 위에 엎어졌을 수도 있고.

엄마와 떨어져 있을 때는 그런 상상들이 끊임없이 날 괴롭힌다. 그러니 몸이 좀 고되더라도 옆에 있는 게 차라리 마음 편하다.

"엄마, 아까 그 배우 말이야. 우리 교수님 닮았더라. 이목구비가 진하고 잘생긴 게."

나는 분위기를 풀려고 엄마가 좋아할 만한 말을 한다.

"네가 너희 아버지 어떻게 생겼는지나 알어? 한 번 보지도 못한 게."

엄마가 말을 또 톡 쏜다. 이럴 땐 솔직히 죽여버리고 싶기도 하다.

"아이고, 아버지 사진이 집 안 곳곳 없는 데가 없는데 내가 아버지 얼굴을 몰라?"

"또 그렇게 버르장머리 없게 말하지. 하여튼 아까 그이는 너희 아버지 하나도 안 닮았어. 우리 교수님 얼굴이 훨씬 좋지. 네가 본 적이 없어서 그렇지 실제로 보면 교수님 인물이 얼마나 좋았는데."

엄마는 그렇게 말하면서도 확실히 방금 전보다 기분이 풀린 듯했다. 적어도 모임 여자들 흉보는 건 멈췄다. 잠시 입을 다문 걸 보니 아버지를 떠올리고 있는 듯했다. 나는 뒤에서 미소를 짓고 엄마를 따라갔다. 나도 이제 엄마 다루는 법을 좀 아는 것 같다.

*

엄마를 목욕시키고 저녁을 챙겨드린 뒤 엄마의 성에 찰 때까지 집 안 정리까지 마치고 나니 몸이 부서질 것 같았다. 나는 엄마가 침실에서 죽은 듯 잠든 것을 확인하고 몰래 집에서 나왔다. 우리 집 문에 도어록이 안 달려 있는 게 이럴 때는 좋다. 열쇠도 문 잠그는 소리가 나긴 하지만, 도어록보다야 훨씬 덜 하니까.

은행 ATM 기기에 카드를 넣고 계좌 잔고를 보니 역시 돈이 들어와 있었다. 오빠는 한 달에 한 번씩 내 은행 계좌에 생활비를 넣어준다. 두 달 걸러 한 번 들어올 때도 있고, 서너 달 소식이 없을 때도 있지만 지난 10년간 어쨌든 꾸준했다. 금액도 일정치 않다. 30만 원일 때도 있고, 50만 원일 때도 있다. 한번은 오빠가 200만 원이나 넣어줬는데 복권이라도 당첨된 것처럼 기분이 황홀해서 집까지 펄쩍펄쩍 뛰어서 가고 싶은 심정이었다.

이번에는 20만 원이 들어왔다.

'이번 달은 사정이 그냥저냥인 모양이네.'

나도 모르게 그런 생각이 들었다가 아차 싶었다. 사람은 익숙해지면 감사함을 잊는다. 우리 엄마가 내가 자신을 돌보는 것에 너무 익숙해져서 고마운 걸 눈곱만큼도 모르는 것처럼 말이다. 나는 그런 사람이 되고 싶지 않다.

"고마워, 오빠."

나는 ATM 기기 앞에서 기도처럼 중얼거리고 현금을 인출했다. 생활비로 쓸 10만 원은 그대로 넣어두고 나머지 반만 내 주머니에 넣었다.

집으로 돌아오는 짧은 길에서 오빠 생각을 했다. 오빠가 돈을 넣어준 날이면 오빠 생각을 하게 된다. 사라졌던 오빠가 내게 연락을 해온 것은 10년 전 내 생일 날이었다. 우리 집에서 내 생일을 챙긴 적은 단 한 번도 없었다. 하지만 오빠는 내 생일 날이 되면 다른 날보다 은근히 잘해주고 엄마 몰래 슬쩍 선물 비슷한 것을 찔러주기도 했다. 우리 남매는 사이가 꽤 돈독한 편이었다. 오빠는 나와 겨우 다섯 살 차이였지만 철이 일찍 들어 사소한 걸 가지고 나와 다투려 한 적이 없었다. 엄마가 무조건 오빠 편만 들고 오빠 것만 챙기는 대신, 오빠는 티 나지 않게 나를 챙졌다.

그래서 오빠가 사라진 것은 나에게도 큰 배신이었다. 어떤 날은 오빠가 잘했다고 생각하다가도 어떤 날은 원망이 들어서 미칠 것 같았다. 이 집에 나와 엄마를 단둘만 남겨놓는 것이 어떤 일인지 누구보다 잘 알았을 사람이니까. 하지만 그렇다고 오빠 탓만 할 수도 없었다. 학생 때는 몰라도 성인이 되어서까지 엄마 곁에 남아 있는 것은 나의 선택이었으니. 오빠가 나도 도망치길 바랐다는 것을 나는 잘 알고 있다. 내 서른 살 생일 날 오빠가 뜬금없이 전화를 걸어와 내게 한 말도 그 소리였다.

"너 그 집에서 엄마랑 그렇게 계속 살 거니?"

10년이나 사라져 있었으면서 마치 우리가 사는 꼴을 쭉 지켜보기라도 한 것처럼 오빠는 그렇게 말했다.

"그럼 어떡해."

나는 그저 그렇게 대꾸했다. 그때는 엄마가 다리를 못 쓰지는 않았다. 집을 나가려면 그때 나갔어야 했다고 나는 가끔 뒤늦은 후회를 한다.

오빠는 한숨을 쉬었다.

"그래, 알겠어. 네 계좌번호나 좀 찍어서 보내줘. 문자로. 내 번호는 지우고. 아니면 이름을 다른 걸로 저장해놓던가."

"애초에 저장하려고도 안 했어. 오빠도 이제 연락하지 마. 나 거짓말 못하는 거 알지? 그냥 서로 잘 지내면 돼. 결혼은 했어?"

"응, 애도 하나 있어."

"내가 모르는 사이에 나 고모 됐네. 축하해. 애 잘 키우고. 잘 살아."

오빠는 말없이 다시 한숨만 쉬다가 전화를 끊었다. 그 후로 계속 얼마씩 내게 돈을 입금해준 것이다. 돈도 돈이지만 멀리서 나를 생각하는 사람이 있다는 게 위안이 된다. 오빠가 보내온 돈을 보면 가슴이 따뜻해진다. 함께 사는 엄마보다는 멀리 떨어져 있는 오빠가 더 가족처럼 느껴진다. 그러나 결국 서로 의지하며 함께 살아야 하는 것은 도망친 오빠가 아니라 엄마와 나라는 것을 안다. 오빠가 돈을 보내는 것은 애정 때문이라기보다는 죄책감 때문이라는 것도. 만약 그래서라면 오빠가 내게 돈을 보내주지 않아도 괜찮다. 오빠는 나나 엄마에게 죄책감을 가질 필요가 없다. 오빠는 심성이 약해서 엄마 옆에 더 오래 있었다면 버티지 못했을 것이다. 엄마는 나보다 오빠에게 훨씬 더 의존했으니까. 오빠는 엄마를 지고 살기에는 너무 약한 사람이었다. 도망치는 것만이 오빠가 제대로 살 유일한 방법이었다. 나는 그것을 이해한다. 그것을 이해한다고 오빠에게 말할까 말까 고민하다가 결국 연락하지 않는다. 어쩌면 오빠와의 희미한 연결마저 끊어지고 완전히 엄마와 둘이 남게 되는 것이 두려운 모양이다.

*

"어딜 다녀온 거야?"

현관문을 열자마자 고함 소리가 날카롭게 내 몸을 찔렀다.

"슈퍼에 다녀왔어. 내일 아침에 먹을 게 없어서."

나는 손에 든 봉지를 들어 보였다. 나의 알리바이였다.

"나한테 거짓말하지 마!"

엄마가 소리를 꽥 질렀다. 나는 엄마가 뭘 알고 있나 싶어서 순간적으로 뜨끔했지만 태연한 척했다.

"무슨 거짓말. 내가 거짓말을 하긴 뭘 해. 그럼 내가 슈퍼 안 가고 어딜 갔다 왔는데?"

"그건 나도 모르지. 너 남자 있지? 남자랑 붙어먹다 왔니?"

그 말을 듣자 숨이 탁 막혔다. 붙어먹을 남자나 있었으면.

"엄마, 내가 남자가 있었으면 벌써 시집갔지. 안 그래? 남자가 있는데 왜 엄마랑 이러고 살아."

하지만 엄마는 내 말을 들은 척도 하지 않았다. 이미 화가 머리끝까지 나서 내 말 같은 건 들리지도 않는 듯했다.

"넌 부끄러운 것도 모르니? 사람들한테 창피한 것도 몰라? 다 큰 계집애가 어디 이 밤에 나돌아다니면서 남자를 만나고 다녀. 이 미친년아!"

나는 기가 차서 엄마를 지나쳐 부엌으로 가 장 봐온 것을 냉장고에 주섬주섬 넣었다. 달걀 열 개, 우유 한 팩, 식빵 한 봉지, 시금치 한 단, 두부 한 모, 감자. 내일 아침에는 식빵과 달걀을 먹고, 점심에는 된장국을 끓여 먹을 생각이었다. 아까 슈퍼에서 내일 해 먹을 것을 생각할 때까지만 해도 기분이 좋았는데, 엄마 때문에 다 망쳐버렸다. 속이 상하고 화가 나서 손이 부들부들 떨렸다.

"그따위로 살려면 이 집에서 나가, 이년아. 내가 태어나서 너처럼 남자 밝히는 년은 처음 본다. 아이고, 교수님. 일찍 가셔서 이 꼴을 안 봐서 차라리 다행이에요. 교수님이 이 꼴을 보셨지? 그럼 너는 여기 이렇게 서 있지도 못했어. 벌써 다리가 부러지거나 머리털이 다 잘려서 방에 갇혔지. 내가 그렇게 해줘? 내가 네 다리는 못 부러트리고 머리는 자를 수 있겠다. 가위 가져와. 가위 가져오라고, 얼른!"

"가져오고 싶으면 엄마가 가져와."

"뭐?"

"가위도 못 꺼내면서 무슨 내 머리를 자른대. 웃기지도 않아. 엄마가 혼자 할 수 있는 일이 뭐 있는데? 혼자 있으면 밥이라도 한 끼 알아서 차려 먹을 수 있어? 밥도 혼자 못 먹고, 목욕도 혼자 못하는 주제에 날 방에 가둔다고? 그래봐 한번. 그래보라고. 방에서 안 나올 수 있으면 나도 좋아. 방에서 안 나올 테니 한번 혼자 잘 살아봐!"

나는 아직 정리하지 못한 식료품들을 봉지째로 냉장고에 거칠게 처넣고 내 방으로 들어가 커튼을 닫았다. 이런 때에는 집 안의 문들을 모두 커튼으로 교체한 것이 후회가 된다. 내 방 정도는 문을 떼지 않고 그냥 뒀어도 괜찮았을 텐데.

문을 떼러 인부들이 왔을 때 엄마에게 슬쩍 말해보긴 했다.

"엄마, 내 방까지 굳이 문 떼고 커튼 달 필요는 없지 않을까? 내 방은 엄마가 들어올 일도 거의 없잖아."

내가 그렇게 말하자 엄마는 나를 매섭게 노려봤다.

"쓸데없는 소리 하지 마, 너."

그걸로 끝이었다. 나는 왜 이렇게 엄마를 무서워할까? 엄마가 날 노려보면 그 눈초리가 너무 맵고 무서워서 가슴이 얼마 남지 않은 국처럼 졸아든다. 하지만 나는 그때 내 생각을 밀어붙이지 못한 것을 두고두고 후회하고 있다. 엄마가 언제 내 방 커튼을 열어젖힐지 몰라 불안한 것도 불안한 거지만, 오늘처럼 싸우는 날에는 집 밖에 나가지 않는 이상 도망갈 데가 없다. 집 밖으로 나가봐야 동네 모텔 말고는 잘 곳도 없고, 힘들게 모은 돈을 겨우 모텔비로 쓰는 것도 너무 아깝다. 그러니 엄마가 난리를 피우든 어쩌든 집에 붙어 있는 것밖에는 도리가 없다. 낮이나 밤이나 꼼짝없이 이 집에 갇힌 몸인 것이다.

"어디서 버릇없이 어른 눈앞에서 방문을 닫아?"

엄마가 호통을 치면서 커튼을 확 쳤다. 집 안의 모든 문을 커튼으로 바꿔달라고 고집을 부린 것은 엄마였다. 문을 커튼으로 바꿔 달고 나자 엄마가 확실히 편해지긴 했다. 이렇게 아무 때나 함부로 집 안의 모든 커튼을 열어젖힐 수 있으니 말이다. 커튼이 아니라 문이었다면 지금 같은 손맛은 못 느꼈겠지. 나는 엄마가 커튼을 확 열어젖히는 일에 쾌감을 느낀다고 확신한다. 집 바깥에 있는 문들은 엄마에게 그런 쾌감을 주지 못한다. 엄마에게는 열려 있어도 잠긴 것이나 마찬가지인 문들도 많다. 하지만 우리 집에 엄마가 들어올 수 없는 문은 없다. 그건 엄마가 몸이 불편하지 않았던 시절에도 그랬지만.

"우리 집에 문이 어딨다고 그래. 닫을 방문도 없고만."

나는 잔뜩 기분이 상했으면서도 괜히 능청을 떨었다.

"지금 내가 너랑 장난치자는 것 같아? 엄마 지금 화났어."

엄마가 목소리를 깔고 말했다. 엄마 지금 화났어,라니. 내가 무슨 중학생인가. 엄마는 아직도 나를 어린애 다루듯 혼낼 때가 있다. 어이없는 일이다.

"나도 장난치자는 거 아니야. 그리고 나도 기분 안 좋아."

"네가 기분이 나쁘면 어쩔 건데? 응? 나보고 네 기분이라도 맞추라는 거야? 이 시건방진 년. 너 같은 건 아예 태어나질 말았어야 했어. 네가 너 낳는다고 열 달 동안 그 고생을 하고 온몸이 아팠던 게 진짜 아깝다. 아까운 정도가 아니라 억울하고 속이 터지게 분해. 내가 고작 너 같은 걸 보겠다고 그 고생을 했다니.

넌 그것만으로도 나한테 무릎 꿇고 사죄해야 돼. 알아?"

우리 엄마도 참 모질고 독하기는 남의 집 엄마 못지않다. 〈쇼미 더 머니〉 나가셔도 되겠어. 나는 그런 생각을 하며 엄마의 모진 말 공격을 튕겨내거나 흘려보내려 했지만 이미 가슴에 화살이 몇 개 꽂혔다.

"엄마, 감정 좀 가라앉은 다음에 얘기해요."

"내가 너랑 무슨 얘기를 하겠다고 다음에 다시 얘기를 해? 오늘부로 넌 내 딸 아니야. 동사무소 가서 네 호적 파가지고 이제부터 무연고자로 살아. 지금도 호적 없는 애처럼 살고 있으니까 아예 그렇게 하는 게 더 낫지 않겠니?"

"엄마가 나 없으면 어떻게 살 건데? 나도 나가 살고 싶어. 나도 엄마 없이 살면 편해. 나도 이렇게 살기 싫다고!"

말을 할수록 열이 받아서 나도 모르게 언성이 높아졌다. 나는 화가 나면 몸이 부들부들 떨리고 그때 말을 하면 눈물이 걷잡을 수 없게 흐른다. 몸을 떨고 눈물을 쏟으면서 소리를 지르는 내 모습은 내가 생각하기에도 꼴사납다. 이러니 엄마도 나를 중학생 취급이나 하는 것이다. 중학생 아이처럼 굴고 있으니. 성숙한 어른처럼 엄마를 유연하게 상대하고 싶은데 그게 잘 안 된다. 엄마가 이럴 때마다 나는 무너져버리고 만다.

"이게 어디서 큰소리를 내? 조용히 못해? 안 되겠다. 너 회초리 가져와. 나도 다 큰딸 매질하기 싫었는데 이대로 두면 애를 완전히 버리겠어. 너 같은 건 때려서 예절을 가르쳐야 돼."

"가져오고 싶으면 엄마가 가져오라고!"

내가 생각해도 애 같은 소리였다. 엄마는 날 보며 비웃음을 지었다. 심술궂은 교사 같은 얼굴이었다.

"그래, 내가 가져오지 뭐. 넌 오늘 죽었어."

엄마가 휠체어를 뒤로 돌려 내 방에서 나갔다. 나는 엄마가 탄 휠체어가 거실 안을 돌아다니는 그 공포스러운 소리를 들으며 벌벌 떨면서 기다렸다. 엄마는 오래 걸리지 않아 회초리를 가지고 돌아왔다. 그것은 회초리보다 몽둥이에 더 가까운 매였다. 단단한 나무로 만든 그 매는 길이가 50센티미터나 되었다. 엄마는 오빠는 잘 때리지 않았지만 오빠가 용납할 수 없는 잘못을 했을 때는 인정사정없었다. 통금 시간을 어기거나, 시험 성적이 엄마 마음에 안 들면 오빠도 엄마에게 맞았다. 내가 매질을 당하는 이유는 오빠와 비교하는 게 가당치도 않을 만큼 많았다. 설거지를 안 해놓거나, 설거지를 해놓기는 했는데 엄마의 성에 차지 않거나, 집에 들어오자마자 발을 닦지 않고 집 안을 돌아다니거나, 오빠나 엄마에게 사소하게라도 말대꾸를 해도 맞았다.

우리 집에는 엄마가 세운 질서들이 있었다. 그 질서는 절대적이었다. 절대적인 질서를 어기면 벌을 받는다. 그게 우리 집 룰이었다. 나는 매가 지긋지긋하다. 할 수만 있다면 세상의 끝에 갖다 버리고 오고 싶다. 실제로 어느 날 매를 맞는 게 지겨워서 회초리를 숨긴 적이 있었다. 아예 밖에 갖다 버리기는 무서워서 오빠 방 침대 아래에 그것을 숨겼다. 엄마는 당연히 그것을 찾아냈고, 그날 밤 나는 다음날 아침에 숨이 붙어 있던 게 용할 정도로 매를 맞았다. 그날 이후로 시간이 정말 많이 흘렀고 이제 나는 그때와 달리 나이를 먹을 대로 먹은 성인이 되었는데도 나는 그 매가 너무 두렵다. 오늘 엄마가 들고 온 매는 까마득한 예전 그날에 내 몸을 사정없이 내리쳤던 그 매와 같은 매였다. 그 매는 너무 단단해서 한 번도 부러진 적이 없다. 그 매가 내 뼈를 부러트린 적은 있을지언정.

엄마는 자기 직성이 풀릴 때까지 그 단단한 매를 휘두른 다음에야 내 방에서 나갔다. 내 방은 좁고 입구에는 엄마의 휠체어가 버티고 있어서 도망갈 구석도 없었다. 그래도 엄마가 예전보다 힘이 떨어진 것이 다행이라고 해야 할까? 엄마는 몇 분 만에 힘이 빠져서 헉헉거리며 팔을 떨어트렸다. 그리고 바닥에 쓰러져 있는 내 옆에 매를 던졌다.

"제자리에 놔. 울음소리 들리면 가만 안 둘 줄 알아."

엄마가 방에서 나간 뒤 나는 매를 거실에 있는 회초리 통에 얌전히 넣고 방으로 돌아와 조용히 커튼을 쳤다. 거울을 보니 얼굴이 새빨갰다. 머리는 미친년처럼 마구 헝클어졌다. 웃기다고 생각했는데 갑자기 눈물이 흘렀다. 더는 참을 수가 없어서 침대에 누워 이불을 덮어쓰고 베개에 얼굴을 묻었다.

나 자신이 한심했다. 마흔이나 되어가지고 엄마와 이렇게 싸우다니. 벌써 예전에 독립했을 나이인데. 내 또래 여자들은 결혼해서 아이를 낳고 가정을 이루고 살거나, 자기 일에서 경력을 쌓으며 경제적으로 독립해 부모님에게 용돈을 드리며 살 텐데 나는 내 일이 있는 것도 아니고 엄마를 돌보느라 인생을 다 허비하면서 살고 그나마도 이렇게 매일 싸우면서 아웅다웅이나 하고 있다. 그런 생각을 하니 눈물이 멈추지 않았다. 나도 불쌍하고, 엄마도 불쌍했다. 차라리 우리 둘이 같이 죽는 게 낫지 않을까? 어차피 우리를 신경 쓰는 사람도 없을 텐데.

베개에 얼굴을 묻고 우는 동안 엄마가 부엌에서 했던 말들이 하나씩 떠올랐다. 노인네가 별 뜻도 없이 아무렇게나 내뱉은 독설이라는 걸 알면서도 그 말들이 하나하나 전부 분하고 억울했다. 밝히는 년이라니. 내가 어디 남자를 만날 시간이나 있었나? 엄마가 내게 그런 시간을 준 적이나 있었냐고.

이십대 때 좋아하던 남자가 있었지만 엄마의 반대로 헤어졌다. 엄마는 그 애의 직업을 좋아하지 않았다. 중소기업에 다니는 회사원은 앞날이 불투명하다는 이유였다. 엄마는 내가 공무원 사위를 데려오길 바랐다. 나는 내가 결혼을 밀어붙이면 엄마가 자신의 특기대로 그 남자에게 끈질기고 사나운 모욕을 줄 거라는 걸 알았다. 그 애는 마음이 약했고, 나는 그 애에게 내가 받아온 것과 같은 상처를 내고 싶지 않았다. 그래서 군말 없이 그와 헤어졌다. 몇 년 후에 다른 사람을 한 명 더 만났지만 그 사람은 내가 엄마에게 꽉 붙잡혀 사는 것을 이해하지 못했다. 난 결혼을 하고도 엄마와 같이 살거나 적어도 근처에 살기를 원했다.

"넌 엄마와 거리를 둬야 해. 물리적 거리가 어렵다면 심리적 거리라도. 그런데 일단 물리적 거리를 둬야 심리적 거리가 생기니까 1년이라도 멀리 가서 살아보는 게 어때?"

그는 그러면서 직장에서 지역 발령을 받았다고 자기와 같이 가서 살자고 했다.

"청혼이야?"

"그건 잘 모르겠어. 나는 네가 너희 엄마와 거리를 두고 살 수 있는 사람이라는 확신이 필요해. 솔직히 난 너희 어머니를 같이 견디면서 살 자신이 없어."

나는 그 사람을 따라가지 않았다. 같이 갔으면 어땠을까? 이런 밤이면 그런 생각을 해보게 된다. 그게 내가 엄마한테서 도망칠 수 있는 마지막 기회가 아니었을까? 나는 그와 함께 사는 삶 대신 엄마를 선택했다. 왜 그랬는지는 잘 모르겠다. 그냥 엄마를 혼자 두고 떠날 수가 없었다. 나는 어쩌면 엄마를 사랑하는지도 모른다. 그런 나한테 엄마가 그런 말을 하다니. 이 세상에 엄마를 신경 쓰고 돌보고 옆에 있는 사람은 나밖에 없는데. 내가 엄마를 위해 뭘 포기했는지 하나도 모르면서. 내가 새벽까지 몇 시간이나 눈이 벌게지도록 운 것은 그런 생각들 때문이었다.

*

새벽녘에 너무 잠이 안 와서 침대에서 벌떡 일어나 봉투를 찾았다. 나는 ATM 기기에서 돈을 인출하면 꼭 은행 봉투에 넣어 가지고 온다. 생각해보니 엄마에게 안 들켜서 다행이었다. 잘 시치미를 뗀 스스로가 자랑스러웠다. 봉투는 내 외투 주머니 안에 있었다. 나는 봉투에서 돈을 꺼냈다. 5만 원권 두 장. 그 돈을 지금까지 모아둔 돈과 합쳐서 세어봤다. 오늘 인출한 돈까지 하면 딱 3천만 원이었다. 내 나이를 생각하면 큰돈이 아닐지도 모르지만, 나로서는 빠듯한 생활비에서 악착같이 조금씩 빼서 10년 동안 저축한 소중한 돈이었다. 오빠가 적은 생활비나마 보내준 이후로 저축을 시작했던 것이다. 오빠도 나름대로 열심히 벌어서 보내준 돈일 텐데 그 돈을 그냥 생활비로만 흘려보내고 싶지는 않았다. 거기에 내가 기회가 닿을 때마다 마트나 공장, 식당에 나가 번 돈도 합쳤다.

이제 다른 집으로 옮길 수 있다. 지금 사는 집은 너무 낡았다. 엄마가 임신 소식을 알렸을 때 아빠는 둘째가 태어나면 집이 더 좁아질 테니 이사를 가자고 했다고 한다.

엄마가 부푼 배를 안고 이사를 왔을 때 이 집은 지은 지 얼마 안 된 신축 아파트였다. 나는 지금 내 나이보다 열 살 어렸던 그때의 엄마가 품었을 희망에 대해 가끔 생각한다. 든든한 장남이 될 첫째 아들과 남자아이든 여자아이든 귀여울 둘째, 사랑하는 남편, 그리고 방이 세 개나 있는 신축 아파트.

그때의 엄마에게는 모든 것이 완벽해 보이지 않았을까? 아니면 겉으로는 완벽해 보이는 상황 속에서도 어떤 불안을 품고 있었을까? 나는 궁금하다. 아빠는 언제부터 자살을 생각했을까? 세상을 떠날 생각을 일찍부터 품고 있었다면 왜 굳이 이사를 가자고 했을까? 어쩌면 희망 때문이었는지도 모른다. 집을 옮기면 뭔가 달라질 수도 있을 것이라는 희망. 부부 생활의 전환점.

두 사람, 젊은 날의 엄마와 아빠는 며칠쯤 혹은 한 달쯤은 즐거웠을까? 부모님이 내가 태어나기 전 몇 달 동안 이 집에서 품었을 희망과 절망을 떠올리면 숨이 막힌다. 우리는, 나와 엄마는 이 집을 떠날 때가 됐다. 우리가 사는 집은 더 이상 새 집이 아니다. 너무 낡았다. 나는 이 집에서 태어나 40년을 살았다. 이 집이 지긋지긋하다. 우리는 새 집으로 이사 가서 새 출발을 할 것이다.

그것이 지금까지 품어온 나의 희망이었고, 오늘로써 목표한 돈을 다 모았다. 방금까지 눈물을 질질 흘리다가 웃으려니 좀 민망하기도 했지만 어쨌든 돈을 보니 기분이 좋아졌다. 엄마와의 싸움이야 하루이틀 일도 아니고, 시간이 지나면 감정은 가라앉는다. 새 집을 구해서 엄마를 데려갈 때 엄마의 얼굴이 얼마나 환해질지 생각하니 마음이 들떴다. 그 집에서 우리는 지금까지와는 다르게 살 것이다. 엄마가 집이 더럽다고 매일 화를 내는 것은 집이 낡고 구질구질하기 때문이기도 하다. 깨끗한 집으로 가면 지금처럼 자주 쓸고 닦고 하지 않아도 집이 더러워 보이지 않을 거다. 그런 생각을 하다 보니 정말 기분이 풀려서 나는 봉투를 다시 숨겨놓고 세수를 하려고 방에서 나갔다. 거실과 현관 사이에 쳐놓은 커튼 밑으로 또 무언가가 보였다. 그것은 두 개의 발이었다.

*

이 발은 뭐지? 나는 그 두 개의 발을 들여다보았다. 그 두 개의 발은 가까이 들여다볼수록 흐릿해져서 나이 든 사람의 발인지 어린아이의 발인지 알 수 없었다. 커튼 뒤에 사람이 없는 것은 분명했다. 어쨌든 그것이 사람의 발이라는 것이 분명해진 이후로 나는 매일 커튼 아래에 있는 두 발을 보게 되었다. 문제는 우리 집 곳곳에 커튼이 있다는 것이었다.

밤중에 화장실을 갈 때는 물론이고 거실에서 부엌으로 들어갈 때, 엄마 방을 청소하러 들어갈 때도 커튼 아래에 있는 발이 보였다. 밤이면 더 선명해졌지만 꼭 밤에만 보이는 건 아니었다. 한낮에는 커튼 아래로 반투명한 그림자 같은 두 발이 보였다. 그림자 같은 느낌이지만 검은색은 아니었다. 내 피부색과 비슷한 것 같기도 하고 베이지색 같기도 한 그런 빛깔의 발이 커튼 아래에 그저 잠자코 있다가 커튼을 치면 처음부터 아무것도 없었다는 듯 감쪽같이 사라지고는 했다.

나는 점점 그 두 개의 발을 의식하게 되었다. 밤중에 화장실에 갈 때면 거실과 현관 사이를 가린 커튼 아래로 먼저 시선이 갔다. 그 자리에는 꼭 두 개의 발이 있었다. 그 두 개의 발이 섬뜩해서 못 본 척 지나갈 때도 많았지만, 그 두 발이 그 자리에 가만히 있는 것 말고는 아무것도 하지 않는다는 걸 알게 된 뒤로는 나도 가만히 그 발을 관찰하며 이것이 무엇일까 생각하게 되었다.

한 번은 만져보기도 했다. 이제 그 두 발이 익숙해져 밤중에 화장실을 가려고 나왔다가 또 그것을 보고 지나쳤는데, 볼일을 보고 나왔는데도 아직 커튼 아래에 있었다. 나는 웅크리고 앉아서 가만히 두 발을 보다가 왼발에 슬쩍 손가락을 대보았다.

전혀 움직임이 없었다. 손을 대면 그것이 크게 움직이기라도 할까봐 두려움을 품고 있었는데 그것이 움찔조차 하지 않자 용기가 나서 아예 손 전체로 발을 만져보았다. 살아 있는 사람의 발처럼 부드러운 부분도 있고 딱딱한 부분도 있었다. 발바닥에는 굳은살도 있었다. 딱히 온기가 느껴지지는 않았지만 차갑지도 않았다. 약간 서늘한 느낌에 가까웠다.

그날 엄마와 싸우고 나서 어떻게 되었는지는 굳이 말할 필요도 없을 것 같다. 나처럼 엄마와 사이가 좋지만은 않은, 그러니까 엄마를 바다의 등대라거나 따뜻한 품 혹은 세상에서 유일한 내 편으로 생각할 수 없는 딸들이라면 말하지 않아도 알 거라는 말이다. 다음날 우리는 약간 어색했지만 각자의 방식으로 화가 풀렸고 싸움의 긴장을 더 끌 생각이 없다는 것을 표현한 후에 다시 원래의 상태로 돌아갔다.

엄마는 틱틱대거나 괜히 짜증을 내기는 했어도 그 이상으로 신경질을 부리지는 않았고, 나도 웬만하면 엄마의 짜증을 대충 넘겼다. 이런 '원래의 상태'일 때 우리의 일상은 평화롭다고 할 수 있었다. 모임에 가는 수요일도 아니고, 엄마나 내가 크게 기분이 나쁘지도 않고, 싸우지도 않았을 때. 휴전 시기의 평화 같은 것이기는 해도 나는 평화가 달갑다.

엄마도 집 안이 완벽하게 정리되어 있기만 하면(여기서 '완벽함'이란 현실과 타협한 완벽이다. 엄마의 기준으로 하자면 우리 집은 한 번도 완벽하게 정리된 적이 없을 것이다) 혼자 시간을 잘 보낸다. 엄마가 침대에 앉아 창밖을 바라보면서 무슨 생각을 하는지는 잘 모르겠다. 엄마는 자기 방에서 창밖을 바라보거나, 잠깐 눈을 붙이거나, 영화를 본다.

넷플릭스로 영화 보는 법을 알려드렸을 때는 처음엔 좀 헤매시더니 몇 달이 지난 지금은 리모컨을 들고 자기가 보고 싶은 영화를 능숙하게 잘 찾아서 보신다. 엄마한테는 넷플릭스가 공짜라고 말했다. 엄마는 우리 형편에 만 원이 넘는 월 결제액을 꼬박꼬박 내는 게 사치라고 생각할 게 뻔했다. 나는 엄마가 유일하게 즐기는 오락을 포기하는 걸 보고 싶지 않다.

엄마가 영화를 보고 있으면 내가 편하기도 하다. 영화 시작 전에 차 한 잔만 가져다주면 영화가 끝날 때까지 날 거의 부르지 않는다. 그동안 나는 내 방에서 조용히 나만의 시간을 보낸다. 책을 읽기도 하고, 이렇게 글을 쓰기도 하면서. 이런 시간들이 없었다면 나는 진즉에 숨이 콱 막혀서 죽었을 것이다.

화요일에는 외출 계획을 세웠다. 우리는 아직 휴전 상태였다. 자기 방 침대 헤드에 등을 기대고 넷플릭스 영화를 고르고 있는 엄마에게 차를 가져다드리고 나오면서 나는 이제야 생각났다는 듯 말했다.

"아, 엄마. 나 동사무소 갈 일 있는데. 뭐 지원금 받을 게 있다는데 그거 신청하러 오라고 문자가 와서."

엄마는 그걸 왜 자기한테 이야기하는지 모르겠다는 얼굴로 날 빤히 봤다.

"혼자 있을 수 있지? 최대한 빨리 다녀올게."

"다녀와. 나간 김에 너도 커피 한 잔 마시고 오던가. 나나 커피에서 케이크 한 조각 사와."

"나나? 아, 레이라 카페?"

"그래, 거기."

"케이크 어떤 맛?"

"딸기 든 거 있잖아. 딸기 든 거 없으면 생크림 든 거 아무거나 사와. 과일 든 걸로."

"알겠어. 다녀올게요."

나는 일이 부드럽게 성사된 것이 기뻐서 기분 좋게 나갈 채비를 했다. 청바지에 내가 좋아하는 티셔츠를 입고, 화장도 가볍게 했다. 부동산에 가는데 아주 없는 사람처럼 보이기는 싫었다. 그래봐야 내가 가진 액수를 말하면 어차피 다 뽀록이 나긴 하겠지만 그래도 가능한 한 깔끔하고 정상적인 사람으로 보이고 싶었다. 가난하긴 해도 싹싹하고 똑똑한, 물정에 밝은 여자로 말이다. 그래야 무시당하지 않고 내가 가진 돈으로 구할 수 있는 집 중에서 가장 좋은 집을 구할 수 있을 것 같았다.

걱정을 한아름 안고 미리 전화해둔 부동산에 들어갔는데 일은 생각보다 어려울 것 없이 진행되었다. 처음 방문한 날이니 집은 못 보고 이것저것 따져만 보다 올 수도 있겠다 싶었는데 그곳의 실장이라는 공인중개사는 내가 말하는 조건을 듣고 바로 지도에서 한두 군데를 짚었다. 그 여자를 따라 집 두 군데를 봤다. 다 같은 동네라 모두 걸어서 갈 수 있었다. 많이 걸어서 힘들기도 했지만 집 구경하는 것은 재밌었다.

"거긴 아직 살던 분들이 계약 기간이 안 끝나서 다다음달부터 들어오실 수 있어요. 그래도 괜찮으세요?"

세 번째 집으로 가면서 공인중개사가 말했다. 나는 걸음이 빠른 그녀의 뒤를 쫓아가며 고개를 끄덕였지만 사실 두 달이나 기다려야 한다는 것이 내키지 않았다. 나는 이사를 위해 10년을 기다렸다. 더는 기다리고 싶지 않았다. 하루라도 빨리 새 집으로 옮기고 싶었다.

공인중개사는 나를 아파트 단지 안으로 데려갔다. 생각보다 아파트 단지가 컸다.

"이 아파트는 지은 지 얼마나 된 거예요?"

나는 엘리베이터 앞에서 물었다.

"2001년에 지은 거니까 이제 20년쯤 됐죠."

공인중개사가 군더더기 없이 짧게 대답했다.

"20년이나 됐어요? 안 그래 보이는데. 전 10년이나 됐을까 생각했어요."

"관리를 잘해서 깨끗해요. 평수가 넓진 않아도 이 아파트 단지가 워낙 조용하고 안전해서 살긴 좋으실 거예요. 지금 사시는 분들도 아주 좋은 분들이세요. 모녀가 같이 사는데 어찌나 사이가 좋은지 웬만한 부부금슬 못지않을 거예요."

공인중개사의 말 때문이었을까? 왠지 느낌이 좋았다. 공인중개사가 초인종을 누르자 거의 곧바로 문이 열렸다.

"안녕하세요!"

문을 열어준 여자의 활기가 눈부셨다. 나와 비슷하거나 두어 살쯤 어릴 것 같았는데 나와는 달리 얼굴에 피곤한 기색이 없었다. 머리는 드라이를 한 것처럼 정돈되어 있었다.

"들어오세요."

여자가 우리를 안으로 안내했다. 그녀의 어머니로 보이는 나이 든 부인이 소파에 앉아 있다 일어나며 활짝 웃는 얼굴로 인사를 건넸다. 인자한 인상이었고, 건강해 보였다.

나는 세 사람을 따라 천천히 집 안을 둘러보았다. 방은 두 개였고, 거실은 우리 집보다 작았다. 부엌도 크지 않았다. 작은 평수가 걸리긴 했지만, 나는 이 집이 마음에 들었다. 역시 집은 주인을 닮는 걸까? 활기차고 따뜻한 집이었다. 가격도 알맞았다. 지금 사는 집을 팔고 내가 모은 저축을 합하면 얼추 이 아파트의 전세금이 됐다.

공인중개사의 말대로 모녀 사이는 무척 좋아 보였다. 친밀한 모녀였다. 두 사람은 부드러운 얼굴로 서로를 대했다. 날 선 분위기는 전혀 없었다. 이런 두 사람도 가끔은 날카로운 말로 서로에게 상처를 입힐까? "두 분도 가끔 싸울 때가 있으세요?" 나는 그렇게 묻고 싶은 것을 꾹 참고 집을 보는 데 집중한 척했다.

"어떠세요?"

그 집에서 나오며 공인중개사가 물었다.

"이 집으로 할게요."

"벌써 결정하신 거예요?"

"딱 제가 생각했던 집이에요."

우리는 부동산으로 돌아와 몇 가지를 정리했다. 나는 공인중개사에게 집 안의 문을 떼고 커튼으로 교체해도 될지 물었다.

"문들을 다 떼고 커튼을 단다고요? 왜요?"

"어머니가 다리가 불편하셔서 휠체어를 타시거든요. 가능할까요?"

"집 건드리는 거 좋아하는 집주인이 있나요. 근데 나갈 때 원상복구 한다고 확실하게 약속만 해주시면 또 모르죠. 그건 제가 한번 이야기해볼게요."

나는 감사하다고 말하고 부동산에서 나왔다. 집주인이 그 부분만 양해를 해주면 계약금을 바로 넣겠다는 말도 했다. 가슴이 부풀었다. 그 집이 우리 집이 된다니. 모녀의 살림이 빠지면 지금과 똑같지는 않겠지만, 그거야 내가 조금씩 꾸며가면 될 일이었다.

집에 오는 길은 발걸음이 가벼웠다. 잊지 않고 레이라 카페에도 들렀다. 다행히 생크림 딸기 케이크도 있었다. 기분이 좋아서 내 것까지 두 조각을 샀다. 집에서 나온 지 두 시간이 훌쩍 지난 것이 신경 쓰였지만 커피를 좀 천천히 마신 것으로 하면 될 것 같았다. 싫은 소리를 들을지도 모르지만 상관없었다. 오늘 같은 날에 잔소리 정도야. 들으면서 춤을 출 수도 있다.

"엄마, 케이크 사왔어."

나는 집에 들어가서 케이크 상자를 부엌 식탁에 내려놓고 손부터 씻으러 들어갔다. 손을 씻고 나와서 보니 엄마는 아직 자기 방 침대에 앉아 영화를 보고 있었다. 고르는 데에 시간이 오래 걸려서 여태 보고 있는 건지, 하나를 다 보고 두 번째 영화를 보고 있는 건지 알 수 없었다.

"왔니? 오래 걸렸네."

"응, 오랜만에 간 거라 커피도 마시고 책도 좀 읽고 그랬어요. 케이크 거기로 가져다줄까?"

"아냐, 나가서 먹을래."

나는 엄마가 부축 없이 혼자 휠체어에 타는 모습을 지켜봤다. 엄마도 이제 저 물건에 익숙해지셨다. 그런데 오히려 마음이 더 무거워지는 것은 왜일까? 나는 아무것도 안 본 척하며 고개를 돌리고 부엌 캐비닛으로 가서 접시 두 개를 꺼냈다. 물을 끓여 차도 두 잔 준비했다. 난 녹차, 엄마는 둥글레차였다.

"밖에 날씨는 어떻든?"

"좋아. 엄청 맑아. 덥지도 않고. 잠깐 산책 나갔다 올까?"

"됐어. 산책은. 귀찮아. 근데 너 화장했니?"

"응. 이상해?"

"아니, 어딜 간다고 화장까지 했나 해서."

엄마에게서 예민한 기운은 느껴지지 않았다. 오히려 심드렁하면서도 여유로운 느낌이었다. 엄마가 마음이 평안할 때의 모습이었다.

"그렇게 화장하니까 예쁘네."

빈말은 못하는 엄마가 그렇게 말하니 정말 그런가 싶어 어깨가 약간 올라갔다. 마음에 드는 집을 보고 와서 들뜬 와중이라 더 그렇기도 했다. 그러다 무심코 시선이 엄마 방 커튼 아래로 향했다. 발은 보이지 않았다. 집 안을 둘러보니 다른 커튼들 아래에도 아무것도 없었다. 그 거슬리는 두 개의 발이 보이지 않으니 마음이 더 편안해졌다.

나는 엄마와 마주 앉아서 케이크를 먹고 차를 마셨다. 짧은 티타임이 끝날 때까지 우리 사이에는 그 어떤 날카로운 말도 오가지 않았다. 엄마는 조용히 차를 마셨고 케이크가 달고 맛있다는 말 외에는 다른 말도 하지 않았다. 엄마의 얼굴에는 미소조차 어린 듯했다.

"덕분에 잘 먹었다. 고마워."

엄마가 케이크 한 조각을 다 먹고 포크를 내려놓은 뒤 내게 말했다. 나는 엄마가 가까이 있을 때는 엄마 얼굴을 잘 못 보는 버릇이 있다. 버릇대로 고개를 숙이고 케이크만 먹다가 엄마의 말에 고개를 드니 아무렇지도 않은 얼굴이 보였다.

엄마가 방으로 들어가고 나서 나는 얼마 남지 않은 케이크를 마저 다 먹고 접시와 찻잔을 치웠다. 방금 케이크를 먹었는데도 배가 고팠다. 저녁밥을 먹을 때까지 두어 시간이 남아 있었다. 냉장고를 뒤져 간식을 먹을까 하다가 그만뒀다. 괜히 냉장고를 열었다가 엄마가 한 소리 하면 분위기가 또 날카로워질 텐데 지금 같은 평화를 깨고 싶지 않았다. 이런 때에는 엄마가 거슬릴 일을 만들지 않는 것이 제일 좋았다.

결국 나는 그냥 방으로 들어갔다. 그리고 커튼을 끝까지 단단히 쳤다. 책장 맨 위에 돈을 넣어놓는 상자가 있었다. 좀 높은 책장이라 그 상자를 꺼내려면 나도 까치발을 들어야 한다. 오래전에 문구점에서 산 그 양철 상자는 이제 군데군데 녹이 슬었다. 크기도 꽤 크고 깊이도 있는 상자다. 이제껏 엄마가 내 방을 뒤진 적은 한 번도 없었지만(엄마는 그런 짓을 수치라고 생각했다), 왠지 불안해서 자물쇠도 채워뒀다. 자물쇠 열쇠는 지갑의 카드 꽂는 곳에 끼워놓아서 밖에 나갈 때면 자연히 열쇠를 가지고 나가는 것이 되었다. 그걸로도 불안해서 돈을 넣은 봉투들을 옛날에 받은 편지들과 사진들로 덮어두기까지 했다.

물론 굉장히 허술한 장치지만 엄마의 손에 닿지 못할 곳에 올려놓았다는 것, 엄마가 자식이라도 남의 물건을 뒤지는 일을 매우 수치스럽게 생각하다는 것, 그 두 가지로 나는 스스로를 안심시키려 했다. 실제로 지난 10년간 엄마가 그 상자에 손을 댔다거나 뭘 알고 있는 낌새를 느낀 적은 없었다. 그러나 까치발을 들고 손을 뻗어 상자를 꺼낼 때마다 가슴이 조마조마한 것도 사실이었다. 상자를 열고 편지와 사진으로 덮어놓은 돈 봉투들을 꺼내보는 데는 얼마인지 대충 다 아는 돈을 새삼 세어보는 재미도 있었지만, 엄마에게 들킬지도 모른다는 스릴에서 오는 재미도 있었다.

자물쇠는 평소처럼 멀쩡히 잘 있었다. 나는 지갑에서 열쇠를 꺼내 자물쇠를 열었다. 돈을 마지막으로 한 번 더 세어본 후에 부동산에 전화를 걸어 계약하겠다고 말할 생각이었다. 그런데 편지와 사진들을 대충 상자 한쪽으로 밀어놓고 그 아래에 드러난 봉투들을 본 순간 심장이 얼어붙는 듯했다. 봉투들이 전부 비어 있었다. 5만 원권 스무장으로 총 100만 원씩 넣어놓은 서른 개의 봉투가 전부 텅 비었다. 내가 집을 비운 사이에 좀도둑이 다녀간 걸까? 하지만 그럴 리는 없었다. 좀도둑이 들어온 걸 엄마가 몰랐을 리도 없고, 그렇다면 순순히 보내주지도 않았을 것이다. 엄마는 처참한 꼴이 될지언정 끝까지 싸웠을 것이다. 엄마는 좀도둑 따위에게 얌전히 백기를 들 사람이 아니다.

그때 내 방 커튼 사이로 메케한 냄새가 흘러들어왔다. 그 사실을 알아챘을 때 나는 이미 그 냄새에 포위되어 있었다. 분명 타는 냄새였다. 엄마가 그새 냄비 위에 뭘 올려둔 걸까? 나는 서둘러 커튼을 열고 방 바깥으로 나갔다. 집 안 가득 냄새가 퍼져 있었다. 커튼이 열린 엄마 방 안쪽에서 타오르는 불이 보였다.

"뭐 하는 거야?"

내가 묻자 엄마는 나를 똑바로 보고 미소를 지었다. 엄마의 손에 타다 만 지폐 뭉치가 들려 있었다. 휠체어에 탄 엄마의 발치 아래에도 아직 타고 있는 지폐 뭉치가 있었다. 엄마는 날 봤다가 반쯤 탄 지폐 뭉치에 라이터를 갖다 댔다. 지폐에 다시 불이 붙었다. 나는 피어오르는 연기에 숨이 막혀서 기침을 했다. 그러면서 한 손으로 코와 입을 막고 엄마에게 다가갔다. 내가 엄마의 손에서 라이터를 빼앗았을 때 엄마는 별로 저항하지 않았다. 그저 라이터를 손에 더 꽉 쥐었을 뿐이다.

나는 엄마의 발아래 흩어진 지폐 조각들을 보았다. 그것은 새까맣게 탄, 수북한 더미였다. 내가 10년을 모은 것치고는 더미가 작았다. 이제는 타버려서 두 손으로 쓰레기봉투에 퍼 담으면 두어 번 만에 말끔히 그것을 치울 수 있을 것도 같았다.

"이게 어떤 돈인 줄 알아?"

나는 차마 그것을 치울 엄두도 내지 못하고 엄마에게 물었다. 마치 살아 있는 것이 죽은 것만 같았다. 내가 조심스럽게 돌보던 작은 동물이 새카맣게 타서 재가 된 것을 본 기분이었다.

"이게 네 돈이니?"

"그럼 이게 내 돈이지. 누구 돈인데? 내가 벌어서 모은 내 돈이야!"

엄마가 내 말에 픽 웃었다.

"네 오빠가 보내준 거잖아."

그걸 엄마가 알고 있었다니. 순간 말문이 막혔다.

"네 오빠 돈 다시 네 오빠한테 돌려준 거야."

"그게 무슨 소리야?"

나는 화가 나서 타버린 지폐를 한 움큼 집어 엄마의 얼굴에 던져버렸다.

"이게 오빠한테 준 거야? 돈을 없앤 거지. 봐봐. 이렇게 다 타버렸잖아. 이 아까운 돈을. 내가 어떻게 벌고, 어떻게 모은 돈인데."

차라리 엉엉 울고 싶었다. 하지만 눈물도 나오지 않았다.

"아까 네 오빠가 왔었어. 밖에서 무슨 고생을 그렇게 한 건지 애가 비쩍 말랐더라. 그 꼴을 보니 안쓰러워서 밥이라도 차려주려는데 바빠서 얼른 가야 한대. 돈만 챙겨서 얼른 가야 한다고. 그래서 내가 걔 돈이 어디 있는지 가르쳐줬지. 네 오빠가 교수님을 닮아서 마음이 약하잖니. 남 도와주다가 자기가 곤경에 처한 건 아닌가 몰라. 급한 일만 처리하고 다시 집에 오겠다고 했는데 뭐 금방 오겠니. 이번에도 한참 걸리겠지. 맨날 그런 식이잖아, 걔 하는 일이라는 게."

앞뒤가 안 맞는 그 말을 듣고 있자니 아까와는 다른 분노가 내 몸 안을 한 바퀴 돌았다. 증오가 담긴 걸쭉하고 무거운 피가 내 몸 안에서 천천히 돌고 있는 것 같았다. 나는 부엌으로 가서 조리대 위에 있는 것 중에서 가장 큰 식칼을 들었다. 주로 고기나 단단한 채소를 자를 때 쓰는 칼이었다. 그것을 들고 안방으로 돌아가 문가에 섰다. 나는 엄마가 내가 칼을 든 것을 보고 겁을 먹기를 바랐다.

"사과해."

"무슨 사과를 해."

엄마가 어이가 없다는 표정으로 날 쳐다봤다.

"응? 내가 무슨 사과를 하냐구, 너한테."

"다. 전부 다. 날 이렇게 만든 거, 내 인생을 이렇게 만든 거. 다 사과해. 미안하다고 해. 나한테 미안하다고 하라고."

"웃기고 있네. 이만큼 키워주고 아직까지 거둬주고 있으면 고마운 줄이나 알지. 다 큰 딸을 집에서 내쫓지도 않고 그냥 편하게 살게 두는 부모가 나 말고 어디 있는 줄이나 알아? 지가 능력이 없어서 아직까지 부모 집에 얹혀 지내는 주제에. 나한테 사과를 하라고? 야, 참 내가 황당해서 뭐라고 할 말도 없다. 그냥 나가. 꼴도 보기 싫으니까 어디 나가서 죽든지 말든지 너 알아서 살아. 안 들려? 뭘 그렇게 멍청하게 서 있어. 나가라고, 당장!"

"오빠가 왜 집을 나갔는지 알아? 엄마가 이러니까, 엄마가 끔찍해서 도망간 거야."

나도 엄마가 쓰는 무기를 쓸 수 있었다. 상대를 상처 입히는 독설. 그런데 이상하게도 그 독설이라는 무기를 쓰자 내 가슴이 저릿거렸다. 내가 쏜 화살이 나에게로 되돌아와 가슴에 꽂힌 것 같은 통증이었다.

엄마의 표정은 흔들리지 않았다. 하지만 눈빛을 보자 엄마도 내가 방금 한 말에 조금은 타격을 받았다는 걸 알 수 있었다.

"말도 안 되는 소리 하지 마. 걔가 왜 날 싫어해. 걔가 무던하니 티를 안 내는 성격이라 그렇지 한 번씩 날 얼마나 다정하게 챙기는데."

"다정하게 챙겨? 언제? 오빠 얼굴 본 지 20년은 넘었으면서. 오빠 어릴 때 얘기하는 거야? 어릴 땐 몰라도 알 거 알 나이가 되고서는 오빠는 엄마를 싫어했어. 왜 그런 줄 알아? 엄마가 항상 자기 마음대로니까. 남을 쥐고 흔들려고 하고, 정리 강박에 통제 강박까지 있으니까. 엄마 그거 정신병이야. 병원 가서 치료받아야 한다고. 알아?"

엄마의 얼굴이 드디어 크게 흔들렸다. 나는 엄마가 상처받았으면 했다. 되도록 크게 치명상을 입어서 풀이 죽고 고분고분해졌으면 했다. 그래서 나에게 함부로 뭔가를 시키지도 않고, 도움이 필요한 때는 조심스럽게 부탁을 하고, 내가 자기를 위해 뭔가를 해주면 고마워할 줄도 알기를 바랐다.

"이 씨발년."

엄마는 그 말을 이를 앙다물고 했다. 앙다문 이빨 사이로 그 말이 흘러나왔다. 엄마는 심한 말을 그렇게 달고 살면서도 쌍욕은 천박하다고 질색했다. 그런데 저런 욕을 하다니. 나는 약간 충격을 받았다.

욕을 하는 엄마의 얼굴은 으르렁대는 개 같았다. 사납게 부릅뜬 눈도 개를 연상시켰다. 분노로 가득 찬 엄마의 얼굴이 부풀어오르기 시작했을 때 나는 엄마가 급성 알러지 반응이라도 일으키고 있는 건가 해서 겁을 먹은 채로 지켜봤다. 처음에는 얼굴이 그냥 부은 것 같았다. 좀 많이 붓긴 했지만, 해외 토픽 뉴스 같은 데서 저렇게 얼굴이 심하게 부어 풍선처럼 부풀어오른 사람의 사진을 본 적이 있었던 것도 같았다.

하지만 엄마의 얼굴은 점점 더 크게 부풀어올랐다. 이내 얼굴만이 아니라 몸도 부풀었다. 나는 풍선에 누가 펌프로 바람을 넣는 것처럼 점점 커다래지는 엄마의 얼굴과 몸을 바라봤다. 휠체어도 함께 커다래졌다. 곧 서 있는 나의 눈높이와 휠체어에 앉은 엄마의 눈높이가 비슷해졌다. 엄마가 나를 정면으로 마주보고 있었다. 나는 비이상적으로 커진 엄마의 두 눈에 담긴 날향한 경멸을 견딜 수가 없었다.

내가 두려움에 질려 한걸음 물러났을 때 엄마가 몸을 뒤틀었다. 엄마의 두 눈은 나를 계속 노려보고 있었다. 엄마의 입에서는 욕이 쉴 새 없이 튀어나왔다. 아직 방을 다 빠져나가지 못한 연기. 메케한 냄새. 거대해진 엄마의 얼굴과 몸. 시끄럽게 날 비난하는 소리. 다 타버려서 새까만 지폐더미. 난 이 모든 것들을 더 이상 견딜 수 없었다. 도망가고 싶었다. 그래서 엄마의 목에 칼을 찔러넣었다. 순간 풍선처럼 엄마의 얼굴이 터져버릴 것 같은 느낌이 들었지만 전혀 그렇지 않았다. 사람의 피부는 생각보다 단단했다. 칼은 생각보다 깊게 꽂히지 않았다. 나는 어찌할 바를 몰라 칼자루를 붙잡고 있었다. 엄마가 날 조금 전보다 훨씬 더 무섭게 노려보고 있었다. 훨씬 더 무서운 욕이 엄마의 입에서 흘러나왔다. 이제 돌이킬 수 없다는 생각이 들었다. 지금 물러나면 내가 죽을 것 같았다. 나는 높은 곳에서 뛰어내리는 심정으로 칼자루를 두 손으로 단단히 고쳐 잡고 힘껏 힘을 주며 애매하게 박힌 칼을 더 깊게 박았다. 엄마의 목이 뒤로 젖혀지며, '컥' 하는 소리가 났다.

'이게 사람 숨통이 끊어지는 소리구나.'

순간적으로 그런 생각이 들었다. 하지만 사람의 명은 그리 쉽게 끊어지는 게 아닌 것 같았다. 엄마는 여전히 움직이고 있었다. 엄마의 숨 같은 것이 꼴딱꼴딱 넘어가는 소리가 났다. 칼이 꽂힌 곳에서 피가 천천히 흘러내렸다. 이대로 두면 엄마는 천천히 고통스럽게 죽어갈 것이다. 나는 엄마를 위해 칼을 뽑아 엄마의 심장이 있을 것 같은 곳을 몇 번 더 힘껏 찔렀다. 그러나 이런 일이 처음이었기에 그리 잘하지는 못했다. 남이 보자면 심장을 겨냥하긴 했지만 결국은 아무렇게나 난자한 것으로 보일 터였다.

정신이 들었을 때 엄마의 몸은 원래대로 줄어들어 있었다. 엄마의 몸이 원래 이렇게 조그마했던가? 거대하게 부풀어올랐다가 줄어든 직후여서인지 엄마의 덩치가 평소보다 훨씬 작아보였다.

그런 생각이 드니 내가 저지른 짓을 차마 더 보고 있을 수가 없었다. 나는 엄마 방에서 나와 커튼을 닫았다. 커튼 뒤에 무엇이 있는지 생각하니 너무 끔찍해서 토할 것만 같았다. 내 발바닥에 피가 묻어서 욕실로 가는 동안 발자국이 찍혔다. 피가 묻은 내 모습을 보면 영원히 그 모습이 잊혀지지 않을 것 같아서 거울에서 등을 돌리고 샤워를 했다. 역한 냄새가 나는 핏물이 맑은 물과 섞여 하수구로 흘러들어갔다. 발밑에 흘러가는 물에 핏빛이 아예 보이지 않을 때까지 머리를 감고 온몸을 물로 씻었다. 그리고 거울을 봤다. 거울 속에 비친 내 눈은 겁을 잔뜩 먹은 어린아이의 눈 같았다.

'괜찮아. 괜찮아.'

사실은 전혀 괜찮지 않았지만 두근거리는 가슴을 가라앉히고 싶었다. 수건으로 몸을 닦고 욕실에서 나와보니 집 안이 고요했다. 이제 안방에서는 아무 소리도 들리지 않았다. 나는 부엌과 거실 사이의 커튼을 치고, 거실과 현관 사이의 커튼을 치고, 욕실 겸 화장실의 커튼을 치고, 현관을 가리는 커튼을 치고, 마지막으로 내 방으로 들어와 커튼을 닫았다. 우리 집의 모든 커튼을 닫은 것이었다.

그렇게 하고 나서 내 방 침대에 기대어 웅크려 앉으니 조금 전보다는 마음이 훨씬 편안해졌다. 안전한 곳에서 보호받는 기분이었다. 나는 스스로가 충분히 안정되기를 기다렸다가 휴대폰을 찾아 번호를 눌렀다. 내가 112와 119, 그리고 114 외에 유일하게 외우는 번호였다.

"오빠, 내가 엄마를 죽인 것 같아."

오빠는 내 말을 듣고 잠시 아무 말이 없었다. 그 침묵이 무척이나 길게 느껴졌다.

"내가 내일 갈게. 그때까지만 버티고 있어. 아침 일찍 집으로 갈게."

내가 알겠다고 대답하자 오빠가 전화를 끊었다. 하루의 유예를 얻은 듯했다. 내일 나는 오빠와 함께 경찰서에 가서 자수를 하고, 엄마를 죽인 비정한 살인자로 포털 사이트 메인에 떠서 온갖 비난을 받은 뒤 적어도 10년 이상을 감옥에서 보내게 될 것이다. 친족을, 그것도 엄마를 죽였으니 20년이 넘는 형을 받을지도 모른다. 하지만 내일이 오기 전까지는 조용히 내 방에서 쉴 수 있다. 어쩌면 내일 오빠가 오기 전에 나도 세상을 떠나는 것이 내일부터 일어날 모든 일을 겪는 것보다 편할지도 모르겠다. 하지만 겁쟁이인 나는 스스로 목숨을 끊을 용기는 나지 않았다. 그럴 거라면 차라리 엄마가 마시는 차에 약을 타서 나도 그것을 함께 나눠 마시고 죽는 편이 더 나았을 것이다.

너무 피곤했다. 나는 대충 아무 옷이나 입고 침대에 누워서 이불을 목까지 끌어올려 덮었다. 그제야 내가 어떤 짓을 저지른 건지 실감이 나서 공포로 가슴이 두근거리고 손끝과 발끝이 차가워졌지만, 한편으로는 의식이 나른하기도 했다.

초점이 아른거리는 눈에 뭔가가 보였다. 뭔가가 내 가슴 위에 있었다. 나는 미간을 찌푸려 그것을 보았다. 두 발이 내 가슴을 밟고 있었다. 발목 위에는 아무것도 없었지만 마치 사람이 내 가슴을 밟고 쭈그려 앉아 있는 것처럼 묵직한 무게였다. 두 발이 점점 더 무겁게 내 가슴을 짓눌렀다. 나는 숨을 쉬기가 힘들어져서 두 손으로 내 가슴을 밟은 두 개의 발을 떼어내려고 몸부림쳤다. 하지만 그럴수록 두 발의 무게는 점점 더 무거워졌다. 두 발은 내 가슴 위에서 꼼짝도 하지 않았다.

*

익숙한 길이 오늘은 완전히 달라 보인다. 오빠는 나보다 약간 앞서 걸었다. 한 걸음 정도의 간격을 두고 오빠의 뒤를 따라가면서 나는 마지막 인사를 하듯이 익숙한 건물들과 눈을 맞추며 천천히 걸었다. 모임에 빵을 사갈 때면 들르는 빵집을 지날 때는 쇼윈도 너머로 보이는 빵들을 보고 가슴이 저릿하기까지 했다. 지금 내 앞에 있는 사람이 오빠가 아니라 엄마이고, 우리가 지금 경찰서에 가는 게 아니라 모임에 가는 거라면 얼마나 좋을까.

빵집 풍경은 조용하고 일상적이었다. 저 안으로 들어가 다른 때와 다름 없이 빵 몇 가지를 골라 계산대로 가서 값을 치르고 달콤한 냄새가 나는 빵 봉투를 들고 나올 수 있다면 좋겠다는 생각이 들었다. 그 생각이 너무 강렬해서 오빠를 불러 잠시만 기다려달라고 하고 빵집에서 경찰서 사람들에게 줄 빵을 사면 어떨까 잠시 심각하게 고민했다.

하지만 그건 내가 생각하기에도 어처구니가 없는 일 같았다. 자기 엄마를 해쳐서 자수하러 온 딸이 경찰들한테 주려고 빵 봉투를 들고 간다고? 그 빵을 먹을 사람이나 있을까? 경찰들도 별일을 다 겪어서 그 정도 일쯤은 신경도 안 쓸지 모르지만…….

어쨌든 그런 것이 전부 나의 공상인 것만 같았다. 빵을 사서 경찰들에게 주니 마니 하는 생각 같은 것이 말이다. 실제로 빵 봉투 따위는 형사의 책상 귀퉁이 같은 곳에 아무렇게나 내던져질 것이 뻔했고, 나는 차갑고 사무적인 형사의 태도에 상처를 받는 한편으로 진술을 하는 내내 그렇게 구석에 처박힌 빵 봉투가 신경 쓰일 것이 뻔했다.

"자, 들어가자."

오빠가 내 어깨를 감쌌다. 점퍼를 입은 팔이 푹신하고 따뜻했다.

"여기는 왜?"

나는 우리가 멈춰 선 곳에 있는 건물을 보고 의아해서 오빠에게 물었다.

"여기는 나랑 엄마가 모임하는 데인데."

그러고 보니 오늘이 수요일이라는 생각이 났다. 오빠는 내 말에 대답하지 않고 내 어깨를 감싼 채로 건물 안으로 들어갔다. 나도 일단은 오빠를 따라갔다. 그런데 1층에 들어가보니 번듯한 엘리베이터가 있었다. 새 것처럼 번쩍이는 은색 엘리베이터였다. 그것도 하나가 아니라 둘이나 있었다.

"엘리베이터가 생겼네?"

엄마가 있었다면 같이 신기해했을 텐데. 오빠는 이 건물에 엘리베이터가 있었는지 어쨌는지 알지도 못하고, 엘리베이터가 새로 생겼다 해도 그게 어쨌다는 건지 전혀 이해하지 못할 거였다. 역시나 오빠는 내 말에 아무 반응 없이 엘리베이터 버튼을 눌렀다. 엘리베이터가 3층에 있어서 잠시 기다려야 했다(나머지 하나는 5층에 있었다. 그런데 이 건물에 5층이 있었던가?).

곧 엘리베이터가 내려와 문이 열렸다. 나는 왜 경찰서에 안 가고 여기에 온 걸까 생각하면서도 오빠와 함께 엘리베이터에 탔다. 오빠는 3층 버튼을 눌렀다.

'여기 들를 줄 알았으면 역시 빵을 사는 건데.'

내가 생각해놓고도 이런 상황에서 참 태평한 생각이다 싶었다.

"내리자."

오빠는 이제 내 어깨를 감싸고 있지 않았다. 이번에도 오빠가 앞장섰다. 나는 엘리베이터 문 바깥의 풍경을 얼떨떨하게 바라보았다. 바쁜 듯이 오가는 간호사 같은 사람들이 보였다. 자주색과 하늘색이 반반으로 섞인 유니폼을 입은 사람들이었다.

병원 카운터 같은 것도 보였다. 식물들도 있었다. 창문이 잘 나 있어서 실내에 햇볕이 풍부하게 들어왔다. 깨끗하고 밝은 풍경 속에 엄마가 있었다. 나는 홀린 듯 엘리베이터에서 걸어 나와 엄마에게 갔다. 엄마는 창가에 앉아 있었다. 마치 하룻밤 사이에 폭삭 더 늙어버린 것처럼 마르고 작고 희미해 보이는 모습이었다. 원래는 내가 정기적으로 염색을 해주어서 검은 머리였는데, 오늘 엄마의 머리는 새하얀 백발이었다. 짧게 자른 머리카락도 뭔가 힘이 없어 보였다.

엄마, 하고 부르니 어디를 보고 있는지 모르게 멍하던 엄마의 눈이 나에게 향했다. 그 순간 내가 엄마에게 소리를 질렀던 기억이 떠올랐다. 어제와 거의 비슷한 상황이었는데, 어제는 아니었다. '오빠가 왜 집에 안 오는 줄 알아? 엄마 때문이야!' 내가 그렇게 외쳤다. 날카로운 두통이 일면서 다른 기억이 떠올랐다. 내가 쏟아내는 말들, 10여 년 동안, 아니 내 가슴에 평생 쌓였던 말들을 내가 다 퍼부으며 악을 쓰느라 몸에서 기운이란 기운을 다 쥐어짜는 내내, 문득 누가 머리채를 뒤에서 잡고 당긴 것처럼 꼿꼿하게 서 있던 엄마의 고개가 뒤로 젖혀지더니 바닥으로 쿵 쓰러진다. 직전까지만 해도 엄마는 자기 다리로, 두 발로 서 있었다.

나는 엄마 옆에 의자를 놓고 앉아서 엄마에게 조곤조곤 말을 붙이고 있는 오빠를 바라보았다. 오빠가 대화를 끝내고 일어날 때까지 그냥 그렇게 보고만 있었다. 엄마는 오빠의 말을 듣고 있는 것 같았지만 대답은 한 번도 하지 않았다. 고개를 끄덕이거나 젓거나 하지도 않았다. 그저 기운이 하나도 없는 사람처럼 맥없이 앉아서 귀만 기울이고 있었다.

오빠는 인사처럼 엄마의 손을 한 번 꾹 쥐었다가 놓은 다음 의자에서 일어났다. 나도 멍하니 오빠를 따라 다시 엘리베이터로 향하는데, 뒤에서 누가 날 불렀다. 기운찬 목소리였다. 밝고 따뜻한.

"우리 효녀 딸!"

나는 뒤를 돌아봤다. 인상이 좋은 어떤 여자가 내 어깨를 두드렸다. 그 여자도 유니폼을 입었다.

"엄마 보러 온 거야? 오늘은 오빠랑 같이 왔네."

나는 뭐라고 대답할지 몰라 입술을 물고 애매하게 고개를 끄덕였다. 그 여자 뒤로 응접실 같은 곳이 보였다. 도넛 모양의 커다란 연두색 소파에 여자들이 둥글게 앉아서 뭔가를 하고 있었다.

오빠가 손가락으로 내 어깨를 톡톡 두드리며 턱짓했다. 엘리베이터가 와 있었다.

"잘 가요!"

여자가 내게 인사했다. 나는 고개를 꾸벅하고 엘리베이터에 탔다.

"혼자 있을 수 있겠어?"

건물 앞에서 오빠가 물었다. 나는 고개를 끄덕였다. 이 상황이 이해가 잘 되지 않았다.

"조금만 더 기다려줘. 아직은 널 데려올 형편이 안 돼. 집사람도 몇 년만 더 있다가 오면 좋겠다고 하고. 지금 집은 네가 혼자 쓸 방이 없잖아. 애들은 둘 다 사춘기에 딸래미들이라 너무 예민하고. 요즘 두 가시내가 맨날 싸워서 죽겠어. 맨날 전쟁이야. 하나는 아들놈이어야 했는데. 둘 중 하나라도 집에서 내보내야 좀 조용해질런지. 그래도 3, 4년 후면 첫째가 대학 가니까 그땐 네가 와도 될 거야. 걔는 기숙사를 잡든지 학교 앞에서 자취를 하든지 알아서 하라고 하고. 방 네 개 있는 집으로 이사를 가면 제일 좋은데, 그건 영 안 될 것 같아. 애들 대학 보내고 나면 시집도 보내야 하고. 아직 한참 남았지 뭐. 마음 같아서는 지들 알아서 살라고 하고 지원을 딱 끊고 싶은데 또 그럴 수가 있어야지."

오빠의 말이 길어지자 피곤해졌다. 오빠는 오빠 갈 길 가고, 나는 우리 집에 가서 쉬었으면 했다.

"나 괜찮아, 오빠. 얼른 가봐. 바쁠 거 아냐. 어제는 전화해서 미안해. 웬만하면 연락 안 하려고 하는데."

나는 오빠가 무슨 일을 하는지도 정확히 모른다. 어디 직장 한 군데를 오래 다니고 있는데, 퍽 안정적으로 월급이 나오는 곳이어서 애들도 키우고 아파트도 대출 껴서 하나 샀다는 정도만 안다.

"미안은. 뭘 그런 소리를 해. 별일 없을 때도 한 번씩 연락해. 나도 자주 갈게."

"알겠어. 진짜 이만 가. 나도 피곤해서 집 가서 쉬어야겠어."

"그래, 집까지 데려다줄까?"

"아니, 뭐 하러 그래. 오빠는 오빠 볼일 봐. 어차피 우리 동네인데. 난 알아서 갈게."

"너도 참 이런 건 엄마를 닮았어. 은근 단호해."

나는 그 말을 듣고 픽 웃었다.

"엄마가 뭐 은근 단호해. 엄마는 완전 단호하지. 잘 가, 오빠."

"그래, 너도 잘 들어가. 연락하고."

오빠는 인사를 하고 나서도 가지 않고 머뭇거렸다.

"나한테 뭐 할 이야기 있구나?"

"응, 그게. 저기 말이야……. 지금 사는 집 말고 좀 작은 데로 옮기면 어때? 너 혼자 살긴 좀 크지 않아? 청소하기도 힘들고."

나는 그 말을 듣고 웃었다.

"오빠도 참. 집이 넓으면 얼마나 넓다고 청소하기가 힘들어. 나 생각해서 그런 거면 됐어."

"사실은 내가 요즘 좀 형편이 안 좋아. 그 집 팔고 좀 작은 오피스텔 전세로 옮기면 안 될까?"

오빠의 속셈이 그거였구나. 나는 속으로 헛웃음을 지었다.

"엄마랑 얘기해볼게."

"엄마가 지금 그런 의논을 할 수 있는 상태가 아니잖아."

"그 집 내 것도 아니고 오빠 것도 아니야. 엄마 집이지."

"어차피 엄마 돌아가시면 우리가……."

"더 듣기 싫어. 하여튼 엄마랑 얘기해볼 테니까 오늘은 이만 가."

"나도 오죽하면 이런 얘기를 하겠어. 한번 생각해봐. 나 간다, 그럼."

오빠는 뒤돌아서 두 손을 주머니에 넣었다. 뒤를 돈 얼굴이 쓸쓸할 것 같아서 마음이 쓰였다.

집에 돌아오는 길에는 또 한 번 세상이 달라 보였다. 어떻게 된 건지 모르겠지만 엄마는 죽지 않고 멀쩡히 살아 있고, 그러니 나는 취조를 받거나 재판에 서거나 감옥에 가지 않아도 되는 자유의 몸이다.

집에 들어갔을 때 현관에 친 커튼 아래로 두 발이 보였다. 나는 그 뒤에 누가 있을지 알았다. 망설임 없이 커튼을 치자 엄마가 보였다. 휠체어에 앉은 엄마는 쌩쌩해 보였다. 머리는 새카만 색이었다. 당연하지. 내가 염색을 해준 게 한 달도 안 됐으니까.

"왔니?"

엄마는 편안하게 웃는 얼굴로 날 봤다.

"응, 오늘 밖이 쌀쌀해."

"그래? 오늘은 산책 좀 하고 싶었는데."

엄마가 아쉽다는 듯 말했다.

"가자. 옷 따뜻하게 입고 숄 걸치고 나가면 되지. 살짝 쌀쌀한 거지 춥지는 않아. 점심 먹고 나갈까?"

"그래."

엄마가 미소를 지었다. 나는 엄마의 휠체어를 밀고 집 안으로 들어갔다. 산책을 나간 김에 레이라 카페에 가서 케이크 두 조각을 사와도 좋겠다. 아니, 아예 거기서 먹는 게 좋겠다. 레이라 카페는 꽤 오래된 카페라 고풍스러운 분위기가 있다. 오래됐지만 관리가 잘 되어서 아늑하고, 비싼 가구들이 놓여 있어서 거기 앉아서 차를 마시면 사치스러운 느낌까지 난다.

"엄마, 근데."

나는 그렇게 운을 떼고 오빠가 한 말을 전했다.

"너 보고 이 집을 팔고 작은 집으로 옮기라고 했다고?"

엄마가 믿기지 않는다는 듯 되물었다.

"응. 그게 낫겠어?"

"말이 되는 소리를 해야지. 이 집도 우리 둘이 살기 좁다 그래. 그리고 이 집이 어떤 집인데. 네 아버지랑 처음 이 집 봤을 때 얼마나 좋았는지 밤에 가슴이 두근거려서 잠을 못 잤어."

"나도 오빠한테 엄마랑 이야기해본다고 하면서도 어이가 없긴 했어. 엄마 말대로 이 집이 어떤 집인데."

"그래, 잘했어. 이 집이 자기 것도 아니고. 너랑 나랑 둘이 사는 집인데 뭘 팔라 말라 그런다니."

엄마의 말을 들으니 웃음이 났다. 웬일로 오빠 편이 아니라 내 편을 드실까.

"엄마, 이따 레이라 카페도 들를까?"

"그러든지."

엄마는 상관없다는 듯 말하지만 막상 그곳에 가면 나보다 더 좋아하실 것을 안다. 그곳의 멋진 의자에 앉아 차를 마시면서 젊은 시절에 교수님과 차를 마시던 시간을 떠올리기도 할 것이다. 나는 회상에 잠긴 엄마를 앞에 두고 조용히 케이크를 먹을 것이다. 엄마에게 더 잘해드려야지. 엄마에게는 나뿐이니까. 우리는 행복해질 것이다. 그리고 엄마는 알게 될 것이다. 엄마가 가질 수 있는 최고의 것이 나라는 사실을.

은갈치 신사

내가 편의점에서 일하던 시절, 매장에 자주 오던 단골손님 중에 은갈치 신사라는 사람이 있었다. 시절이라는 말은 너무 거창한지도 모르겠다. 하지만 시절이 일정한 시기나 때를 뜻하는 말이라는 것을 생각하면 역시 그 이상으로 정확한 단어를 떠올리기가 쉽지 않다.

그때 나는 대학에 다니다 휴학하고 편의점에서 아르바이트를 하고 있었다. 원래 한 타임당 여섯 시간 일하는 거였지만, 내가 일을 시작하고 얼마 되지 않아 오후 타임 아르바이트생이 갑자기 그만두게 되면서 내가 평일 오전과 오후 둘 다 맡게 되었다.

그렇게 된 건 돈 욕심 때문이었다. 오후 알바가 갑자기 그만뒀다며 또 구인 광고를 내야 한다고 투덜거리던 사장에게 내가 오후 타임까지 하겠다고 먼저 나섰고, 사장은 힘들 텐데 괜찮겠

냐고 물으면서도 내가 내민 제안이 반가워서 얼굴이 환해졌다.

사장은 인성이 나쁜 사람이라고는 할 수 없었고 오히려 꽤 착실하고 성격도 둥글둥글한 사람이었지만 아르바이트생이 일하는 시간에 의자에 앉는 것만은 절대 허락하지 않았다. 우리는 서비스업인데 손님이 들어왔을 때 카운터에 알바생이 앉아 있는 것을 보면 어떤 생각이 들겠느냐고 하면서 정 힘이 들면 손님이 없을 때 사무실 겸 창고로 쓰는 매장 뒤편 공간에서 쉬라고 했다.

사장은 야간 근무를 했는데, 자신도 카운터에 있을 때는 절대 앉지 않고 손님이 들어오면 힘찬 목소리로 인사를 했다. 그런 사람이었다. 성실하고 열심히 사는 사람. 그땐 그가 무척 나이가 많다고 생각했는데 지금 돌아보면 지금의 나와 비슷한 나이였다. 삼십대 후반에서 끽해야 사십대 초반 정도.

매장을 여러 개 가지고 알바생들을 돌리며 자신은 관리만 하는 점주들도 있지만, 그에게는 매장이 그거 하나였다. 그도 꽤 아등바등 살았을 것이다. 어쩌면 이게 마지막 기회라고 생각하면서. 어쩌다 알바생이 무슨 일이 생겨 펑크를 내면 사장이 그 타임에 나와서 일을 하기도 했다. 그런 일은 생각보다 꽤 빈번했기 때문에 그는 항상 피곤에 절어 있었다.

"네가 오전 타임 펑크 내면 내가 밤새 야간근무 하고 나서 집에 못 가고 또 일해야 돼. 그럼 나 피곤해서 죽어. 정말 죽어."

내가 일을 시작했을 때 사장은 정말 피곤해서 죽을 것 같은 얼굴로 그렇게 당부했다. 나는 고개를 끄덕였고 그곳에서 일했던 8개월 동안 한 번도 펑크를 내지 않았다. 일주일에 평일 5일, 하루 열두 시간. 아침 7시부터 저녁 7시까지. 이상하게 그 시기에 있었던 일들은 거의 기억나지 않는다. 다리가 아팠던 것과 종일 틀어놓는 91.9MHz 라디오가 그나마 낙이었던 것, 매장 홍보를 위해 달아놓은 외부 모니터에서 매일 쩌렁쩌렁 울리는 가요들이 너무 시끄럽고 지긋지긋했던 것, 그리고 단골손님 몇 명만 기억에 선명하게 남아 있다.

은갈치 신사는 내 친구가 붙인 별명이었다. 당시 내가 일하던 편의점은 거대한 아파트 단지들 사이에 있었다. 그 주변에만 편의점이 일곱 개가 있었다. 나는 그 편의점들이 전부 장사가 된다는 게 신기했다. 아마 다들 그럭저럭, 겨우겨우 먹고 살지 않을까? 출근을 하며 그런 생각을 하고는 했다.

지금 사는 동네로 이사를 하기 전이었어서 그때는 동네 친구가 몇 명 있었다. 그중 중학교와 고등학교를 같이 다닌 G가 은갈치 신사라는 별명을 만들어냈다.

은갈치 신사는 거의 매일 편의점에 와서 우유를 하나씩 샀다. 200밀리리터짜리 흰 우유를 살 때가 가장 많았고, 가끔 바나나우유를 사기도 했다. 돈은 동전을 세서 내거나 꼬깃꼬깃한 천원짜리 지폐로 냈다. 은단이나 치실, 담배도 한 번씩 샀다. 손에는 두꺼운 반지를 꼈고, 회색과 은색 사이의 중절모를 자주 썼다. 모자를 쓰지 않은 날 보면 머리숱이 적어서 가느다란 회색 머리카락들로 간신히 덮인 반질반질한 머리통이 보였다. 그는 은단을 씹고 있을 때가 많아서 항상 그 냄새가 강하게 풍겼다. 나이가 분명 많을 텐데도 피부는 약간 어린아이 같았다.

나는 그때 노인의 피부가 원래 그렇다는 걸 몰랐다. 그는 홍조가 있어서 두 볼이 발그레했는데 그래서 그를 볼 때마다 더욱 어린아이가 연상됐는지도 모르겠다. 그는 분명 우리 아버지보다 나이가 많았다. 그때는 그의 나이를 가늠하지 못했지만 이제는 그가 아마 예순 중반쯤이 아니었을까 생각할 수 있게 되었다.

그는 무례하지 않았다. 이것도 이상한데, 일명 진상이라고 부르는 무례한 손님들을 나는 잘 기억하지 못한다. 그 편의점 이후로도 여러 식당과 카페, 가게 들을 전전하며 돈을 벌었지만 특별히 진상을 만난 기억은 없다. 내가 만난 최악의 진상은 서점에서 일할 때, 자기가 이곳의 단골이니 당일 배달을 해달라고 요구했던(그 서점에는 배달 서비스가 없었다) 남자와 내가 학원에서 일할 때 문자를 보내달라고 했는데 전화를 걸었다며 10분 가까이 히스테릭하게 화를 내며 소리 지르던 학부모 정도인데, 그들도 지금 생각해보면 이해가 된다. 왜 그랬는지. 그들이 잘했다는 것은 아니지만, 억지를 부리거나 비정상적으로 지나치게 화를 낸 그 마음이나 이유를 이젠 알 수도 있을 것 같다.

어쨌든 은갈치 신사는 진상 손님이 아니었다. 예의 바른 편이었고, 말도 부드럽게 했다. 공손함이 몸에 밴 사람 같았다. 공연히 억지를 부리거나 신경질을 내는 일도 없었다. 그는 그저 우유나 은단, 치실, 담배 같은 작은 물건들을 사가면서 내게 말을 걸었을 뿐이다.

나는 그게 불편했던 것 같다. 그의 대화 상대가 되어주어야 했던 상황이. 그는 오전이나 오후, 이른 아침과 어두운 저녁에, 그러니까 하루 중 아무 때나 대중없이 와서 작은 물건을 사고 나는 아무 관심도 없는 시시한 말을 하다가 갔다. 스물두 살의 친절한 아르바이트생이었던 나는 겉으로만 웃으면서 건성으로 그의 이야기를 들어주고는 했다.

어느 날 나는 G에게 편의점에 특이한 손님이 있다며 그에 대해 이야기했다. 회색도 아니고 은색도 아닌 이상한 색깔의 양복을 입고 맨날 와서 자꾸 귀찮게 말을 거는, 할아버지와 아저씨 중간의 남자가 있다고. "아, 은갈치 신사?" G는 웃으면서 말했다. 벌써 웃겨 죽겠다는 얼굴이었다. "그 사람 알아?" "알지. 박준희네 아빠잖아."

박준희? 나는 정말로 놀랐다. 박준희는 우리 동네에서 나와 같은 시기에 학교를 다녔다면 모르는 애가 없을 남자애였다. 그 애는 나와 G의 중학교 동창이기도 했는데, 중학교 때는 존재감이 그렇게 크지 않았지만 고등학교에 가면서 그 애의 이름을 들을 때가 점점 더 많아졌다.

중학교 때도 나쁘지 않은 외모였던 그 애는 고등학생이 되고 나서 점점 더 잘생겨졌다. 그 애에게는 여자애들에게 잘 먹힐 만한 친화력 같은 것이 있었다. 그 애는 여자애라면 누구에게든 쉽게 말을 걸었고, 예쁜 여자애들과 친구가 되어서 같이 다녔다. 어떤 남자애들은 박준희를 게이라고 불렀지만, 나는 그 말에 섞인 강렬한 질투를 예민하게 감지했다.

은갈치 신사가 박준희의 아버지라니. 믿기 힘들었다. 박준희는 우리가 고등학교에 다닐 때 동네에서 가장 잘나가던 남자애들 중 하나였다. 난 대부분의 남자애들을 재수 없어 했고 여자애들에게 호감을 품을 때가 더 많았지만 박준희가 내게 다가와 친밀한 투로 말을 걸면—인정하기는 싫지만—가슴이 설레고는 했다.

어쨌든 그 나이대에는 드물게 깨끗하게 자신을 관리하고, 해로운 농담을 하지 않는, 매너 좋고 잘생긴데다 산뜻하기까지 한 남자애였으니 말이다. 예쁜 여자친구들이 많은데 어쩐지 항상 조금은 외로워 보였던 것이 내 마음을 더 자극했는지도 모르겠다. 그 애는 어디에도 강하게 소속되어 있지 않았고, 그래서인지 약간 애정결핍이 있어 보였다. 혹은, 어쩌면 내가 그 애에게 동질감을 느꼈었는지도 모르겠다. '정말 게이일까?' 나는 잘나가는 여자애들과 어울려 웃고 있는 박준희를 보며 몰래 그런 생각을 하고는 했다. 박준희는 예쁘고 성격 좋은 여자친구를 만났다가 금세 헤어졌다가 예쁘고 성격 좋은 또 다른 여자친구를 만났다. 나는 그 애에게 이중적인 감정을 느꼈던 것 같다. 그 애가 여자애들을 쉽게 사귀는 것이 부럽기도 했고, 그 애에게 설레기도 했다. 그러니까, 나는 그 애처럼 되고 싶기도 하면서 그 애와 사귀고 싶기도 했던 것이다. 나는 양성애자로 살면서 그런 이중적인 감정에 익숙해졌다. 그러나 그 시절에는 그런 감정을 객관적으로 바라보지도, 제대로 받아들이지도 못했다. 그래서 박준희에게 더욱 묘한 감정을 가지고 있었다.

박준희와 은갈치 신사는 어울리지 않았다. 이런 말은 좀 그렇지만, 솔직히 은갈치 신사는 낙오자의 분위기를 풍겼다. 아무때나 편의점에 와서 동전이나 꼬깃꼬깃한 지폐로 물건을 사고 편의점 아르바이트생이 말동무가 되어주길 바라는 늙은 남자. 그의 키는 땅달막했고, 입을 다물고 있으면 고집과 열패감 같은 것이 언뜻 비쳤다. 그와 박준희가 부자 사이라는 걸 알게 되자, 은갈치 신사에게서 느껴지는 열패감과 박준희의 얼굴에서 내가 가끔 목격했던 결핍이 연결되어 있는 것처럼 생각됐다.

"근데 나이가 너무 많아 보이던데?"

나는 하나 남은 의문을 품고 G에게 말했다. G는 박준희가 은갈치 신사의 막둥이라는 걸 알려주었다.

그 얘기를 들은 다음부터 나는 은갈치 신사를 조금 다른 눈으로 보게 되었다. 얼굴은 확실히 닮은 데가 없었다. 체형도 너무 달랐다. 얼굴형조차 비슷한 데가 없었다. 박준희의 얼굴은 살짝 길고 갸름했지만, 은갈치 신사의 얼굴은 짧고 둥글둥글했다. 닮은 구석은 정말로 하나도 없었다.

은갈치 신사의 이야기는 여전히 따분하고 지루했지만 나는 갑자기 생긴 호기심 때문에 전보다는 그의 이야기가 참을 만해졌다. 내 쪽에서 질문을 던지는 경우도 생겼다. 하지만 박준희를 안다는 말은 하지 않았다. 왠지 모르게 그 말은 금기처럼 느껴졌다.

편의점의 하루는 매일 비슷비슷하게 흘러간다. 오는 사람이 또 오고, 각자가 자신의 패턴대로 행동하고 말하고 같은 물건을 사간다. 어떻게 보면 각자가 맡은 역할을 연기하고 있는 것처럼도 보인다. 그날도 은갈치 신사는 편의점에 와서 200밀리리터짜리 흰 우유와 은단을 계산한 다음 또 이러저러한 이야기를 늘어놓았다. 그는 우유를 사면 그 자리에서 한 번에 마셔버릴 때가 많았다. 카운터 앞에 서서 흰 우유를 꿀꺽꿀꺽 마시고 수염에 묻은 것을 손등으로 닦아냈다.

그가 그렇게 빈 우유갑을 들고 서 있으면 나는 그것을 달라고, 내가 버려주겠다고 말하고는 했다. 나는 친절한 아르바이트생 역할을 연기하고 있었으니까. 무대에서 연극을 하고 있다고 생각하면 종일 편의점에 갇혀서 같은 행동을 반복하는 게 조금은 견딜 만해졌다. 그리고 은갈치 신사도 우리 연극의 중요한 배우였다.

"아니, 내 쓰레기는 내가 버려야지."

은갈치 신사는 그렇게 말하고 쓰레기통으로 걸어가 우유갑을 버렸다. 그리고 돌아와서는 내게 물었다. 좀 뜬금없는 물음이었다.

"아가씨는 여기서 돈 벌어서 뭐에 쓸 거야?"

나는 약간 당황스러웠지만 사실에 가까운 대답을 했다. 보고 싶은 그림들이 있어서 유럽으로 여행을 갈 거라고. 파리의 루브르 박물관도 한번 가보고 싶고, 반 고흐의 그림도 직접 보고 싶다고 말했던 것 같다. 다른 사람들에게 말하는 것처럼 학교 등록금으로 쓸 거라고 말할 수도 있었겠지만 그날은 좀 더 솔직한 대답이 내 입에서 흘러나왔다.

편의점을 그만둘 날이 얼마 남지 않았을 때라 그랬는지도 모른다. 그 시절의 최저 시급은 3,000원대였다. 3,770원. 하루 열두 시간을 일하면 일당이 45,240원이다. 주급으로 계산하면 226,200원. 한 달이 4주일 때는 월급으로 904,800원을 받는다. 한 달이 5주일 때는 100만 원이 넘는다. 월급이 들어와서 통장에 100만 원이 넘게 찍힌 날에는 정말 신이 나서 어깨춤이 절로 났다.

주중을 일만 하며 보낸 덕분에 나는 그때까지의 인생에서 경제적으로 가장 풍족한 나날을 보내고 있었다. 보고 싶은 전시나 공연도 마음껏 봤고, 책도 실컷 사서 읽었다. 먹고 싶은 것도 잘 사 먹었다. 그 덕분에 편의점에서 일하는 시간을 버틸 수 있었다.

"으흠."

은갈치 신사는 내 대답을 듣고 그런 소리를 냈다. 그리고 말했다.

"아껴야 하지 않나?"

"나중엔 못할 것 같아서요."

나는 그의 괜한 참견에 살짝 기분이 상했지만 티내지 않고 대답했다. 예상 외로 은갈치 신사는 내 말을 받아들였다.

"그렇지. 할 수 있을 때 해야지."

그러고 나서 그가 내 얼굴을 똑바로 쳐다보고 말했다.

"아가씨랑 나는 사는 세계가 다르니까."

웃음기라고는 전혀 없었다.

"사는 세계가 다르긴요. 저도 지금 편의점 알바 하고 있는데요."

나는 웃으며 그렇게 대답했다. 지금 생각하면 이불에 얼굴을 처박고 싶을 정도로 부끄러운 말이다. 그건 젊은 날의 오만에서 나온 말이었다. 그 시절의 나는 앞날을 막막해하면서도 막연히 미래에는 내 상황이 나아질 거라 믿었다. 세상도 그렇게 말했다. 엄마도 그렇게 말했다. 나중에 잘살 거라고. 지금 그렇게 열심히 살고 있으니까.

나는 그 말에 코웃음을 치면서도 한편으로는 어렴풋하고 작은 믿음을 가졌던 것 같다. 은갈치 신사에게 그런 대답을 한 것을 보면 말이다. 내 입장에서 나는 앞날이 창창한 젊은 여자였고, 그는 미래에 더 나아질 희망이 없는 늙은 남자였다. 그래서 그렇게 오만한 대답을 한 것이다. 내가 그 사람보다 더 낫다고 생각하고 말이다.

은갈치 신사는 내 대답을 듣고 빙그레 웃었다. 그 미소는 복잡했다. 나를 가여워하는 듯도 싶었다. 그는 체념과 회한이 섞인, 그리고 연민이 어린 조용하고 슬픈 미소를 짓다가 나를 가만히 들여다보며 말했다.

"그런 말이 아니야, 아가씨."

그리고 은갈치 신사는 매장에서 천천히 걸어나갔다. 유리문 너머로 보이는 그의 뒷모습을 보며 나는 알 수 없는 모욕감을 느꼈다. 그의 말에는 '이 어린 아가씨는 아직 아무것도 모르는구나' 하는 뉘앙스가 있었다.

'당신과 나는 전혀 달라. 당신은 낙오자고, 나는 앞날이 창창하거든. 나는 당신과는 달리 성공할 거야. 이 사회에 단단히 자리를 잡을 거라고. 적어도 당신처럼 한낮에 거리를 배회하는 노인이 되지는 않아.'

의식에도 겉과 속이 있다. 나는 내가 착한 사람이라고, 적어도 선하려고 노력하는 사람이라고 믿었기 때문에 의식의 겉으로는 감히 그런 생각을 하지 않았겠지만, 의식 안쪽으로는 그런 생각을 했는지도 모르겠다. 당신과 나는 다르다고. 감히 날 안다고 생각하지 말라고.

미래는 나의 예상과는 다르게 흘러갔다. 어느 날 사장은 다른 때보다 훨씬 더 피곤해 보이는 얼굴로 눈가를 문지르면서 한 달 안에 가게를 정리할 거라고 말했다. 폐업을 한다는 거였다. 그럼 이제 무엇을 하실 거냐고 묻자, 그는 모르겠다고 말했다. 그냥 매상이 안 나와서 폐업하는 거라고 말하는 그의 목소리에는 절망감 같은 것이 묻어 있었다.

나는 그해 겨울에 소원대로 유럽에 가서 루브르 박물관 전시도 관람하고 베르사유 궁전도 산책했으며 반 고흐의 그림도 실제로 보았다. 교과서에서만 보던 다빈치의 〈모나리자〉와 모네의 〈수련〉도 보았고, 존 윌리엄 워터 하우스와 존 싱어 사전트의 그림들도 봤다. 파리와 런던에서였다. 그러나 여행은 생각만큼 아름답지 않았다. 우선 날씨가 너무 춥고 가혹했고, 대도시에 은은하게 깔린 인종차별에 상처를 받았다. 루브르 박물관은 강대국이 전쟁을 벌이며 다른 나라에서 빼앗아온 보물들로 가득 찬 화려한 창고였다. 실망 가득한 여행이었다.

편의점에서 일하며 모은 돈으로 여행을 가지는 않았다. 힘든

노동에 대한 보상 심리 때문에 주말마다 돈을 펑펑 쓴 탓에 편의점 일을 그만뒀을 때 계좌에 그리 큰돈이 남아 있지 않았다. 편의점이 문을 닫은 후 나는 학교 선배의 소개로 한 회사에서 사무 아르바이트를 했다. 4개월짜리 용역 계약이었다. 결국 그 일을 하며 모은 돈으로 항공권을 사고, 숙소를 예약했다.

여행에서 돌아와서는 복학을 했다. 주말에는 잔고가 0이 된 계좌를 채우려고 열심히 일을 하며 돈을 벌었다. 식당, 카페, 옷가게, 서점, 학원. 다시 편의점 아르바이트도 했다. 그러다 대학을 졸업하고 나서는 다시 사무 계약직 일을 주로 했다. 주로 2개월이나 4개월짜리였고, 나중에는 8개월이나 9개월짜리 계약을 해서 일했다.

나는 친절하고 성실한 사무 보조였다. 딱히 내게 뭐라는 사람도 없었고 기대하는 사람도 없었기 때문에 일이 편했다. 나는 여러 사무실들을 전전하며 유령처럼 일했다. 그러다 계약이 종료된 다음날이 되면 연기처럼 사라지고는 했다. 법적으로 10개월 이상 근무하면 퇴직금을 줘야 했기 때문에 회사에서는 사무 보조를 쓸 때 항상 9개월 이하로 계약했다. 그곳이 정부 산하의 공기관일 때도 그랬다.

한 곳에서의 계약이 끝나면 일하는 동안 모아둔 돈이 절반 이상 없어질 때까지 아무 일도 하지 않고 지냈다. 그러는 동안 시시한 남자를 만나 연애를 하고 그런 관계에서 즙처럼 스며나오는 온갖 감정들을 사랑이라 믿기도 했다. 그러나 달콤한 즙이라고 믿었던 것은 사실 독일 때가 많았고, 나는 겨우 중독에서 벗어나 오염된 채로 관계를 끝내고 다시 외로움의 늪에 빠져 가라앉고는 했다.

그러는 동안 나의 이십대가 끝났다. 삼십대가 되자 시간이 전보다 조금씩 빠르게 흘렀다. 시간에 가속도가 붙은 듯했다. 부모님은 매년 눈에 보이게 나이가 들어 두 분 다 환갑을 치렀다. 부모님의 환갑 때 나는 방아쇠를 당기면 돈다발이 튀어나오는 총 같은 건 선물하지 못했다. 식당에서 1인당 5만 원쯤 되는 식사를 하는 것으로 부모님의 예순을 기념하고 지나갔다.

10년 가까이 사회 생활을 하면서 내가 모은 돈은 겨우 천만 원 남짓이었다. 6억에서 7억부터 시작하는 서울의 아파트 값을 보면 엄두가 나지 않았다. 단지 아파트를 살 엄두가 나지 않는 게 아니라, 이 도시에서 남들처럼 벌어먹고 살면서 단단한 내 것을 하나라도 소유할 엄두가 나지 않아서 막막했다.

지금 나는 계약직 생활에 염증을 느껴 서른 살에 마지막 계약이 끝난 후로 구직 사이트에 발을 끊고 간간히 부모님이 운영하는 가게에 나가 일을 도우며 시세의 3분의 1 정도 되는 월급을 받고 있다. 대신 일은 널널해서 매일 가게에만 붙잡혀 있지 않아도 되고 평일에도 자유시간이 꽤 있다.

그러나 이런 생활을 얼마나 더 할 수 있을지는 모르겠다. 부모님의 일은 막노동에 가까워서 아버지가 더 이상 허리힘을 쓰지 못하게 되면 가게 문을 닫을 수밖에 없다. 아버지의 몸은 근육이 빠지면서 날로 가늘어지고 있다. 집안에서 가장 튼튼했던 아버지의 몸은 이제 내 몸보다 갸날프다.

시간이 째깍째깍 흘러간다. 모래시계의 모래가 얼마 남지 않은 기분이다. 그때까지 뭔가를 해야 하는데, 뭔가 단단한 기반을 마련해두어야 하는데. 얼마 전에도 그런 생각을 하며 걷고 있었다. 가게에 있다가 손님도 없고 답답하기도 해서 잠깐 산책을 나온 것이었다.

내 생활은 단조롭다. 낮에는 가게에서 일하고, 저녁에는 책을 읽거나 휴대폰을 보다 잠든다. 주말에는 가끔 애인을 만나 데이트를 한다. 종종 친구들을 만나기도 한다. 그게 다다.

저녁에 휴대폰을 보면 나와 다른 사람들이 보인다. 예쁜 여자들, 당당한 여자들, 자신감 넘치는 여자들, 똑똑한 여자들, 뭔가 이뤄낸 여자들. 그들은 내 또래인데도 성공했거나 차근차근 성공에 다가가고 있다. 나와는 완전히 딴판이다. 나는 그동안 무얼 했을까? 나는 특별한 경력도 없고 자격증도 없다. 피부는 화사함을 잃었고, 눈이 나빠서 매일 안경을 쓰며, 일할 때 걸리적거리는 애매하게 긴 머리는 항상 질끈 묶는다. 관리하지 않는 몸은 통통하고, 맨날 같은 옷만 입는다. 가게에서 일할 때 입는 편한 검은색 옷이 있다. 운동복에 가까운 그런 옷이다.

저녁 때 그 옷들을 세탁기에 넣어서 빨고 건조기로 말려서 다음날 또 입는다. 이틀 걸러 한 번 세탁할 때도 있다. 나는 애인과 친구들, 부모님을 사랑하지만 세상에서 훌쩍 사라져서 아무도 날 모르는 곳에서 살고 싶기도 하다. 앞날은 너무 막막하고, 세상은 나에게 관심이 없다. 나는 시시한 어른이 되었다. 100세까지 사는 시대에 아직 삼십대 중반밖에 되지 않았는데 나는 실패한 기분을 느낀다. 아니면 실패하는 방향으로 가고 있는 듯한. 서비스 관련 아르바이트와 계약직 사무보조 경력만 잔뜩 있는, 예쁘지도 날씬하지도 않은 삼십대 중반의 여자가 앞으로 무엇이 되겠는가?

나는 그런 생각을 하며 횡단보도 앞에 서 있었다. 횡단보도를 건너서 가게로 되돌아갈 생각이었다. 멍하니 있다가 문득 그를 발견했다. 은갈치 신사였다. 건너편에 그가 서 있었다. 사람들 속에.

그새 신호등이 초록불로 변했다. 나는 홀린 듯이 걸음을 떼고 앞으로 나아갔다. 횡단보도를 중간쯤 건넜을 때 은갈치 신사와 마주쳤다. 그는 의미심장한 미소를 띄고 있었다. 잠시 시간이 정지한 듯했다. 나는 그에게서 눈을 떼지 못했다. 그는 10여 년 전과 똑같은, 회색도 은색도 아닌 모호한 색깔의 양복을 입고 있었다. 얼굴도 그대로였다. 더 젊어지거나 더 늙지도 않은 예전 그대로의 얼굴이었다. 중절모도 여전했다.

은갈치 신사는 나를 보고 빙그레 웃고는 말했다.

"이제 아가씨도 나랑 같은 세계에 살고 있네. 그렇지?"

그러고는 유쾌해 보이는 얼굴로 너털웃음을 터트리고 날 지나쳐 내가 걸어온 방향으로 갔다. 얼마 남지 않은 초록불이 깜빡거렸다. 나는 정신을 차리고 서둘러 내가 가려던 방향으로 뛰어갔다. 문득 내가 폭삭 나이 들어버린 것 같은 기분이 들었다.

횡단보도를 다 건너고 돌아봤을 때 은갈치 신사는 보이지 않았다. 내가 건너간 그곳에는 작은 편의점이 하나 있었다. 은갈치 신사는 방금 그곳에서 나온 것 같았다.

청소 아주머니

내가 쓰는 작업실은 낡은 상가에 있는데, 작업실 문을 열고 나가면 왼쪽 맞은편에 화장실이 있다. 이 상가에는 남자의 수에 비해 여자의 수가 정말 적어서 그 화장실을 쓰는 사람은 거의 나뿐이다. 쓰는 사람이 거의 없기 때문인지 남자 화장실에 비해 열악 그 자체다.

창문이 여러 개 있어서 종일 환하게 볕이 드는 남자 화장실과 달리 여자 화장실은 불을 켜도 어두침침하다. 화장실 칸은 두 개인데, 두 개 다 변기가 푸세식이다. 공간 크기도 남자 화장실의 반밖에 되지 않는다. 따뜻한 물은 당연히 안 나온다. 그래도 휴지는 언제나 있는데다 바닥이 더러울 때도 없고 쓰레기통도 제때 비워져서 크게 불만은 없다.

다만 내가 겁이 너무나 많은 것이 문제다. 오래된 상가 3층 구석에 있는 어두침침한 화장실은 온갖 공포스러운 상상을 불러일으킨다. 얼마 전에 친구가 작업실에 와서 화장실을 쓰고는 그곳이 공포영화의 배경으로 잘 어울릴 것 같다고 했는데, 나는 그 말을 듣고 덕분에 공포소설집을 쓸 때 영감을 많이 받았다고 맞장구쳤다.

그날 친구에게 말하지는 못했지만 사실 그 화장실에는 실제로 유령이 나온다. 다행히 귀신이라기보다는 유령에 가까운 느낌이라 황급히 작업실을 빼거나 졸도를 하는 등의 일은 없었다(나는 동양의 공포영화에 나오는 귀신은 소름 끼치게 무서워하지만, 서양의 유령은 그다지 무서워하지 않는다).

내가 그 유령을 처음 본 것은 화장실 세면대에서 설거지를 하고 있을 때였다. 설거지는 작업실 생활의 낙 중 하나였다. 설거지가 세상에서 제일 귀찮은 사람에게는 이해 못할 일로 느껴질지도 모르겠다. 그러나 나는 작업실에서 커피나 차를 마실 때 쓴 컵이나 주전부리를 담았던 접시 같은 것을 모았다가 며칠에 한 번씩 설거지를 하는 일이 정말 즐겁다. 설거지를 더 즐겁게 하려고 트롤리까지 샀다. 원래는 병원에서 쓰는 트롤리인데 사고 보니 무척 가볍고 실용적이라 아주 만족해하며 쓰고 있다.

하여튼 그날도 그 트롤리에 설거지 거리를 잔뜩 싣고 콧노래를 부르며 화장실로 갔다. 제일 아끼는 커피잔을 물로 헹구고 있던 참이었는데, 뒤에서 날카로운 목소리가 들렸다.

"아니, 그거 하나 씻는데 사방에 물을 이렇게 튀겨! 방금 걸레질해놨는데 바닥이 또 물바다네."

나는 갑자기 어깨 뒤에서 들려온 목소리에 당황해서 허둥대다 그만 커피잔을 놓쳐버렸다. 커피잔은 그대로 바닥으로 추락해 산산조각이 났다. 그와 동시에 방금 전보다 더욱 커진 고함이 날아들었다.

"젊은 사람이 왜 이래!"

나는 고함으로 터져나온 폭발적인 분노에 기가 죽어서 바닥에 주저앉아 고무장갑을 낀 손으로 유리 조각들을 주섬주섬 모았다. 죄송하다고 연신 사과도 했다. 얼굴이 뜨겁게 달아올랐다. 그녀를 처음 봤을 때 내가 그리 무섭지 않았던 것은 당황과 창피스러움이 컸기 때문일 것이다.

나는 그녀를 보자마자 그녀가 산 사람이 아니라는 것을 알았다. 발이 공중에 떠 있다거나 몸이 투명하거나 하지 않았는데도 그랬다. 뭐랄까. 그녀에게서는 살아 있는 사람의 무게감이 느껴지지 않았다. 인간은 피와 살로 이루어진 묵직한 덩어리라는 것을 그녀를 보며 새삼 실감했다. 그녀는 덩어리가 아니었다. 혼이었다.

유리 조각을 모두 모아 일어섰을 때 그녀는 이미 사라지고 없었다. 그날 이후로 그녀는 아무 때나 나타나 잔소리를 퍼부었다. 세면대는 좁고 수도꼭지의 수압은 세서 조심한다고 하는데도 설거지를 하고 나면 바닥이 젖었다. 그때마다 그녀는 매섭게 호통을 치거나 불만스럽게 궁시렁거렸다. 그녀는 체구가 작은 편인 우리 엄마보다도 더 작고 빼빼 마른 할머니였다. 칠십대 후반은 족히 되어 보였다. 평생 고생을 많이 한 노인의 인상이었다.

그녀가 나타나면 나는 항상 기가 죽어서 죄송하다고 사과를 하고 최대한 빨리 볼일을 마쳤다. 몇 시간을 꼬박 책상에 앉아 글을 쓰다가 트롤리를 밀고 화장실로 가서 설거지를 하면 상쾌해져서 기분전환도 되고, 이어서 어떤 문장을 쓸지 떠오를 때도 많았는데 그녀가 나타난 이후로 소중한 쉬는 시간을 빼앗긴 느낌이었다.

그녀는 내가 설거지를 할 때만이 아니라 양치를 하거나 심지어 화장실 칸 안에서 오줌을 누고 있을 때도 나타나 잔소리를 했다. 화장실 칸 안으로 들어오는 것은 당연히 아니었지만(그랬다면 정말 그 화장실 쓰기를 포기했을 거다), 오줌을 누고 있으면 문을 쾅쾅 치면서 깨끗이 쓰라고 소리를 쳤다.

"휴지 아무 데나 던지지 말고 쓰레기통에 잘 넣어! 휴지는 왜 그렇게 많이 갖고 들어가? 오줌 질질 흘리지 말고 깨끗이 싸! 하여튼 인간들 더러워. 더러운 것들."

그녀가 밖에서 그렇게 소리치면 나는 억울함에 휩싸였다. 휴지는 항상 쓰레기통에 잘 넣고, 오줌을 흘린 적도 한 번 없는데.

하지만 감히 말대꾸는 하지 못했다. 나는 유령에게 말대꾸를 할 만큼 간 큰 인간이 못 된다.

다행히 나는 그 화장실에서 큰일은 보지 않는다. 큰일을 볼 때는 아래층 화장실에 있는 양변기를 쓴다. 그녀는 3층 왼쪽 복도에 있는 화장실이 아닌 다른 화장실에는 나타나지 않는다.

그녀가 나타나기 시작한 지 한 달쯤 됐을 때 나는 가게에 있다가 아빠에게 그녀의 인상착의를 설명하며 그런 아주머니를 본 적이 있느냐고 물었다(아빠의 가게는 내 작업실이 있는 상가 안에 있다. 나는 오전에는 아빠의 가게에 가서 일하고, 늦은 오후에는 작업실로 출근해서 글을 쓴다).

아빠는 단박에 알은체를 했다.

"아, 그 청소 아줌마? 알지. 그 양반도 여기서 오래 일했을걸? 내가 여기 왔을 때부터 일하는 걸 봤으니까."

여기 상가 건물은 내가 태어난 해에 완공되었다. 아빠는 상가가 처음 생겼을 때부터 이곳에서 일했고, 나도 어렸을 적부터 종종 이곳을 드나들어 상가 안이 익숙했다. 그래서인지 상가가 가끔 나와 함께 나이가 드는 살아 있는 존재처럼 느껴질 때도 있다.

"근데 그 양반은 작년인가 재작년 겨울엔가 돌아가셨을걸? 모르긴 몰라도 고생 꽤나 하셨을 거야. 그 나이에 매일 상가 청소 일을 했으니까."

짐작은 했지만 그녀가 상가 청소 일을 했었다는 걸 아빠에게 직접 들은 후 그녀에 대한 나의 감정이 조금 달라졌다. 연민이라면 연민일 수도 있겠으나 그보다 좀 복잡한 감정이었다. 어쩌면 그새 정이 든 것도 같았다.

그녀는 지금도 아무 때나 불쑥 나타나 잔소리를 하거나 나무 막대가 달린 대걸레로 바닥을 닦으며 궁시렁거린다. 한 번은 맑은 날 낮에 계단을 올라왔는데 그녀가 복도에 서서 대걸레질을 하고 있었다. 나는 그녀에게 다가가 아주머니는 돌아가신 지가 벌써 꽤 됐고, 청소는 산 사람의 일이니 이제 그만 좋은 곳으로 가서 쉬시라고 말하고 싶었지만 결국은 아무 말도 하지 못하고 그저 그녀가 닦아놓은 곳을 밟지 않으려 조심하면서 조용히 내 작업실로 들어갔다.

화장실에 단둘이 있을 때는 위엄이 넘쳐 보였던 그녀가 그날 복도에 서 있을 때는 몹시 기운 없고 희미해 보였다. 사람이 죽은 후에도 생전에 하던 일을 계속한다는 것을 알게 되니 세상 사람들이 모두 가여워졌다.

작가의 말

나는 아주 어릴 적부터 무서운 이야기에 열광했지만, 내가 공포소설을 쓸 수 있을 거라고는 생각하지 못했다. 지금도 가장 좋아하는 공포소설집인 조이스 캐럴 오츠의 《악몽》이나 공포를 핵심에 놓는 강화길의 뛰어난 소설들, 최윤의 《숲속의 빈터》 같은 작품들을 페이지를 넘길 때마다 감탄하며 읽으면서도 공포소설을 써야겠다는 결심이 서지는 않았다.

그러던 어느 날, 쪽프레스에서 초단편 공포소설을 하나 써달라는 청탁이 왔다. 그때 썼던 것이 〈혼잣말〉이다. 〈혼잣말〉은 요조가 진행하는 팟캐스트를 듣다가 구상하게 된 소설이다. 어느 날, 어떤 심리학자가 그 방송에 나와서 인간의 무의식에 관한 이야기를 했다. 우리는 마음속으로 자기 자신에게 그것은 하면 안 된다든가 하는 식으로 여러 말들을 하는데, 과연 그건 누가 하는 말일까? 새벽에 그 말을 듣는데 소름이 쫙 끼쳤다. 나는 나에게 자주 무어라고 말하는 무의식을 나와 분리해서 생각해본 적이 없었다. 그러나 그게 내가 아니라 다른 존재의 목소리라면? 그게 불씨가 되었다. 〈혼잣말〉을 쓰면서 나는 내가 공포소설을 쓸 수 있다는 것을 알았고, 이런 것을 좀 더 써보고 싶어졌다. 이 책에 수록된 거의 모든 소설은 이런 식으로 내가 어느 날 문득 느낀 어떤 '섬뜩함'에서 시작되었다.

〈혼잣말〉을 쓴 다음해 여름, 버스를 타고 명동에 있는 프린스 호텔에 가던 중에(당시 호텔에서 작가들에게 작업실 용도로 방을 빌려주었다. 이 자리를 빌려 감사를 전한다) 빈 쇼핑백에 맞아서 죽은 남자의 이야기가 떠올랐다.

그날 호텔방에 들어가자마자 커다란 하얀색 책상에 앉아 방안이 컴컴해질 때까지 버스에서 떠오른 이야기를 썼다. 그러나 그날 이후로는 미완인 상태로 그 이야기를 덮어두었고, 또 한참 시간이 흘렀다. 1년이 지나고서야 빈 쇼핑백 이야기를 다시 꺼내서 읽어보게 되었는데, 꽤 재밌었다. 그래서 끝까지 썼고, 이 이야기를 완성하고 나자 또 다른 무서운 이야기들이 연이어 떠올랐다.

〈흔들리는 거울〉은 〈빈 쇼팽백에 들어 있는 것〉을 다 쓴 직후에 떠올린 이야기다. 흔들리는 거울을 혼자 계속 바라보고 있는 여자의 뒷모습이 떠올랐는데, 왠지 무척 섬뜩해서 떨쳐지지가 않았다. 거울 속에는 무엇이 있을까? 비극적인 사고로 가족을 모두 잃은 여자가 거울을 통해 트라우마를 대면한다는 구체적인 발상이 곧 떠올랐고, 나는 한동안 이 이야기에 푹 빠져들었다. 처음에는 그렇게 길어질지 몰랐지만 말이다.

개인적인 이야기지만, 당시 나는 실제로 가족들이 누군가에게 해를 당할 수도 있다는 불안에 휩싸여 있었다. 〈흔들리는 거울〉을 쓴 것은 일종의 부적심리 때문이기도 했다. 이야기 속에서라도 한 번 일어난 일은 다시 일어나지 않을 것이라는 미신적인 믿음이었다. 나는 이야기 속의 가족과 나의 실제 가족은 다른 사람들이라고 생각하며 둘을 분리시키려 애썼지만, 어느 정도는 겹쳐질 수밖에 없었다. 이 이야기를 쓰면서 인류가 왜 무서운 이야기라는 것을 하기 시작했는지 알 것 같기도 했다. 인간의 마음속에는 알 수 없는 이유로 불안이나 공포가 싹터서 점점 크게 자라나는데, 그것을 이야기로 만들어서 한 발짝 떨어져서 봐야만 안심이 되는 것이다. 이것은 실제로 일어날 일이 아니라 단지 자신이 만들어낸 상상일 뿐이라는 것을 확인하는 과정이 바로 무서운 이야기라고 생각했다.

이 이야기를 쓰던 중에 재밌다고 해야 할지 오싹하다고 해야 할지 모를 일도 하나 있었다. 〈흔들리는 거울〉에서 처음으로 '아빠'가 등장하는 장면을 쓴 날이었다. 나는 이 불길한 이야기를 집 안에 들여놓지 않으려고 집에서는 이 소설을 쓰지도, 심지어 읽지도 않았다. 물론 가족들에게 내가 이런 이야기를 쓰고 있다는 것도 말하지 않았다(대체 그런 말을 왜 하겠는가? 돌아올 것은 경악뿐일 텐데).

그런데 이야기에서 '아빠'가 처음 등장한 그날 밤, 우리 집 거실에서 커다란 비명소리가 들려왔다. 우리 아빠의 비명이었다. 그런 일은 난생처음이라 나는 무슨 큰일이 생겼나 하고 깜짝 놀라서 문을 열고 나가 왜 그러느냐고 물었다. 아빠는 악몽을 꿨다고 중얼거리고 다시 잠들었다. 다음날 다시 물어보니 꿈에 귀신이 나타나서 맞서 싸웠다고 했다. 전혀 예민하지 않은 성격인 아빠가 하필 그날 그런 악몽을 꾸다니. 나는 내가 집 안에 불길한 것을 들여온 것은 아닌지 걱정하면서도 그 우연을 흥미로워했다. 그리고 계속 소설을 썼다.

〈커튼 아래 발〉은 내가 우리 집 현관과 거실 사이에 걸린 커튼을 보며 느낀 섬뜩함에서 출발한 소설이다. 내 방에서 화장실에 가려면 그 커튼 앞을 지나가야 하는데, 어두운 새벽에는 그 뒤에 무언가가 있을 것만 같아 불안한 마음이 들었다. 어느 날 새벽에 문득 화장실에 가다가 커튼 아래에 있는 발을 보게 될까봐 겁이 났다. 그것은 어린아이가 침대 밑에 무서운 것이 숨어 있을 것 같은 불안을 느끼는 것과 거의 비슷했다.

한참 공포소설을 쓰는 데 빠져 있던 시기여서(이 책에 실린 소설들은 지난해 여름에 세 달 정도 집중해서 쓴 것이다) 나는 내 안의 두려움을 덮어두는 대신 가만히 바라보았다. 나는 왜 이런 불안을 느끼는 것일까? 인간은 왜 이런 두려움을 느끼는 것일까? 커튼 뒤에 숨은 것은 누구일까? 주인공은 커튼 뒤에서 누구를 발견하게 될까?

외부의 침입자보다 더 두려운 존재. 사랑과 미움이 뒤섞여 혼란과 죄책감을 끊임없이 불러일으키는 존재. 주인공이 커튼 뒤에서 보게 될 것이 무엇인지 떠오르자 본격적으로 이야기 쓰기를 시작할 수 있었다. 이 소설 역시 처음에는 이렇게 길어질 줄 몰랐다. 딸들은 엄마라는 존재로부터 탈출할 수 있을까? 이것이 소설을 끝맺으면서 내가 떠올린 질문이다.

〈언니〉는 내가 작가로서 일을 시작한 이후 처음으로 발표하는 것이 겁이 났던 소설이다. 나는 이 이야기에 푹 빠져들었고, 재밌는 소설이라고 생각했지만, 한동안 다른 사람에게 보여줄 용기가 나지 않았다. 실제 경험이 들어가서는 아니었다. 이 소설은 완전한 픽션이며, 내가 겪은 일은 단 한 조각도 들어가지 않았다.

그러나 주인공 '희수'가 가진 여성혐오는 내 안에서 발견한 것이다. 인류의 문명이 시작된 것과 거의 같은 시기에 싹튼 여성 혹은 여성성에 대한 왜곡은 긴 역사 동안 몸집이 거대하게 부풀려졌다. 나는 사회적 · 신체적인 면에서 여성으로 태어났지만, 아주 어렸을 적부터 TV나 잡지, 극장, 책 등 다양한 미디어를 통해서 본 여자들은 나와 너무 많이 달랐다. 그들과 나는 겹쳐지지 않았다. 그런 불일치감은 아직까지도 계속되고 있다. 한편으로 나는 나 자신을 미디어가 보여주는 여자들처럼 만들려고 노력하기도 했다. 그러나 아무리 비슷하게 흉내를 내도 그것은 결국 드래그 퀸들이 하는 것과 똑같은 코스튬이자 연기였다. 거기에 여자들을 사랑하고 끌리는 문제가 겹쳐지자 일이 좀 복잡해졌다.

어느 순간부터 나는 나와는 다른 부류의 여자들이 세상에 존재할지 모른다고 생각하고 있었다. 나와 내 주변에 있는, 내가 삶을 함께하고 있는 여자들과는 다른, 미디어가 보여주는 여자들과 같은 여자들이 있다고 말이다. 그런데 한편으로는 또 미디어 속 여자들이 사회가 만들어낸 뒤틀린 왜곡이자 거대한 환상이라고 생각하기도 했다. 이 두 가지 상반된 생각 사이에서 나는 무엇이 진실인지 헷갈려하며 끊임없이 충돌해왔다.

〈언니〉의 주인공 '희수'는 미묘한 여성혐오를 가진 여성이다. 그녀는 자신이 여성이면서도 스스로가 정상적인 여성성을 갖추지 못했다고 생각하고, 자신과는 다른 부류의 여자들이 있다는 생각을 은연 중에 품고 있다. 이 이야기의 주인공은 여자들에게 끌리고 사랑을 주고받길 강렬히 원하지만, 자신에게 내재된 여성혐오 때문에 사랑에 실패하고 영원한 고독에 갇힌다.

나는 이러한 주제를 담은 소설이 불러일으킬 오해들에 지레 겁을 먹고 이것을 발표해야 할지 거의 반년이나 고민했다. 그러나 올해 초에 결성된 퀴어 창작자 모임(큐연) 멤버들의 피드백이 겁 많은 나의 불안을 가라앉혀주었다. 모임 안에 있는 모두 다른 정체성을 가진 멤버 전원이 내가 의도한 그대로 소설을 읽었다는 걸 확인하면서 이 이야기를 책에 수록할 용기를 얻었다. 의도를 좀 더 살릴 수 있는 방안 또한 얻었다. 이 자리를 빌려 큐연의 멤버들에게 다시 한번 감사하다는 말을 전하고 싶다(큐연은 퀴어문학을 읽고 쓰기를 원하는 모든 사람에게 열린 커뮤니티이며, 누구나 참여 가능한 온라인 공간을 준비 중이다).

이제 거의 다 왔다. 〈은갈치 신사〉는 픽션이긴 하지만 자전 에세이를 쓰는 느낌으로 쓴 단편이다. 원래는 엽편 정도를 생각했는데 쓰다 보니 좀 애매한 분량이 되었다. 그러나 주제나 서술, 분량 등 모든 면에서 억지로 덜어내거나 덧붙인 면이 없는 진실한 소설이라고 생각한다. 〈청소 아주머니〉는 내가 경험한 것을 그대로 쓴, 이 소설에서 유일하게 픽션이 아닌 글이다. 요즘도 나는 그 유령 아주머니 때문에 마음 편히 설거지를 하지 못하고 있다.

이 정도면 내가 이 소설집에 대해 해야만 하는 이야기는 모두 한 것 같다. 여기 실은 소설들을 쓰며 나는 공포물의 목적이 누군가를 무섭게 하는 것이 아니라 인간이 살아가며 삶 속에서 느끼는 공포 그 자체를 담아내려는 시도라는 사실을 배웠다. 그러나 당신이 이 책에 실린 이야기들을 읽으며 잠깐이라도 섬뜩함을 느꼈다면, 그것이 당신이 살면서 느끼는 공포와 정확히 같기 때문이라면, 나는 무척 기쁠 것이다. 여기 실린 모든 이야기는 무엇보다 당신의 즐거움을 위해 쓴 것이기 때문이다.

빈 쇼핑백에 들어 있는 것

1판 1쇄 발행 2022년 5월 31일

지은이 · 이종산
펴낸이 · 주연선

(주)은행나무
04035 서울특별시 마포구 양화로11길 54
전화 · 02)3143-0651~3 | 팩스 · 02)3143-0654
신고번호 · 제 1997—000168호(1997. 12. 12)
www.ehbook.co.kr
ehbook@ehbook.co.kr

ISBN 979-11-6737-173-7 (03810)